소포클레스의 『오이디푸스 왕』 입문

Sophocles' Oedipus the King

by

Seán Sheehan

This Korean Language Edition is published by arrangement
with **Bloomsbury Publishing Plc., U.K.**

소포클레스의 『오이디푸스 왕』 입문

숀 쉬한 지음 | 권오숙 옮김

서광사

이 책은 Seán Sheehan의 *Sophocles'* ***Oedipus the King*** (Bloomsbury Publishing Plc., 2012)를 완역한 것이다.

소포클레스의 『오이디푸스 왕』 입문

숀 쉬한 지음
권오숙 옮김

펴낸이 | 이숙
펴낸곳 | 도서출판 서광사
출판등록일 | 1977. 6. 30.
출판등록번호 | 제 406-2006-000010호

(10881) 경기도 파주시 회동길 77-12 (문발동)
Tel: (031) 955-4331 | Fax: (031) 955-4336
E-mail: phil6161@chol.com
http://www.seokwangsa.co.kr | http://www.seokwangsa.kr

제1판 제1쇄 펴낸날 · 2021년 11월 20일

ISBN 978-89-306-8000-4 93800

옮긴이의 말

셰익스피어 연구를 하면서 가장 힘들었던 부분이 무차별적인 고전 인유였다. 몇 줄 건너 한 번씩 튀어나오는 신화나 성경, 고대 그리스·로마나 중세 문헌 속 인물들, 인용문들로 인해 셰익스피어 텍스트 읽기는 참 고단했다. 그래서 피치 못하게 고전 공부를 병행해야만 했다. 서양 고전문학과 나의 인연은 이렇게 시작되었다. 셰익스피어 한 명을 연구하고 지도하기도 버거운 형편에 서양 고전까지 얹혀 셰익스피어 연구자의 길은 고되었다. 하지만 그 시간들이 쌓이면서 나의 연구 범위와 강의 범위는 셰익스피어 너머 고전으로까지 확장되어갔다. 급기야 캠퍼스 안팎에서 서양 고전문학을 가르치게 되었다. 물론 교양 수준의 과목들이었다.

'서양 고전 읽기'나 '서양 고전과 인성' 같은 대학 교양 강좌나 '죽기 전에 꼭 읽어야 할 서양 고전' 같은 인문학 강좌를 담당하면서 반드시 커리큘럼에 포함시켰던 작품이 바로 『오이디푸스 왕』이었다. 셰익스피어를 비롯한 희곡문학을 전공한 나에게 아리스토텔레스의 『시학』은 경전에 가까운 영향력을 발휘했다. 그런데 그 『시학』에서 아리스토텔레스가 비극의 전범으로 삼은 작품이 바로 『오이디푸스 왕』이었기 때문이다. 그런 이유 외에도 『오이디푸스 왕』은 인간의 실존적 위치, 자유의지, 진실을 향한 불굴의 의지 등 많은 인문학적 주제들을 담고 있어서 교양 강좌나 인문학 강좌에서 함께 읽기에 꼭 맞는 작품이다.

하지만 전공을 한 셰익스피어에 비해 깊이 있는 연구의 부족으로 늘 만족스러운 강의를 해내기가 어려웠다. 이런 고민 중에 이 책의 번역 의뢰가 들어왔을 때 두 가지 감정이 교차했다. '전공자가 아닌 내가 과연 이 책을 번역할 수 있을까?' 하는 생각과 '이 책의 번역을 통해 이 작품에 대해 좀 더 깊이 있는 이해가 가능하지 않을까?' 하는 생각이었다. 결국 공부하는 셈 치고 용기 내어 번역해보기로 마음먹었다. 그리고 번역을 마친 지금 그 결심을 한 것이 옳았다는 생각이 든다.

우선 이 책의 번역을 통해 그리스 비극의 전통에 대해 좀 더 체계적으로 이해할 수 있게 되었다. 이 극을 문학으로만 접근하다 보니 고대 그리스 연극의 유래나 전통, 특징, 스타일 등 바탕 지식을 알 필요성을 느끼고 있었다. 그런데 이 책은 1장과 2장에서 그리스 비극의 발달 과정과 정치적 의미, 대사 및 코러스의 형식, 언어적 특징, 스타일 등을 자세히 설명하고 있다. 또한 아리스토텔레스가 『시학』에서 이 극을 어떻게 분석하고 있는지도 깊이 있게 논하고 있다.

3장에서 논하고 있는 이 극의 주제는 그나마 내가 이 극을 분석할 때 주로 사용했던 접근법이어서 비교적 익숙한 내용이었다. 한편 4장의 작품 읽기는 작품 분석이 아주 세밀하여 오랫동안 이 극을 읽고 가르치면서 놓쳤던 부분들을 일깨워주었다. 그래서 앞으로 각 장면별로 보다 섬세하게 작품 읽기를 지도할 수 있을 것 같다. 이런 자세한 텍스트 분석은 일반 독자가 이 책을 읽고 이해하는 데도 큰 도움이 될 것이다.

5장에서 다루고 있는 비평의 역사는 오이디푸스를 비극적 영웅으로 보는 전통적 해석, 그를 희생양으로 보는 제례의식적 해석, 인간 존재의 불확실성에 집중한 도즈와 굴드의 해석, 프로이트를 비롯한 정신분석학적 해석 등 이 극과 관련된 중요 비평들을 면밀히 살펴본다. 이 장도 독자들이 이 극을 이해하는 데 도움이 될 것으로 여겨진다. 하지만 비평 자체가 지닌 난해함과 형이상학적 특징으로 인해 다소 어렵게 느껴질 수도 있는 부분이다.

6장에서는 이 극의 중요한 각색이나 재현들을 소개한다. 세네카 등 후대 문인들의 문학적 재현뿐만 아니라 오페라, 발레, 영화, TV 시리즈까지 다양한 각색과 재현들을 소개하고 있다. 특히 박찬욱의 영화 〈올드보이〉에 대해 상당히 자세히 다루고 있어서 반갑고도 놀라웠다. 이 영화에 오이디푸스적 요소가 담겨 있다고는 익히 알고 있었지만 생각보다 상당히 많은 플롯상의 병렬 관계를 지니고 있음을 알 수 있었다.

짧은 가이드북이지만 저자 숀 쉬한의 문체는 번역하기 까다로운 편이었다. 가끔 지나치게 긴 만연체 문장을 파악하기 힘들 때도 있었고, 수시로 튀어나오는 그리스어 단어들이 발목을 잡기도 했다. 특히 비평이나 해석 부분에서는 철학, 심리학, 윤리학 등 형이상학 분야에 관한 바탕 지식들이 필요해 문학 전공자인 역자로서는 역부족을 많이 느꼈다. 부족한 부분에 대해서는 관련 글들을 읽고 용어나 이론들을 이해하고 번역하느라 과외의 시간이 많이 소요되었다. 많은 시간과 정성, 공을 들여 번역한 이 책이 내게 그랬듯이 독자들이 『오이디푸스 왕』이라는 걸작 비극을 이해하는 데 도움이 되기를 바랄 뿐이다.

뻔히 보이는 부정과 범죄 행위를 저지르고도 말도 안 되는 변명으로 가리기 급급한 우리 사회의 지도자들에게 염증을 느낄수록 오이디푸스의 진실을 향한 집요한 행보는 거대하게만 느껴진다. '진실'이라는 단어 앞에 인간이 얼마나 맥없이 초라해지는지를 나날이 느끼는 요즘, 셰익스피어를 잠시 옆으로 제쳐두고, 오이디푸스의 영웅성에 독자들이 한 발 가까이 다가설 수 있게 해줄 이 책을 번역한 것이 뿌듯하다.

팬데믹 우울증과 씨름하며 2021년 5월에

권오숙

차례

옮긴이의 말 5

1장 배경 설명 13
소포클레스 13
오이디푸스 신화 15
민주주의와 비극 20
경외감 29

2장 형식, 언어, 스타일 35
그리스 비극 35
대사와 노래 39
아리스토텔레스 42
공적인 것과 사적인 것 46

3장 주제 51
비극적 행동 51
인지와 자기 인식 54
운명 62
오이디푸스의 발 74

4장 『오이디푸스』 읽기 77
탄원자들, 오이디푸스에게 탄원하다(1~86행) 77
크레온, 델포이 신전에서 돌아오다(87~150행) 80
파로도스(등장가, 151~215행) 82
오이디푸스, 코러스에 답하다(216~315행) 83
오이디푸스와 테이레시아스(316~462행) 87
제1정립가(463~512행) 92
오이디푸스와 크레온(513~630행) 94
이오카스테, 오이디푸스, 크레온(631~678행) 96
이오카스테와 오이디푸스(679~862행) 97
제2정립가(863~910행) 104
코린토스에서 온 사자(911~1085행) 106
제3정립가(1086~1109행) 115
오이디푸스와 양치기(1110~1185행) 116
제4정립가(1186~1222행) 123
제2의 사자(1223~1296행) 125
눈먼 오이디푸스와 코러스(1297~1422행) 128
오이디푸스와 크레온(1423~1530행) 132

5장 비평 및 출판 역사 137
비극적 영웅주의 138
제례의식과 신화 144
마지막 장면의 해석 147
실증주의적 해석들 151
E. R. 도즈와 존 굴드 157
오이디푸스와 실재계 161
출판 역사 164

6장 각색, 해석 및 영향 177
세네카와 테드 휴스 178
코르네유, 드라이든, 볼테르 182
횔덜린, 니체, 하이데거 185
정신분석학과 『오이디푸스』 191
아일랜드의 『오이디푸스』 194
구어체로 쓴 『오이디푸스』 200
다른 허구 문학 속 『오이디푸스』 208
오페라와 발레 212
영화와 TV 216

7장 더 읽어볼 책들 221
『오이디푸스』 편집본들 221
배경 226
소포클레스의 『오이디푸스』 227
『오이디푸스』의 재현 228

참고문헌 231

찾아보기 243

1장 배경 설명

소포클레스

『오이디푸스 렉스』(*Rex*, '왕'이라는 뜻의 라틴어) 또는 『오이디푸스 티라누스』(*Tyrannus*, '통치자'라는 뜻의 그리스어)라고도 알려진 『오이디푸스 왕』은 고대 그리스 비극 중에서 가장 유명한 극이다. 이 극이 초연된 뒤 약 1세기 후에 아리스토텔레스는 이 극을 그냥 『오이디푸스』라고 명명했다. 티라누스라는 표현은 소포클레스가 나중에 쓴 『콜로노스의 오이디푸스』(*Oedipus at Colonus*)와 구별하기 위해 붙여진 것이다. 『콜로노스의 오이디푸스』는 『오이디푸스』에서 그려낸 사건들 이후, 말년의 오이디푸스 삶을 그리고 있다. 그리스어 투라노스(*turannos*)에서 온 티라누스(*tyrannus*)라는 단어는 현재 우리가 사용하는 독재자(tyrant)라는 단어의 어원이기는 하지만, 원래는 정통 왕권의 세습을 통해 권력을 획득하지 않은 통치자를 나타내는 중립적인 의미로 사용되었다. 이전 왕의 미망인과 결혼해 테베의 통치자가 된 오이디푸스는 이 극에서 티라누스(*tyrannus*)라고 불리지만, 우리가 지금 독재자(tyrant)라는 단어에 부여하는 경멸적인 어감은 담고 있지 않다(소포클레스 시대에 그런 함축적 의미를 지녔을 수는 있지만 말이다).

온전한 상태로 남아 있는 소포클레스의 일곱 편의 극 중 하나인 『오이디푸스』가 기원전 429년에서 425년 사이에 쓰였을 것이라고 학자들은 추정하지만 이를 뒷받침해줄 결정적 증거는 없다. 소포클레스의 손자(그의 이름도 소포클레스다)가 소포클레스 사후인 기원전 402~401년에 『콜로노스의 오이디푸스』를 공연했다는 것이 더 확실하다.

소포클레스의 출생지는 아테네 교외의 아티카라고 알려진 곳으로, 키타이론 산맥에 의해 보이오티아라는 이웃 지방과 경계를 이룬 곳이다. 보이오티아에서 가장 큰 도시인 테베는 전통적으로 아테네의 적국이었다. 소포클레스는 기원전 497년에서 494년 사이에 태어났는데, 그가 다섯 살 되던 무렵 페르시아군이 아테네를 침략했으나 패배했다. 그로부터 10년 뒤 페르시아군이 다시 쳐들어왔고, 이번에는 그리스 여러 도시국가들의 연합군에게 패했다. 이때 테베는 페르시아군을 지지해 연합군에 합류하지 않았다. 별로 신뢰할 만하지는 않지만 전해 내려오는 설에 따르면 소포클레스는 페르시아가 패한 뒤 아테네에서 열린 축하 행사에서 리라를 연주하면서 소년 코러스단 공연을 이끌었다고 한다.

소포클레스는 기원전 406년 또는 405년에 사망했는데, 이때는 아테네가 펠로폰네소스 전쟁에서 패망하기 2년 전이었다. 이 전쟁에서 아테네는 테베를 포함한 스파르타 동맹군과 오랫동안 싸움을 벌였다. 『오이디푸스』는 테베를 배경으로 하는 극으로 펠로폰네소스 전쟁 초기에 처음 공연되었던 것 같다. 아테네가 이 전쟁에서 패하자, 테베는 대량학살과 여성들의 노예화 같은 방식으로 아테네를 완전히 파멸시킬 것을 요구했다(소포클레스가 살아 있을 때 아테네가 전시(戰時)에 밀로스 사람들에게 바로 그런 행동을 했다).

소포클레스는 아주 성공한 극작가로 최소 120편의 극을 집필했다(이중 일곱 편이 온전한 상태로 남아 있고, 열여덟 편 이상이 부분적으로 남아 있으며, 2005년에 『자손』(*Progeny*)의 일부 행들이 발견되었다). 그는 아테네에서 열리는 디오니소스 제전 드라마 경연대회에서 거의 스무 차례나 우승을 했다. 기원전 468년에 처음 우승했을 때 그는 20대 후반이었고, 『오이디푸스』로 수상한 것은 60세가 넘어서였다. 기원전 443년 또는 442년에 재무관이 되었고, 1년쯤 뒤 펠로폰네소스 전쟁이 일어났을 때 아테네군의 지휘관이 되었다. 아테네가 시칠리아 원정에서 실패한 뒤인 기원전 413년에는 아테네 특별위원회의 위원이 되었다.

오이디푸스 신화

그리스 비극들은 미케네 시대(기원전 1600~1200년)라고 알려진 그리스 역사 속 영웅들에 관해 여러 세대에 걸쳐 구전되어온 이야기들을 극화한 것이다. 주로 소포클레스보다 3세기 전에 활동한 호메로스의 서사시나 헤시오도스나 핀다로스의 작품에 기록된 이야기를 바탕으로 한다. 이 이야기들 대부분은 신전 조각상이나 도자기 그림 등에 시각적으로 재현되어 있다. 이 이야기들에는 유명한 영웅들이 등장할 뿐만 아니라 정도의 차이는 있지만 종종 필사(必死)의 영웅들과 신이나 여신들과의 관계가 그려진다. 결과적으로 이 이야기들은 그리스 사람들의 문화적 신념을 재현하는 수단일 뿐만 아니라 그런 신념을 의문시하고 탐구하는 수단인 신화체였다. 윌리엄 골딩(William Golding)이 말한 대로, "신화란 우리가 중요하다고 알고 있지만 그 이유는 알 수 없는 어떤 것에 대해 느끼는 감정이다."[1] 이 주장이 왜 고정된 한 가지 형태의 이야

---

1 Carey(2009), 260쪽에서 재인용.

기가 아니라 아버지를 죽이고 어머니와 결혼한다는 하나의 주제로 여러 버전의 오이디푸스 신화들이 존재하는지를 이해하는 데 도움을 줄 것이다.

『오디세이아』(*The Odyssey*) 제11권에서 오디세우스는 하데스(저승)에 가서 누구를 보았는지 이야기한다. 그중에는 오이디푸스의 어머니이자 아내였던 이오카스테가 있었다.

> 오이디푸스의 어머니인 아름다운 이오카스테를 보았는데,
> 모르고 자기 아들과 결혼하는 끔찍한 짓을 저질렀던
> 여인이지요. 오이디푸스는 아버지를 죽이고
> 어머니와 결혼했는데, 신들은 곧 그 사실을 만천하에 알렸죠.
> 그러나 그는 이런 모든 슬픔에도 불구하고 총애받는 테베에서
> 계속 카드모스 사람들의 군주로 남아 있었소. 신들의 이 모든
> 잔인한 계획을 겪으면서. 반면 모진 이오카스테는 슬픔에 잠겨
> 높은 천장에 올가미를 매달아 목을 매어
> 저승의 견고한 문으로 내려가서, 어미의 격한 행동에 의해
> 야기된 모든 슬픔을 남아 있는 아들에게 고스란히 남기었소.[2]

이 설명에 따르면 과거 사건이 밝혀지는 것은 신에 의해서이지 오이디푸스의 추적 작업에 의해서가 아니다. 그리고 『일리아드』(*Iliad*)의 한 구절에서처럼(테베에 갔다가 오이디푸스가 몰락한 뒤 그의 무덤을 우연히 방문했던 사람에 대한 언급에서)[3] 오이디푸스가 테베에 있었음을 암시한다. 이오카스테와 오이디푸스의 결혼 기간이 짧았다면("신들은

---

2 Lattimore(1967), 175쪽(11권 271~280행).

3 Lattimore(1969), 468쪽(23권 679행).

곧 그 사실을 만천하에 알렸죠.") 아마도 오이디푸스의 자식들은 재혼해서 얻었을 것이다. 테베의 역사를 다루는 연작 서사시의 한 편인 『테베』에서도 오이디푸스는 아내가 죽은 뒤에 테베에 남아 있다. 이 서사시는 호메로스 이후 조금 지나서 쓰인 것으로 일부만 남아 있다.

이런 시들은 고대 그리스에 오이디푸스 신화의 정통 버전이 없어서 다양한 버전으로 쓰일 수 있었으며 강조점도 바뀔 수 있었음을 암시한다. 따라서 소포클레스의 극을 보던 관객들은 이 극이 어떻게 시작되고, 전개되고, 끝날지 정확히 알 수 없었을 것이다. 기원후 2세기에 집필 활동을 했던 파우사니아스(Pausanias)[4]에 따르면 『오이디푸스 이야기』(*Oidipodeia*)라고 알려진 연작 서사시의 한 편에서 오이디푸스가 재혼하는데, 두 번째 아내가 이오카스테의 여동생이다. 이 시의 내용과, 이오카스테가 오이디푸스와 결혼한 지 얼마 안 되어 자살했다는 위 호메로스의 인용문을 참조해볼 때 소포클레스의 『오이디푸스』 시작 부분에서 이오카스테가 오이디푸스의 아내인 것이 당연하게 여겨지지 않았을 수도 있다. 오이디푸스와 관련된 신화들 중에는 오이디푸스가 이오카스테와 결혼해 자녀를 얻은 뒤 얼마 안 되어 남편에게 이유를 밝히지 않은 채 자살하고, 그 뒤에 오이디푸스가 그녀의 여동생과 재혼했다는 이야기도 존재했던 것 같다. 바로 이런 가능성을 소포클레스가 『오이디푸스』의 첫 600행에서 극적으로 이용했을 수도 있다. 예를 들어 테이레시아스가 오이디푸스에게 그가 라이오스를 살해한 자이며 "무의식중에 끔찍한 수치심 속에서 살고 있나"(366~367행)라고 말했을 때 이오카스테가 죽은 뒤라야 더 말이 된다. 그래서 이오카스테가 멀쩡히 살아, 오이디푸스와 크레온이 언쟁을 하고 있을 때 극적으로 입장하고 코

4 2세기경에 활약한 그리스의 여행가이자 지리학자. 『그리스 안내』라는 책에서 그리스 주요 도시의 신화, 역사, 지리 등을 개관했다(옮긴이).

러스가 이를 알리는 것("왕비님이 궁에서 나오고 계십니다", 632행)이 논란이 되어온 것이다.[5] 이런 논란이 지나치다고 여겨질지도 모르지만 그건 우리가 알고 있는 오이디푸스 이야기들은 거의 소포클레스 극을 통해서이고, 따라서 그의 서술이 관객들이 알고 있는 유일한 이야기일 것이라고 추측한 데서 비롯된 것이다. 사실이 그렇지 않음을 알게 되면 그동안 전혀 고려되지 않았지만 소포클레스 극을 관람하던 아테네 관객들에게 이 이야기가 얼마나 불확실한 것이었는지 생각해보게 된다.

아이스킬로스는 오이디푸스 신화를 바탕으로 3부작을 써서 기원전 467년에 디오니소스 제전에서 우승했다. 1부 『라이오스』(*Laius*)와 2부 『오이디푸스』는 함께 공연한 사티로스 극[6] 『스핑크스』(*Sphinx*)와 함께 소실되었지만, 3부 『테베를 공격한 일곱 장군』(*Seven Against Thebes*)은 현존한다. 여기서 오이디푸스의 두 아들 에테오클레스와 폴리네이케스가 테베 왕권 다툼으로 어떻게 서로를 죽였는지에 대해 이야기한다. 그래서 소포클레스가 『오이디푸스』를 쓴 지 20여 년 후 에우리피데스가 『페니키아의 여인들』(*The Phoenician Women*)이란 극에서 이오카스테가 자신이 누구와 결혼했는지를 안 뒤에도 자살하지 않고, 오이디푸스가 스스로 장님이 된 뒤에도 살아 있게 쓸 수 있었던 것이다.[7] 한 고전 주석자가 이 극의 초기 판본에서 에우리피데스가 오이디푸스에 대해 쓴 두 행을 인용했는데, 이 판본은 소실되었다. 이 고전 주석자에 따르면 이 판본에서는 오이디푸스가 스스로 장님이 된 것이 아니라 그의 의지에 반해 다른 사람들이 그렇게 만든 것이다.

---

5 Sommerstein(2010), 214~219쪽.

6 고대 그리스의 디오니소스 축제에서 비극 3부작 다음에 공연되던 짧고 희극적인 연극. 앞에서 공연한 비극 3부작의 상황이나 신화 속 영웅들을 우스꽝스럽게 재현했다(옮긴이).

7 에우리피데스의 『오이디푸스』에 대한 설명은 Macintosh(2009), 20~24쪽 참조.

그렇지만 에우리피데스의 『오이디푸스』에서는 다음과 같이 라이오스의 종복들이 그를 장님으로 만든다. '그러나 우리는 폴리부스의 아들을 땅에 쓰러뜨리고 그의 눈을 도려내어 파멸시켰다.'[8]

이 인용된 행에서 오이디푸스를 폴리부스(오이디푸스를 양아들로 기른 코린토스의 왕)의 아들이라고 칭하는데, 이는 오이디푸스의 정체가 드러나기 전에 장님이 되었음을 말해준다. 그리고 라이오스의 종복들이 자기 주인을 죽인 대가로 이런 처벌을 가한 것으로 추정할 수 있다. 기원전 5세기에 『오이디푸스』라는 제목으로 쓰인 극이 총 여섯 편이었는데, 어떤 버전에서는 오이디푸스가 테베로 오기 전에 이미 양아버지에 의해 장님이 되었다고 나온다. 오이디푸스가 아버지를 죽일 것이라는 예언을 알고서 그렇게 한 것이다.

그리스 비극들은 대부분 먼 과거 이야기를 바탕으로 쓴 것이기에 당시 관객들에게는 어떤 식으로든 친숙한 이야기지만 극작가들이 새로운 버전을 얼마나 바꾸어 썼을지는 알 수 없었다.[9] 이는 현대 관객들이 빌리 더 키드(Billy the Kid)에 관한 새로운 서부극을 볼 때와 비슷하다. 빌리 더 키드[10]가 팻 개럿(Pat Garrett) 때문에 죽으리라는 걸 알기에 역설적으로 관객들은 새로운 즐길 거리를 기대하게 된다. 이미 알고 있

---

8 Ahl(2008), 72쪽에서 재인용.

9 "어떤 연극을 선택해서 우리 경험에 더 친숙한 배경을 바탕으로 바꿔 쓰는 것은 당연하다. 소포클레스도 바로 그렇게 한 것이다. 그는 옛 전설을 가지고 자기 시대에 맞게 고쳐 쓴 것이다." Derek Walcott의 주장, Hall(2010), 328쪽에서 재인용.

10 21년의 짧은 생애 동안 21명을 살해한 미국 뉴욕 출신의 전설적인 무법자로 본명은 윌리엄 보니(William Bonney)다. 그는 청소년기에 어머니를 욕보이려 한 남자를 죽인 뒤 카우보이가 되었고, 이후 대단한 싸움 솜씨를 보여 유명한 총잡이가 되었다. 하지만 결국 보안관 팻 개럿에게 사살된다. 그의 이야기를 소재로 한 영화나 발레 등이 많이 만들어졌다(옮긴이).

는 이야기라도 어떻게 풀어나가느냐에 따라 모든 것이 달라지기 때문이다. 그리스 비극 작가들도 관객이 특정 이야기에 대해 이미 알고 있다는 것을 인지했기 때문에 오히려 자신이 원하는 버전으로 바꿀 수 있었던 것이다. 이런 점이 작가에게 창의성을 발휘할 수 있는 여지를 부여했고, 이에 따라 관객들이 이미 친숙한 이야기지만 새로운 볼거리가 있을 것이라고 한껏 기대할 수 있었다. 소포클레스의 『오이디푸스』가 아버지를 죽이고 어머니와 결혼한 뒤 여러 해가 지난 시점에서 시작하는 것이 관객이 기대하고 있던 많은 극적 충격 가운데 첫 번째였을 것이다. 이와 마찬가지로 소포클레스의 극 이전에는 오이디푸스가 직접 델포이 신전에서 그가 아버지를 죽이고 어머니와 결혼할 것이라는 신탁을 받았다는 언급이 없었던 것으로 보아, 관객이 오이디푸스가 이 신탁에 대해 말하는 것(791행)을 처음 들었을 수도 있다.

민주주의와 비극

아테네에서 비극은 민주주의의 탄생 및 발달과 함께 발전했다. 비극의 전설적 창시자인 테스피스(Thespis)가 기원전 534년(소포클레스가 태어나기 불과 40여 년 전)에 아테네에서 개최된 제1회 비극 경연대회에서 우승했을 때 아테네의 통치자는 독재자 페이시스트라토스(Peisistratos)였다. 그 후 30년도 안 지나 소포클레스가 태어나기 10여 년 전에 클레이스테네스(Cleisthenes)의 개혁으로 권력이 일군의 귀족 가문에서 아테네 성인 남자로 구성된 시민 집단으로 전이되는 중요한 발걸음을 내디뎠다. 아직 미숙한 민주정에는 독재로 돌아갈 가능성이 늘 도사리고 있었다. 이 위협을 저지하기 위해 너무 강해서 폴리스의 안녕을 해칠 수 있는 사람을 10년 동안 추방시키는 투표제도인 도편추방제를 실시했다.

『오이디푸스』가 아테네에서 처음 공연되었을 때 성인 남자 시민의 절반 가까이가 관람했을 가능성이 있다(시민권은 부모가 모두 아테네 태생인 경우에만 부여되었다). 당시 아티카의 인구는 25만 명 정도에 이르렀던 것으로 추정되는데, 이는 여자, 아이, 노예나 외국인을 포함한 숫자다. 극장에서 가까운 프닉스 언덕에 시민들이 모일 때 이들은 그 집회에 참석할 수도 없었고 투표권도 없었다. 여성도 극 공연을 보러 갈 수 있었는지에 대해서는 논란의 여지가 있지만, 남성은 시민권이 없어도 연극을 관람할 수는 있었다.

연극은 오늘날엔 그 유례를 찾아볼 수 없을 정도로 아테네인들에게 삶의 한 부분이었고, 아테네의 참여 민주정의 발달과 떼려야 뗄 수 없는 관계였다. 이런 아테네의 정부 형태는 현대 사회에서 그 유례를 찾아보기 힘들다. 비록 현대 사회가 아테네의 다른 특징인 제국주의, 가부장제, 외국인 혐오는 폭넓게 잘 모방했지만 말이다. 예를 들어 아테네에는 특별 자금이 조성되어 있어서 아무리 가난한 시민이라도 연극 입장료(미숙련 남성의 하루 임금에 상당하는 금액)를 낼 수 있게 했다. 이 극장 기금이 소포클레스의 시대에도 있었는지는 알 수 없지만 정치 행사 참여를 위한 공공기금을 사용하는 제도가 기원전 450년대부터 운영되고 있어서 배심원 참여와 적극적인 병역 등에 소정의 금액을 지불했다.

기원전 5세기 후반 아테네의 시대 상황을 바탕으로 극을 해석하면 첫 공연 날짜 같은 극의 여러 가지 사항들을 이해할 수 있다. 기원전 431년 펠로폰네소스 전쟁이 일어난 이후라는 것 외에는 아테네에 전염병이 돈 정확한 연도를 특정할 수 있는 결정적인 증거가 없다. 그러나 소포클레스 이전의 오이디푸스 신화에서 전염병에 대한 언급이 없는 점을 감안해볼 때 이 전염병 때문에 소포클레스의 『오이디푸스』에 전염병이 언급된 것이라고 주장할 수 있을 것이다.[11] 이 극에서는 전염병뿐만 아니라 농작물 병충해에 대해서도 극 초반(25, 171행)에 언급되는데 이는 매년 펠로폰네소스군이 아티카를 침략해 곡식을 태우고 올리브나무를 베었던 것을 반영한 것일 수 있다. 당시 상황을 목격한 투키디데스는 그 재앙을 다음과 같이 기록했다. "아테네 사람들에게 닥친 재앙은 그들을 대단히 짓눌렀으니, 도시 안에서는 사람들이 죽어가고 도시 바깥에서는 국토가 파괴되었다."[12] 이 전쟁이 역병을 거둬가 달라고 기원하는 테베 원로들의 코러스가 왜 아레스의 패망을 요구했는지(190행)에 대한 설명이 될 수 있을 것이다. 그들은 제우스신에게 이 '불명예스러운' 전쟁의 신을 파멸시켜달라고 촉구한다(202행). 테베 사람들이라는 코러스의 정체성이 아테네를 괴롭히는 당면한 상황에 대한 기억들에 밀리지 않았다면 테베의 수호신이고 역병과 전혀 관계없는 아레스가 이처럼 저주를 받지는 않았을 것이다. 이를 바탕으로 버나드 녹스(Bernard Knox)는 "예전 폐허가 이 나라에 닥쳤을 때처럼 우리에게 오셔서, 파멸의 불길을 이 땅에서 몰아내 주소서"(164~165행)라고 신들에게 기도하는 것은 기원전 427/426년에 재발한 유독 심했던 역병을 고려하면 이해가 될 것이라고 말한다. 기원전 424년에 공연된 아리스토파네스(Aristophanes)의 희극에서 『오이디푸스』에 대해 패러디 식으로 언급한 점까지 고려해 녹스는 이 극이 기원전 425년에 집필되었

---

11 그렇지만 이디스 홀(Edith Hall)이 지적하듯이, "최초이자 최고의 그리스 문학인 『일리아드』도 아폴론이 보낸 역병으로 시작된다"는 것을 명심해야 한다. Hall(2008), xiv.

12 Thucydides(2009), 99쪽(2권 54행).

다고 단정했다.[13] 그러나 이런 주장을 뒷받침할 결정적인 증거는 없다. 올리버 태플린(Oliver Taplin)은 희극과 비극이 주제 면에서 근본적으로 다르다고 주장하면서 정반대의 결론을 내린다. "대부분의 비극은 훨씬 더 배타적이고 거의 최면을 걸듯이 마법을 건다. 그런 효과를 거두기 위해 비극은 관객들에게 지적으로나 정서적으로 완전히 몰입할 것을 요구한다. 너무 자명한 자기 반영은 그 마법을 깬다." "다시 말해 난 『오이디푸스 왕』이 처음 공연된 시기에서 역병이 돌던 해는 제외할 수 있다고 확신한다."[14]

사회적·정치적 배경이 소포클레스의 극에 미친 영향은 단순히 실제 경험의 차원을 넘어 어떻게 아테네 드라마가 폴리스 내에서의 적대감이나 갈등을 꼼꼼히 다루고 있는가에 대해 좀 더 복잡한 것을 이해하게 해준다. 『오이디푸스』는 오이디푸스의 재현과 기원전 429년 역병으로 사망할 때까지 아테네의 선도적인 정치가였던 페리클레스 사이의 대응을 통해 정치적 통일체[15]의 속성을 탐구하고 있다고 여겨져 왔다. 소포클레스와 동시대인이었던 역사가 투키디데스에게 페리클레스는 '제1 시민'이었는데, 이는 코러스가 오이디푸스를 '1인자'(32행)라고 본 것에 대한 반향으로 아테네의 이데올로기를 보여준다. 펠로폰네소스 전쟁이 발발하고 그해 연말의 전몰자를 위한 장례 연설에서 페리클레스는 아테네 도시에 대해 자신이 느끼는 이미지를 언급했다. 투키디데스의 기록에 따르면 그 장례 연설에서 페리클레스는 아테네를 그렇게 만든 아테네 사람들의 특질 하나를 꼽았다. "다른 도시 사람들의 용기는

13 Knox(1979), 112~124쪽. 기원전 429년경에도 그런 일이 있었다. Newton(1980), 5~22쪽; Janko(1999), 15~19쪽 참조.

14 Taplin(1986), 171쪽, 167쪽.

15 조직된 정치 집단으로 여겨지는 한 국가의 전 국민(옮긴이).

무지에서 나오고, 그들의 신중함이란 주저에 불과한 데 비해" 아테네 사람들은 결단력이 있어서 의지력과 지성으로 과감하면서도 신중하게 일을 성사시킨다고 말했다.[16]

분명 페리클레스가 오이디푸스 캐릭터와 유사한 점이 있긴 하지만 버나드 녹스가 지적하듯이, 그런 관련성을 의식적으로 꼭 받아들일 필요는 없다.

> 그렇다고 해서 소포클레스의 관객들이 의식적으로 오이디푸스와 페리클레스의 유사점을 끌어냈다는 것은 아니다(설사 소포클레스가 그랬다손 치더라도). 중요한 것은 그들이 오이디푸스에게서 자신들이 민주주의 지도자나 이상적인 인간상에서 높이 평가하는 기질이나 재능을 지닌 사람을 보았을 수 있다는 것이다. 오이디푸스 왕은 창조적 활력과 지적 과감성이라는 기원전 5세기 아테네 사람들의 정신을 극적으로 구현한 것이다.[17]

관객들이 설사 오이디푸스에게서 자신들을 직관적으로 인식했다 하더라도, 그것은 '창조적 활력'과 '지적 과감성'이 끔찍한 결과를 낳을 수도 있는 지나친 이성주의자의 자기 신뢰가 지닌 동전의 다른 면이라는 점에서 마냥 좋기만 한 것은 아니었다. 몇몇 아테네 사람들의 마음속에 아테네의 소피스트들은, 특히 그들이 오랜 관례였던 종교적 신념을 의문시할 때, 그런 이성의 힘을 지나치게 믿는 사람들로 여겨졌다. 소피스트들은, 이성주의가 신의 예언이나 신탁과 같은 오랜 전통의 믿음이나 관례들을 전복시키기 위해 이용될 경우 사회 구조 전체가 붕괴될 위험이 있음을 두려워한 보수적인 전통주의자들로부터 의심의 눈

16 Thucydides(2009), 93쪽(2권 40행).

17 Knox(2007), 78~79쪽.

초리를 받았다. 『오이디푸스』에서 이오카스테가 어떻게 예언이 틀릴 수 있는지 '입증하고'(707, 848행), 이에 놀란 코러스가 신들에 대한 믿음을 재확인하는 반응을 할 때, 이런 문제들에 대한 부정적 감정의 흐름을 엿볼 수 있다. 그들은 신의 예언이 부정되면 경건한 마음으로 신탁을 내리는 신전을 참배할 수 없다고 말한다. 코러스는 제우스에게 무슨 일이 벌어지고 있는지 보고 합당한 조처를 내려달라고 기원한다.

> 모든 것을 지배하는 만유의 주, 제우스시여
> 그 이름이 마땅한 것이라면
> 그 이름 잃지 않게 당신의 불멸의 힘을 보여주소서!
> 라이오스 왕에 관한 신탁은
> 오래되어 희미해져 사람들이 신경 쓰지 않나이다.
> 아폴론 신의 영광 어디서나 희미하고, 신의 숭배 사라졌나이다. (896~910행)

신의 권위가 유지되려면 이오카스테와 오이디푸스가 말한 신탁이 아무리 끔찍해도 실현되어야 하고, 신탁이 실현되면 오이디푸스가 그토록 확신에 차서 구현하고 있는 이성주의는 티끌 같은 것이 된다. 오이디푸스는 뭐든지 궁금해하고, 알아내려 하고, 전적으로 이성을 따르는 자이다. 그래서 삼거리에서 도적이 여럿이었다는 보고와 자신은 분명 혼자였다는 숫자상의 불일치를 물고 늘어지며 한 명이 여럿이 될 수는 없다고 자신 있게 주장한다(842ff). 그러나 한 사람 이상의 설명을 비교해 보고 실수가 있었음이 밝혀지면 한 사람이 여럿이 될 수도 있음이 드러난다. 그렇다면 이 극은 보수적인 아테네 사람들이, 소피스트에 영향을 받은 아테네인들 사이에 유행하고 있다고 주장한 지나친 이성주의에 대한 비판으로 볼 여지가 있다. "그럼 이 극은 인간은 무지하고,

앎은 오직 신의 영역이라는 전통적인 종교관을 강하게 재확인하는 것이다."[18]

아테네는 민주주의가 일찍 도입되어 자기 행동에 대한 개인의 책임을 구현했지만, 아직도 그 뿌리는 신들이 인간 삶의 모든 면을 지배할 수 있다는 태도에 두고 있었다. 장-피에르 베르낭(Jean-Pierre Vernant, 1914~2007)의 견해처럼 비극은 이런 두 문화의 긴장관계를 탐구하는 극 형태로 볼 수 있다.

> 이처럼 사회적 경험의 핵심에 괴리가 발생할 때 비극적 전환이 일어난다. 법적·정치적 사고와 신화적·영웅적 전통 사이의 대립은 확연히 드러날 정도로 크다. 그러나 가치관의 갈등이 여전히 골치 아프고, 계속해서 충돌이 일어날 정도로 아슬아슬하다. 법 제정을 향한 진전이 머뭇거리며 지체될 때 발생하는 인간의 책임에 관한 문제에서도 비슷한 상황이 발생한다. 인간의 영역과 신의 영역이 절대 분리될 수 없을 것 같으면서도 대립할 때 책임에 대한 비극적 인식이 일어난다. 인간 행동이 완전히 자율성을 지닌 것으로 여겨지지 않는데도 탐구와 논쟁의 대상이 될 때 책임에 대한 비극적 인식이 대두된다.[19]

그래서 오이디푸스는 자기 세상에 대해 이성적 판단을 하려고 애쓰면서도 신탁의 그물에서 헤어 나오지 못한다. 이런 방식으로 『오이디푸스』는 아테네 민주주의가 발달하면서 아테네 폴리스에서 발생했던 갈등을 탐구한 극이라고 볼 수 있다.

아테네 남자 시민들은 제비뽑기를 통해 법정 소송사건의 배심원으로

18 Knox(1984), 152쪽.

19 Vernant(1988), 27쪽.

법적 주체 행사를 하고, 의원 선거에 투표를 함으로써 정치적 주체로서 행사했다. 그리고 집단 시민 의식은 공공 축제를 통해 발현되었다. 아테네에서 가장 중요한 축제 중 하나는 매년 봄에 일주일 동안 열리는 디오니소스 축제였다. 이 신성한 축제 기간에는 디오니소스 신이 아테네에 오심을 축하하는 가장행렬을 포함해 여러 제의적 행사들이 열렸다. 가장행렬은 (옷이나 담쟁이덩굴로 장식한 나무 기둥에 디오니소스 가면을 매단) 디오니소스 상을 들고 그의 이름을 붙인 디오니소스 극장에서부터 출발했다. 이 극장은 아크로폴리스 남동쪽 비탈 아래에 있었다. 행렬은 디오니소스가 이 도시에 처음 왔을 때 머물렀던 곳이라고 전해지는 도로 위에 위치한 도시 외곽의 올리브나무 숲까지 행진했는데, 이곳은 아카데미아라고 불렸다. 여기서 하룻밤을 지낸 뒤 행렬은 다시 디오니소스 상을 들고 극장으로 돌아갔다. 디오니소스 전용 극장은 기원전 500년경에 처음 세워졌고, 바로 여기에서 축제 행사의 하나로서 남성과 소년들이 디티람보스[20]를 부르고, 세 명의 비극 작가의 극들을 공연했다.

이 극 공연들은 공동체의 일원임을 기념하는 경험이었다. 넓은 의미에서 디오니소스 축제와 극 공연은 정치적인 행위일 수 있는데 그렇기에 어둠의 심장을 들여다보고 마음속 깊이 자리한 금기들을 다룬 『오이디푸스』 같은 극이 벌건 대낮에 아테네 시민들 앞에서 공연되었다는 것은 더욱더 놀랍다. 그런 극들은 가족을 중요하게 여기는 작은 도시의 삶의 표면 아래 존재하는 문제들을 탐색했다. 비극은 부모가 자식에게 살해당하고 아들이 어머니와 잠자리를 같이하고 진실을 좇다 보면 어둡고 억눌려 있던 비밀들이 들춰지는 아테네의 무의식의 세계였다. 이

20 디오니소스를 찬양하고 노래한 합창(옮긴이).

런 비극들이 현대의 국립극장이라 할 수 있는 곳에서 공연됐다는 것은 더욱더 놀라운 일이다.

해마다 디오니소스 축제를 준비하는 극작가들은 세 편의 비극과 그보다 덜 심각한 사티로스극으로 구성된 한 세트의 극을 수석 아르콘이라고 하는 시 원로 관리에게 제출했다. 사티로스극은 디오니소스를 수행하던 장난꾸러기 신화적 인물의 이름에서 따온 것이다. 이 극들은 축제가 열리기 몇 달 전에 제출해야 했는데, 이 단계에서 대본이 완성되어야 했는지는 알 수 없다. 공연할 세 명의 극작가를 어떻게 선정했는지도 알 수 없다. 선정된 비극 작가들에게는 배우, 코러스단, 후원자가 배당되었는데 다른 비용은 국가가 지원하고 코러스 경비만 이 부유한 후원자가 지원했다.

세 명의 비극 작가 중 첫 번째 작가는 아침 일찍 시작했고, 다른 작가들의 작품을 이어서 공연하고, 사티로스극으로 마무리했다. 희극은 다른 날 같은 극장에서 공연되었을 가능성이 높다. 관객은 아주 많아서 6천~1만 7천 명 정도로 추정된다(성인 남성 시민 3만 명 중에서). 그리고 (제비뽑기로 뽑힌) 일군의 심사위원들이 열두 편의 비극과 사티로스극 중 1등, 2등, 3등을 뽑아 수상했다.[21] 배우와 후원자도 상을 받았고, 공연의 질이 드라마 작가가 수상자로 뽑히는 요인이 되었을 수도 있다.

---

21 열 명의 심사위원이 수상자 투표를 하지만 실제로는 제비뽑기로 뽑힌 다섯 명의 표만 계산되었다. 어떤 심사위원이 어떤 극에 투표했는지 알 길이 없기에 이것은 반부패 장치였을 수 있다. "일곱 명의 심사위원에게 뇌물을 주고도 패할 수 있다. 뇌물을 받은 사람이 뇌물을 준 사람을 뽑았는지도 알 수 없다." Ahl(2008), 94쪽.

경외감

올리버 태플린은 그리스 비극이 제의적 요소와 관련된 종교 축제 행사 중 하나로 공연되었다고 해서 그런 종교 의식들이 비극의 형태에 영향을 끼친 건 아니라고 강력하게 주장했다.

> 극은 디오니소스 극장의 신성한 공간에서, 사제들 앞에서, 정해진 제의들 전후에 공연되었다. 모두 사실이다. 하지만 이런 상황이 비극 자체에는 어떤 흔적도 남기지 않았다. 디오니소스 제전도, 연중 그 시기도, 사제들의 존재도, 전후 제의들도 그 어느 것도. 극만으로는 축제에 대해 단 한 가지도 알 수가 없다. 오로지 외적 증거들을 통해서만 알 수 있다.[22]

이 말 자체는 '모두 사실'이지만 경외감과 신이 인간사에 미치는 영향에 대한 지각에서 디오니소스 제전의 종교적 성격을 말해주며, 비극들에서는 신을 기리는 표현들을 볼 수 있다. 『오이디푸스』의 서막에서도 이는 확연하다. 극장의 무대 한가운데에 제단이 놓여 있고 테베 대표들이 이 제단을 둘러싸고 있다. 제단 위에는 그들이 가지고 온 양털로 휘감은 올리브나무 가지들이 놓여 있다. 이 가지들은 치유의 신 아폴론에게 바치는 제물이고, 테베 사람들은 왕에게 탄원을 하러 온 것이다. 탄원(*hiketeia*)은 고대 그리스 문화에서 제의적 행위로 신들의 세계에서도(『일리아드』는 아킬레우스의 어머니인 테티스 여신이 아들을 위해 제우스에게 탄원을 하면서 시작된다), 인간세계에서도(『일리아드』의 끝부분에서는 헥토르의 아버지 프리아모스 왕이 아킬레우스에게 아들

---

22 Taplin(1983), 3~4쪽.

의 시신을 매장할 수 있게 내어달라고 탄원한다) 발생한다. 제단에서는 신에게 제물로 바치는 향로의 향냄새가 나고, 아폴론 신에게 바치는 암송 소리와 찬가가 들린다(5행). 테베 시민 대표로 나선 사람이 자신을 제우스 신전의 사제라고 밝히면서 오이디푸스에게 탄원을 한다. 이는 오이디푸스가 단지 왕이기 때문이 아니라 신의 도움을 받아 스핑크스를 물리친 사람이기 때문이다(38행).

크레온이 델포이 신전에 갔다 돌아와서 처음 무대에 등장할 때 그의 온몸은 아폴론 신과 델포이 신전의 신성한 기운으로 가득한 것처럼 보인다.

> 오이디푸스: 아폴론 신이시여, 그를 보소서. 그의 머리에는 월계수가
> 씌워져 있고 그의 눈은 빛납니다.
> 그의 소식도 그의 눈빛처럼 빛나서 우리를 구원해주기를.
> 사제: 신처럼 근엄하고 광채가 나십니다. 만약 나쁜 소식을 가져오셨다면 저렇게
> 빛나는 잎으로 장식된 관을 쓰고 계시겠습니까?
>
> (80~83행, 버그·클레이 역)

그리스에는 개인이나 폴리스가 신에게 묻고 답을 얻는 신탁 장소가 많이 있었다. 대부분 종교 문제나 일상사와 관련된 질문이거나 단순히 그렇다 또는 아니다로 답할 수 있는 질문이었다는 증거가 남아 있다. 고대 그리스에서 가장 중요하고 권위 있는 신탁 장소는 세상의 중심이라고 여겨지던 델포이 신전이었다. 델포이 신전을 방문한 자가 사제에게 질문을 말하면 적절한 절차에 따라 의식을 치른 뒤 그 질문을 피티아(아폴론의 신탁을 받던 델포이의 무녀)에게 전했다. 피티아는 삼각대

에 앉아 최면에 빠진 것과 같은 상태에서 아폴론 신과 대화하여 질문에 대한 답을 얻었다.

크레온이 가져온 소식은 기대만큼 기쁜 것은 아니다. 신탁의 내용은 오염에 대해 언급하며 엄격한 어조로 그것의 정화를 요구한다. 그리스의 오염 개념은 흔히 탄생, 죽음, 살인, 신성모독, 광기에 초점이 맞추어져 있고, 사람들이 오염원을 걱정하여 그것들을 정화하는 일련의 행위를 요구하게 만들었다. 고대 그리스 사람들에게 오염(*miasma*)은 신체 접촉에 의해 전염될 수 있는 물리적 힘으로 여겨졌다(이런 이유로 아테네에서 살인 사건을 재판하는 법정에는 지붕이 없었다). 그리고 살인과 신성모독은 심할 경우 공동체 전체에 피해를 입힐 수 있는 심한 오염을 일으켰다.[23] 크레온에 따르면 델포이 신탁은 이를 선언한 것이다. 즉 역병은 라이오스 왕의 피로 인해 야기된 오염 때문이고, 그 오염은 그의 죽음에 책임이 있는 자에게 복수를 해야지만 제거될 수 있다(107행). 그래서 오이디푸스는 라이오스를 죽인 자에게 저주를 퍼부었고 이 저주는 극 내내 계속된다. 저주는 고대 그리스 문화의 한 단면으로 저주판(*katadesmos*)은 그들이 일상적으로 저주를 했다는 증거다. 저주판은 납판에 온갖 저주를 새긴 것으로 사람들이 누군가에게 영향력을 행사하려고 할 때 사용되었다. 때때로 죽은 자의 혼령을 언급한 저주판을 무덤이나 묘지에 두기도 했다. 종교 색채뿐만 아니라 법적 색채도 지닌 공공의 저주는 어떤 집단을 향한 저주였다. 오이디푸스가 그토록 경건하게 선언한 것(246~248행)도 바로 이런 엄숙한 저주였다. 그것의 중요성은 극 내내 반복적으로 상기되는데, 맨 처음에는 테이레

---

23 "헤라클레스(그는 헤라 여신의 부추김으로 광기에 사로잡혀 자기 자식들을 죽인다)와 오이디푸스의 경우가 현대 독자들을 당황하게 만들고 거리감을 느끼게 하는 것은 의도치 않은 행동이 내뿜는 오염의 강도다." Parker(1983), 317쪽.

시아스가 왕에게 "왕께서 선포하신 것을 충실히 지키십시오"(350행)라고 경고할 때, 두 번째는 오이디푸스가 자신이 살인자일 수도 있다는 것을 깨닫고 "오 신이시여, 무지한 가운데 저는 저 자신에게 저주를 내린 것 같습니다"(744~745행)라고 말할 때다.

> 그건 나다.
> 나 자신에게 그렇게 저주를 내린 것은 다른 누구도 아닌 나다.
> 나는 내가 죽인 자의 침대를 그를 죽인 바로 그 손으로
> 오염시켰다. 난 사악하게 태어난 것이 아닌가?
> 나는 너무 오염된 존재가 아닌가? (820~823행)

오이디푸스는 오염원이었고 스스로 눈을 멀게 한 후 왕궁에서 나와서 그런 자신의 정체를 밝힌다. 그는 자신이 라이오스 살인자에게 내린 포고대로 자신을 추방시켜달라고 요청한다. 그리고 자신을 "저주받은 자"(1345행)요, "사악한 자"(1360행)라고 칭한다. 그가 느끼는 이런 철저한 소외에도 불구하고, 또는 이런 철저한 소외 때문에 이제 그의 존재는 뭔가 특별하게 느껴진다. "난 이를 너무 잘 아오. 그 어떤 병이나 다른 그 무엇도 나를 죽이지 않으리란 것을"(1456행). 이는 오이디푸스가 스스로를 불멸하다고 생각하는 것이 아니라, 여생을 부모가 갓난아기인 자신을 죽이려고 버렸던 키타이론 산에서 보내고자 하지만 그런 자신의 의지와 상관없이 일련의 과정을 거쳐야 한다고 느끼는 것이다. 자신이 지닌 이런 독특한 특성을 감지했기 때문에 그는 코러스에게 그와 신체 접촉을 한다 해도 오염될 염려가 없다고 확신한다.

> 이리 와서 이 철저히 파멸된

> 나를 만지시오. 허나 두려워 마시오.
> 나 외의 그 누구도 나의 끔찍한 운명을 짊어지지 않을 테니. (1414~1415행)

그에게 이런 독특한 면모를 부여하는 것은 신의 영역이고 눈이 먼 오이디푸스를 처음 보았을 때 크레온은 어느 정도 이를 인지해 그를 "저주받아 벌거벗겨진 이 신성한 존재"라고 부른다(*toiond' agos akalupton houtō deiknunai*, 1426~1427행). 버그와 클레이의 이 번역은 그리스어 *agos*의 애매함을 포착했다. "그리스어로 '신성한'이란 단어는 '성스러우면서도 저주받은, 굉장하면서도 위험한, 순수하면서도 오염된'이란 뜻이다."[24] 고대 그리스인들의 사고에서 오염과 신성함 사이의 양면적 관계를 지적하는 것은 옳다. 왜냐하면 그것들은 신전의 사제나 여사제와 오염된 자들 사이의 접촉을 금하는 엄격한 규율 준수와 같이 분명히 많은 면에서 상반된 것으로 기능하면서도, 오염된 자에게 부정적 축복인 초자연적 권능을 부여하는 것 같은 이상한 집합점도 있기 때문이다. "이 때문에 신성함이란 뜻을 지닌 어근 *hag*와 관계있는 듯한 *agos*와 *enagēs*(저주받은) 같은 단어들이 일정 정도 미아즈마(오염)와 용법이 겹치는 것이다."[25]

테베의 일들에 영향을 미치는 신들의 권능은 코러스가 처음 부르는 송시의 주제인데(151~215행), 이 송시에서 그들은 아테나, 아르테미스, 아폴론, 디오니소스, 제우스의 이름을 부르며 도움을 요청하는 반면 그들을 그토록 괴롭히는 역병의 의인화로 끔찍한 전쟁의 신 아레스를 꼽는다. 이오카스테가 신탁의 진실성을 폄하하면서도 오이디푸스의 심리 상태에 놀라며 아폴론에게 의존하는 것도 주목할 만하다. 그녀는

24 Burian and Shapiro(2011), 299쪽.

25 Hornblower and Spawforth(1998), 553쪽.

"자기 삶과 밀접한"(919행, 버그·클레이 역) 아폴론 신에게 꽃을 바치고 기도를 올린다. 그리스 사람들은 인간의 신과의 근접성이 악마의 형태를 띨 수도 있음을 알고 있었다. 하인은 오이디푸스가 왕궁에서 이오카스테를 찾을 때 보인 마지막 광적인 행동을 "완전히 광분하시어 인간 이상의 힘이 왕을 지배하여 우리 필사의 존재들은 누구도 가까이 다가갈 수 없었습니다"(1258~1259행)라고 묘사한다.

2장 형식, 언어, 스타일

그리스 비극

우리가 그리스 신화를 하나의 사고방식으로 이해한다면, 신화 속 이야기를 단순히 낭송하거나 설명하는 대신 누군가가 그 신화 속 인물의 정체성을 갖고 그 사람이 되어 말을 하면 우리의 지성은 상상력 속으로 대담하게 뛰어들게 된다. 테스피스라는 미지의 인물이 기원전 530년대에 이런 대담한 혁신을 한 것으로 여겨진다. 테스피스는 50명의 남성과 소년들이 디오니소스를 기리는 합창과 춤 공연을 했던 디티람보스의 일원이었다. 그 공연 작품들에는 서사적 요소도 담겨 있었다. 순회 가면극 공연자였던 그는 아마 신화 속 인물의 페르소나를 취하면 공연에 더 생동감을 불어넣을 수 있다고 깨달았던 것 같다. 그렇게 연극 형태로 발전하기 전에 서사시 암송 속에 삽입된 직접 대사 부분이 있었다. 그 대사가 특히 길 경우에 그 연기를 하는 음유시인은 자연스레 역할 연기를 했을 것이다.

무용단과 합창단이 참여하는 종교 의식도 이들의 모방 동작을 발전시켰을 것이다. 그리고 거기서 그리스 비극의 코러스 역할이 탄생하게 되었을 것이다. 트라고이디아(*tragoidia*)라는 단어는 '염소'를 뜻하는 트라고스(*tragos*)와 '노래'를 뜻하는 오이도스(*oidos*)와 관련이 있을 것이다. 그렇지만 이 이름이 염소를 제물로 바쳤던 축제 행사와 연관이 있는지, 아니면 코러스가 염소 분장을 하거나 염소 가죽을 걸쳤기 때문인지는 확실히 알 수 없다. 비극의 기원이 코러스가 등장하는 행사와 밀접한 관계가 있다는 것은 '배우'를 뜻하는 그리스어 히포크리테스(*hypokritēs*)의 의미가 '대답하고 응답하는 자'라는 점이 뒷받침해줄 수 있을 것 같다. 또한 그것은 코러스 중 한 명이 신화 속 인물의 역할을 했던 중대한 순간을 상기시켜준다.[1] 이것이 테스피스라는 사람과 관계가 있는지, 있다면 어떻게 관계가 있는지는 알 수 없지만 어쨌든 디티람보스의 노래에서, 종교 의식에서, 노래하고 춤추던 코러스에서 비극의 형태가 발전했고 극작가들이 진화하면서 비극 작가들이 출현했다.

비극의 주인공은 프로타고니스테스(*protagonistes*)였는데 어떤 단계에 이르러서는 제2의 배우가 도입되었고, 소포클레스 때에는 보통 세 명의 배우가 출연했다. 아리스토텔레스는 아이스킬로스가 제2의 배우를 도입했고, 소포클레스가 제3의 배우를 처음 도입했다고 주장했다. 『오이디푸스』에서 주인공은 프로타고니스테스가 맡고, 다른 두 명의 배우는 나머지 여러 역할을 나눠 맡았을 것이다. 그래서 크레온 역의 배우가 코린토스 사자(使者) 역을, 이오카스테 역의 배우가 양치기 역도 했을 것이다. 시종과 같이 대사가 없는 배우들도 있었는데, 『오이디푸스』에서는 극이 끝날 때 등장하는 두 아이가 그런 경우다. 그리스 비극에서는 배우들이 정규 무대 의상을 입었는데, 정교한 문양에 헐렁한 소매가 특징이었다.

한 극작가의 세 극은 같은 이야기를 다룰 수도 있고, 각각 다른 주제를 다룰 수도 있었다. 『오이디푸스』의 경우는 그 극과 한 세트였던 나

---

1 '*hypokritēs*'라는 단어의 또 다른 의미인 '해석자'로 보면 배우란 복잡한 신화를 설명해주는 사람이었다.

머지 두 비극과 사티로스극에 대해 알려진 바가 없다. 『오이디푸스』 공연 뒤 여러 해가 지나고 소포클레스 사후인 기원전 401년에 공연된, 오이디푸스의 말년을 다룬 『콜로노스의 오이디푸스』는 같은 이야기를 다룬 3부작 중 하나는 아니었다. 소포클레스가 쓴 또 다른 극인 『안티고네』는 『오이디푸스』보다 여러 해 전에 공연되었지만 오이디푸스의 딸 안티고네가 성인이 되었을 때의 이야기로 신화에서는 더 뒤의 사건을 다루고 있다. '테베 3부작'이라는 개념 때문에 소포클레스가 『오이디푸스』, 『안티고네』, 『콜로노스의 오이디푸스』를 한 세트로 구상했다고 착각하기 쉽다. 『안티고네』에서는 오이디푸스가 이미 죽었고, 『콜로노스의 오이디푸스』에서는 살아 있다는 사실을 무시하고 말이다.

현대극과 아테네 비극의 형태 사이에는 중요한 차이가 많다. 연기자는 모두 남성이었고, 결정적 증거는 없지만 여성은 관람조차 하지 못했을 수도 있다. 야외극장이라 조명이 필요 없었고, 원래의 목재 구조물은 다 소실되었지만 극장 터는 아테네에 아직 남아 있다. 기원전 4세기 말에 석조 건물이 들어섰고 이후 몇 세기에 한 번씩 재건되었다. 원형의 연기 공간 뒤에는 스케네(*skene*, 'scenery'의 어원)라는 높이 4미터, 길이 12미터의 낮은 목조 구조물이 있었다. 아리스토텔레스는 소포클레스가 이 스케네에 그림을 그리기 시작했다고 주장했다. 스케네 한가운데 문이 있었고 양쪽 끝에는 작은 문이 있었던 것 같다. 학자들의 견해가 일치하지는 않지만 스케네 앞에 낮은 무대가 있었을 수도 있다. 만약 그런 게 있었다면 아마 '오케스트라'(그리스어로 '춤'을 뜻하는 단어에서 유래)라고 불렸던 공간 쪽으로 기울어져 있었거나 내려가는 계단이 있었을 것이다. 거기서 코러스가 노래하고 춤추고 극의 등장인물 역을 맡았던 세 배우와 의사소통했을 것이다. 드라마가 생기기 전에 옥수수를 타작하던 산기슭을 이용해 만든 둥근 원형 바닥의 오케스트라는 지름이

약 20미터이고, 한가운데에는 티멜레(*thymele*)[2]라는 제단이 있었다.

『오이디푸스』에서 스케네는 테베 왕의 왕궁이고, 극은 이 도시의 현왕 오이디푸스가 이 스케네 앞에 서서 오케스트라에 있는 시민들에게 연설하는 것으로 시작된다. 이 시민들이 어떻게 재현되었고 이런 특별한 경우에는 엑스트라들이 고용되었는지에 대해서는 확실하지 않다. 나머지 두 배우 중 한 명은 코러스 앞에 등장하는 크레온 역을 맡았다. 그리스 비극에서 프롤로그라는 용어는 코러스가 등장하기 전에 일어나는 모든 것을 말한다. 아이스킬로스와 에우리피데스의 극에서 프롤로그는 보통 한 인물이 맡아 하지만, 그와는 달리 소포클레스는 한 명 이상이 극을 시작하는 것을 선호했다. 양쪽에 하나씩 있는 에이소도스 혹은 파로도스라고 알려진 통로로 등장한 배우들이 연기 공간으로 들어와야 비로소 관객이 그들을 볼 수 있었다. 현존하는 판본들에는 무대 지문이 없는데 현대 번역본에서 볼 수 있는 무대 지문들은 편집자들이 첨가한 것이어서 종종 비판의 대상이 되기도 한다. 『오이디푸스』에서 테이레시아스가 떠나면서 오이디푸스가 라이오스의 살해자이고 어머니와의 근친상간을 통해 자식들을 낳은 자라고 말하는데(447~462행), 연출자는 이 대사를 어떻게 전달할지 고민해야 한다. 오이디푸스에게 직접 할지, 아니면 이 둘 중 한 사람, 아니면 둘 다 연기 공간에서 퇴장시켜 오이디푸스가 듣지 못하게 할지를 말이다.

보통 열다섯 명으로 구성된 코러스는 등장 후 오케스트라를 떠나지 않고 오보에처럼 생긴 관악기인 아울로스 반주와 함께 춤 스텝을 밟으면서 송시를 합창한다. 이 춤 스텝에 대해서는 알려진 바가 거의 없지만, 화병에 그려진 그림들을 보면 개별적으로 추는 것이 아니라 집단으

---

2 고대 그리스 극장 안에 있던 디오니소스 신의 제단(옮긴이).

로 추었다. 코러스가 부르는 첫 송시는 파로도스(parodos, 등장가)[3]라 하고 그 이후의 송시들은 스타시몬(stasimon, 정립가(定立歌))[4]이라고 하는데 독창일 수도 있고 합창일 수도 있다. 송시에서 서로 대구를 이루는 두 개의 연(聯)과 같은 부분인 스트로피(strophe)와 안티스트로피(antistrophe)는 '선회'(turning)를 뜻하는 그리스어에서 따온 것으로 코러스의 춤 동작을 가리킨다.[5] 송시의 이 두 부분은 똑같은 운율을 갖는다. 코러스의 송시들은 그리스 비극의 한 장면을 마무리하면서 배우들이 다른 장면으로 넘어갈 시간을 벌어준다.

가면을 쓰는 관습이 어떻게, 왜 생겼는지는 모르지만 이것은 아테네극과 현대극의 중요한 차이점 중 하나다. 테스피스가 얼굴을 하얗게 칠하고 꽃으로 장식을 했던 것으로 여겨지는데, 그것이 기원전 5세기경에는 그림을 그린 회벽을 바르고 각 배우의 머리에 맞게 만든 리넨 가면으로 발전한 것 같다. 얼굴을 다 덮었던 가면은 현재 하나도 남아 있지 않지만 화병 그림을 보면 단순히 표정을 강조했던 것 같다.

대사와 노래

악기 반주에 맞춰 (아테네어가 아닌 다른 언어로) 노래하는 코러스의 송시 가사와 코러스가 아닌 배우들이 주고받는 대사 장면 사이에는 근본적인 차이가 있다. 말을 주고받는 대사 장면(코러스가 거의 늘 무대

3 코러스가 자신들의 자리인 오케스트라를 향해 걸어가면서 부르는 노래(옮긴이).

4 코러스가 오케스트라 위에서 부르는 노래(옮긴이).

5 strophe는 한 발에서 다른 발로, 혹은 코러스의 한쪽에서 다른 쪽으로 이동하는 것을 의미한다(옮긴이).

에 있었으므로 독백은 아주 드물었다)은 중단 없이 말하는 연설인 레세이스(*rheseis*), 인물들이 한 행씩 주고받는 스티코미티아(*stichomythia*), 두 행씩 주고받는 디스티코미티아(*distichomythia*)로 나눌 수 있다. 스티코미티아와 디스티코미티아의 예는 오이디푸스와 테이레시아스가 주고받는 긴 장면이다. 대사를 빠르게 주고받는 장면은 인물 중 한 명이 압박을 받을 때의 흥분을 조성하고 개인이든 코러스든 제3자의 개입이나 신체 접촉에 의해 극적 긴장감을 고조시킬 수 있다. 이런 특징들을 모두 볼 수 있는 좋은 예가 오이디푸스와 양치기의 조우 장면이다(1120ff). 코러스가 이오카스테의 등장을 알리기 전, 오이디푸스와 크레온의 대화가 끝날 때쯤 두 사람이 반 행씩 주고받는데(627ff), 이를 안틸라베(*antilabē*, 시행 분절)라고 한다.

그리스 비극들이 이런 형식적 구분을 엄격히 따르지 않은 것으로 보아 극작가들은 유연성을 지녔던 것 같다. 한 인물의 대사 중 일부는 솔로 곡으로 전달되기도 하고 코러스 장(長)이 대사 장면에 끼어들기도 했다. 코러스의 춤 동작에 어떤 규칙이 있었는지, 그들이 주로 원형으로 움직였는지, 사각형 모양으로 움직였는지, 군대식으로 움직였는지도 확실하지 않다. 배우들의 대사 전달처럼 다양하게 변형됐을 수도 있다. 또한 코러스 대사를 관객이 쉽게 해석할 수 있도록, 그들만 알고 있는 손동작을 하면서 노래했을 수도 있다.

사자(使者)의 전갈(*Angelia*, 안겔리아)은 무대 밖에서 벌어진 중대한 사건을 보고하는 대사다. 스케네 안쪽에서 벌어진 일은 엑상겔로스(*exangelos*)가, 다른 도시, 다른 나라나 다른 고장과 같이 먼 곳의 일은 안겔로스(*angelos*)가 전했다. 항상 그런 건 아니지만 보통 극의 후반부에 이런 전갈이 등장했다. 『오이디푸스』에서 이오카스테의 자살 소식(1223ff)처럼 사자의 전갈은 좀 더 자세히 말해보라는 요구가 있기 전에는 보통 간결한 대사로 정보의 골자만 전한다. 사자의 전갈은 비극에서 자주 등장하기 때문에 관객들도 극적 순간에 대한 길고 화려한 묘사를 기대하곤 했다. 무대 밖에서 벌어진 사건의 인물 역을 잠시 하면서 직접 대사를 통해 보고하는 사건의 감정적 강도를 전달할 기회를 갖게 된 배우는 그의 극적인 묘사 능력으로 관객들에게 깊은 인상을 심어주었다.[6] 『오이디푸스』에서 사자의 전갈이 특이한 것은 그 사자가 직접 대사를 사용하여 재연하는 대신 자기 말로 바꿔 전하는데, 그 이야기가 섬뜩하다는 것이다.

그리스 비극은 운문으로 쓰였는데 영시처럼 약강(弱強) 음의 배열이 아닌 장단(長短) 음의 일정한 패턴을 사용했다. 이런 차이에도 불구하고 두 언어 모두 여러 운율을 사용하는데, 그중 특히 비슷하게 읽히는 단장격과 단단장격을 사용했다. 그래서 아테네 비극에서 가장 흔히 사용되는 운율은 각 행이 단장격 세 개로 이루어진 단장 3음보(音步)다. 이렇게 단장이 교차하는 어조는 일상 언어의 리듬과 비슷했다(영어의 일상어가 약강조 패턴을 지니고 있는 것처럼).[7] 코러스가 부르는 합창 부분은 엄격한 시적 운율을 따랐는데, 단장 3음보와 이 시적 운율 사이에 제3의 운율도 존재했다. 이 제3의 운율은 단단장(*anapaest*)격으로 가볍게 뛰는 듯한 효과를 주어서 행진형 아나페스트(marching anapaest)라고도 하는데, 병사들의 발 구르는 소리에서 유래했을 수 있다. 행진형 아나페스트는 특히 코러스가 처음 등장하거나 마지막에 오케스

---

6 사자 장면에 대한 전반적인 설명과 『오이디푸스』와의 관계에 대해서는 Barrett(2002)을 참조할 것.

7 "그러나 대화가 도입되자 자연은 스스로 이에 적합한 운율을 찾아냈는데 단장격 운율은 대화에 가장 가까운 시형(詩形)이었다. 그 증거는 우리가 대화할 때 대개 단장격 운율을 사용하고 장단단 6음보를 사용하는 경우는 드물며 그것은 보통의 어조에서 벗어났을 경우일 때뿐이다." Aristotle(1996), 8쪽.

트라를 떠날 때 부르는 대사였다. 이 리듬의 뛰는 듯한 효과를 변조하여 화자의 고조된 감정을 나타내는 어조로 사용되기도 했다. "가창용"(melic)이라고 알려진 이 운율은 아울로스 반주와 함께 대사라기보다는 노래에 가깝게 대사를 하는 데 사용되었다.

운율은 어떤 부분이 노래인지 대사인지, 혼자 부르는지 둘이 부르는지, 코러스와 주고받는 건지, 또는 코러스가 노래하고 춤추는 것인지를 알려준다. 하지만 이것은 그리스어로 된 텍스트를 읽는 많은 독자들도 잘 모를 것이고, 번역본을 읽어서는 절대 알 수가 없지만, 기본적으로 노래와 대사를 구별하는 것은 중요하다. 어떤 번역본들은 이 구분이 명료해서(221쪽 참조) 스스로 장님이 된 오이디푸스가 등장해 처음 노래를 부를 때처럼(1313ff) 독자들이 장면의 감정 변화를 감지할 수 있다는 장점을 지니고 있다.

아리스토텔레스

그리스 철학자 아리스토텔레스(기원전 384~322)는 그리스 비극에 관한 저작들을 남겼기 때문에 그리스 비극을 이해하는 데 대단히 중요하다. 고대에 가장 칭송받던 시에 대한 그의 저작들은 소실되었지만, 『시학』이 오늘날에도 전해진다. 이것은 자신이 필요해서 혹은 제자들을 위해 쓴 글이다. 그 책에는 소포클레스와 동시대인은 아니지만, 열일곱 살 때 플라톤의 아카데미아에서 공부하기 위해 그리스 북부에서 아테네로 왔다가 연극 공연을 보았을 것으로 추측되는 사람[8]이 쓴 비극에

8 아리스토텔레스를 말한다(옮긴이).

대한 분석이 담겨 있다. 아리스토텔레스는 후에 아테네를 떠났지만 기원전 335년에 자신의 학교인 리케이온을 세우기 위해 다시 돌아왔다. 기원전 4세기에 자신만의 철학을 개진했던 철학자 아리스토텔레스를 그리스 사상의 대표자라거나 소포클레스 같은 극작가들의 비극에 대해 전문적인 글을 쓴 대표적인 사람으로 꼽을 수는 없다. 그렇지만 고대 그리스로부터 2500년이 지났음을 고려하면 아리스토텔레스는 현재 저작이 남아 있는 그 어떤 사람보다 『오이디푸스』가 공연되었던 시대나 문화에 밀접했다. 우리가 아리스토텔레스의 『시학』을 꼭 읽어야 하는 이유는 그가 『오이디푸스』를 분석했던 통찰력 때문이다. 아리스토텔레스는 『오이디푸스』를 비극의 가장 대표적인 작품으로 꼽았고, 그래서 현대 관객이나 독자들도 여전히 그 영향을 받고 있다.

아리스토텔레스는 비극을 '말하는 것이 아니라 배우가 연기하는 (…) 연민과 공포를 통해 그런 감정을 정화(카타르시스)해주는 효과를 지닌 행위의 모방'으로 정의했다.[9] 아리스토텔레스가 강조한 것은 시나 인물이 아니라 플롯으로, 비극은 '인간을 모방한 것이 아니라 삶이나 행동을 모방한 것'이다.

> 행복과 불행은 행동(*praxis*)에 의해 야기되며, 삶의 목적도 행동이지 성질이 아니다. 인간은 성격에 따라 특정 자질을 갖지만 어떻게 사느냐에 따라 행복해지기도 하고 불행해지기도 한다. 그러므로 극은 인물을 묘사하기 위한 것이 아니라 인물은 행동과 함께 혹은 행동 때문에 극에 포함되는 것이다. 따라서 사건, 즉 플롯이 비극의 존재 목적이며 모든 것 중에서 가장 중요하다.[10]

---

9 Aristotle(1996), 10쪽.

10 Aristotle(1996), 11쪽.

한 인간의 인생 과정은 단순히 그가 어떤 사람이냐에 따라 결정되지 않는다. 어떤 사람이 야망이 있고 연줄이 있다고 해서 자신이 선택한 분야에서 반드시 성공하는 것은 아니다. 왜냐하면 결과를 결정하는 것은 그의 행동과 그 결과에 달려 있기 때문이다. 이런 실천 개념이 그리스어 프락시스(*praxis*)에 포함되어 있다. 비극이 야기하는 연민과 공포는 어떤 행동에 수반되는 성공(행복) 또는 실패(불행)에 대한 반응이다. 따라서 운명의 변화의 기록인 플롯이 '모든 것 중에서 가장 중요한 것'이다.

아리스토텔레스는 『오이디푸스』를 참조해 비극의 특징이라고 말하는 플롯의 두 가지 요소를 제시했다. 그중 하나는 반전(*peripeteia*)인데, 아리스토텔레스는 코린토스에서 온 사자 장면(924ff)을 그 예로 제시한다. 그는 코린토스 왕이 죽었기 때문에 오이디푸스가 코린토스의 새 왕이 될 것이라는 좋은 소식을 갖고 왔지만, 오이디푸스가 어머니와 근친상간을 저지를까 두려워서 돌아가기를 꺼린다는 걸 알게 된다. 그러자 그 사자는 오이디푸스의 영아 시절에 있었던 일을 들려주며 그의 걱정을 잠재우려고 한다. 그런데 그로 인해 오이디푸스의 부친 살해와 근친상간이 가차 없이 드러난다. 반전이란 운명 자체의 변화가 아니라 놀랄 정도로 기대와는 정반대로 사건이 돌아가는 것이다. 반전을 구성하는 것은 단순히 운명의 극적인 변화가 일어날 수 있다는 사실이 아니라 운명의 변화 속에 내재된 역설이다.

아리스토텔레스가 생각한 비극의 또 다른 중요한 요소는 인식(*anagnonrisis*)이다. 이는 '행운이나 불행을 맞은 사람의 우호적 관계나 적대 관계가 드러나면서 무지(無知)에서 인지(認知)로 바뀌는 것'이다. 아리스토텔레스는 『오이디푸스』를 인용하면서 반전과 함께 이런 인식이 발생할 때 가장 효과적이라고 주장한다.[11]

아리스토텔레스에 따르면 플롯이 아주 논리적이면서도 기대에 어긋나는 행동들을 보여줄 때 관객들은 연민과 공포의 감정을 갖게 된다. 특히 사건의 진행에서 "아르고스에서 미티스(Mitys)의 동상이 그것을 구경하던 미티스 살해자 위에 넘어져 그를 죽게 한 사건처럼 기묘한 일이 발생할 때 사람들은 경이감을 느낀다. 그런 일은 우연히 발생했다고 여겨지지 않는다."[12] 이론상 사건의 예기치 못한 변화가 긍정적으로 작용해 그리스 비극이 때때로 해피엔딩일 때도 있다. 그러나 아리스토텔레스는 행운에서 불행으로의 변화가 가장 좋은 플롯이고, 이런 변화는 "도덕적 결함이나 타락 때문이 아니라 일종의 실수(*hamartia*) 때문에 일어나야 한다"라고 생각했다.[13] 양궁에서 '표적을 놓치다'라는 뜻을 지닌 단어에서 유래한 '하마르티아'는 성격상의 결함이 아니라 의도치 않은 끔찍한 결과를 낳는 실수를 말한다.

고통은 하마르티아의 결과이고, 이것 때문에 관객들은 연민과 공포를 경험하는 것이다. 그리고 아리스토텔레스는 인물 간의 관계가 밀접할 때 이런 비극적 효과가 극대화된다고 생각한다. "고통스러운 사건이 친근자들 사이에서 일어나도록, 예컨대 형제가 형제를, 아들이 아버지를, 어머니가 아들을, 아들이 어머니를 살해하는 상황을 찾아야 한다."[14] 아리스토텔레스는 여기서 더 나아가 극작가가 전통적인 이야기를 근본적으로 바꿀 수는 없지만 그것들을 어떻게 이용할지를 선택할 수는 있음을 인지한다. 그는 메데이아가 변심한 남편 이아손에게 복수하기 위해 자식들을 살해하는 에우리피데스의 『메데이아』와 무지 속에 끔찍한 짓을 저지르는 『오이디푸스』를 비교한다. 아리스토텔레스는 무

11 Aristotle(1996), 18~19쪽.
12 Aristotle(1996), 17쪽.
13 Aristotle(1996), 21쪽.
14 Aristotle(1996), 23쪽.

지의 상태에서 끔찍한 짓을 저지르는 극이, 나쁜 짓인 줄 잘 알면서 저지르는 극보다 더 낫다고 생각했다. 무지한 가운데 계획했지만 결국 실행에 옮기지 않는 것이 더 훌륭하다고 생각하기는 했지만 말이다. 이 모든 상황이 지닌 공통점은 고통을 수반한다는 것이다. 관객들은 궁극적으로 고통 받는 인물들에게 연민을 느끼고, 그런 일이 자신에게도 벌어질 수 있다는 공포에 휩싸인다.

극장에서 공연을 보고 느낀 이런 연민과 공포의 감정은 카타르시스(*katharsis*)를 일으킨다. 하지만 정확히 이 용어가 무슨 뜻인지를 알기는 어렵다. 왜냐하면 카타르시스라는 단어는 '신체적 배설 과정'이라는 뜻 외에도 '영적 정화'라는 뜻도 가지고 있기 때문이다. 아리스토텔레스가 염두에 둔 것이, 모방은 인간 본성에 내재하고 있으며 "우리는, 보면 고통을 느끼게 되는 대상을 가능한 한 정확하게 재현한 이미지를 보면서 쾌감을 느낀다"[15]라는 그의 주장과 관련이 있다고 생각하게 된다. 공포의 감정은 연극을 통해 고통을 경험함으로써 중재가 된다. 그런 일이 실제로 우리에게 벌어지지는 않았지만 특정 상황에서 비슷한 일이 우리에게 일어날 수도 있음을 깨닫게 된다. 배우들의 무대 재현이라는 안전망을 통해 도달하게 되는 이런 감정적·지적 인식이 카타르시스인 것이다.

공적인 것과 사적인 것

아리스토텔레스가 비극은 "인물의 모방이 아니라 행동과 삶의 모방이

---

15 Aristotle(1996), 6쪽.

다"라고 한 말은 현대의 비극 개념과 다른 아테네 비극의 근본적 특질을 분명히 말해준다. 키르케고르가 그 차이를 논했는데, "고대 비극의 특징은 행위가 반드시 인물에게서 비롯된 것이 아니고, 주관적 사고나 결정에서 행위에 대한 충분한 설명을 찾을 수 없다는 것이다. (…) 코러스가 많이 나올수록 사적인 문제에 몰두하지 않으리라는 것을 나타낸다"라고 했다.[16] 키르케고르는 아테네 비극의 성격을 규정하는 데 있어 코러스의 중요성을 인식했는데, 가면 쓰기처럼 코러스도 현대 자연주의 극의 개념과 기원전 5세기 아테네 비극 공연 사이의 명백한 차이점 중 하나다.

아테네 극장이 야외극장이고 관중의 규모가 컸다는 점도 배우와 코러스가 관객들과 소통하는 방식에서 또 다른 차이를 낳았다. 어두운 객석에서 희미한 조명 효과를 지닌 미장센이 만들어내는 공연과, 수천 명의 관중이 모인 아테네 극장의 밝은 햇살 아래에서 펼쳐지는 공연은 관객과의 친밀도에서 엄청난 차이가 있다. 스케네 앞 연기 공간과 가장 먼 관객석까지의 거리는 100미터가 넘었다. 이는 셰익스피어 극이 공연됐던 글로브 극장의 네 배다. 이런 거리가 공연에 여러 가지 면에서 영향을 주었을 것이다. 예를 들어 배우와 코러스가 정면을 보면서 대사를 하고 노래 부르는 것을 당연하게 받아들이게 했을 것이다.

하지만 현대극과 고대 비극의 차이를 단순히 기후나 관객 수 같은 실질적 측면으로만 축소해서는 안 된다. 이런 사고방식은 아테네 비극의 가면에 대해서도 실용성 차원에서만 생각하게 한다. 발성을 위해 뚫린 가면의 입 부분을 목소리를 더 확대하여 개방된 공간 멀리까지 들리게 하는 원시적인 메가폰으로 보게끔 만든다. 이와 비슷하게 커다란 가면

16 Kierkegaard(1971), 141쪽.

은 뒤쪽 관객들이 무대 위의 인물들을 구분하고, 같은 배우가 여러 다른 역할과 다른 성 역할을 하기 쉽게 해주는 기능적인 도구가 된다. 이것들도 모두 유효한 관찰일 수 있지만 존 존스(John Jones)는 그런 시각이 중요한 점을 놓치고 있다고 다음과 같이 설득력 있게 주장한다.

> 그리스어로 가면을 나타내는 단어 프로소폰(*prosōpon*)은 얼굴, 양상, 사람, 무대 위 인물(페르소나)이라는 뜻도 갖고 있다. 따라서 우리는 가면과 얼굴을 의미론적으로 비슷하게 보고, 얼굴이라는 단어에 대해 우리가 지니고 있는 인식을 뛰어넘어 그 의미를 확장해 (호메로스 시대 때부터 그리스 사람들이 그랬듯이) 어떤 사람의 모습이 그 사람에 관한 진실을 말해준다고 생각해야 한다.[17]

가면은 사람의 정체성을 숨기기보다 그 정체성을 분명히 보여주는 미학적 인공물인 것이다. 그런데 우리는 가면이 더 심층적인 '진짜' 자아를 숨기는 것으로 생각하는 데 익숙해져서 그리스 사람들은 기본적으로 가면을 어떤 사람의 온전한 모습으로 이해했다는 사실을 놓친다. 그리스 비극의 언어와 몸짓에는 셰익스피어 독백의 특징인 자아 성찰적이고 사적인 면이 없다. 그리스 비극은 "공적 사건의 극"이고, "등장인물들에게 말하고 입증하라고 압박하는" 코러스는 이 공적 세계를 보여주는 가시적인 상징이다.[18] 코러스의 역할을 이렇게 보기 때문에 키르케고르가 '코러스의 역할이 크면 클수록 사적인 문제에 빠지지 않는다'고 말한 것이다. 다시 말해 아테네 비극의 세계에서 사적인 면의 부재는 가면을 쓰고 의상을 갖춰 입은 배우들, 그리고 거의 내내 무대 위에

---

17 Jones(1980), 44쪽.

18 Gould(2001), 84쪽, 89쪽.

있는 코러스가 무대 위에서 벌이는 고도로 양식화된 공적 현실과 관계가 있다.

아테네 비극의 공적 성향은 극작가나 관객들이 사람들의 사적 감정이나 내밀한 영역을 인식하지 못했다거나 무시했다는 의미가 아니다. 키르케고르가 "고대 세계에는 자아 인식과 자아 성찰에 충실한 주체성이 없었다"[19]라고 주장한 것은 조금 지나치다고 생각할 수 있다. 그보다는 그리스 비극의 세계에서는 요즘 우리가 무대화가 가능하다고 생각하는 자기분석적인 주체성 같은 것의 재현을 허락하지 않았음을 뜻한다. 사무엘 베케트(Samuel Beckett)나 베르톨트 브레히트(Bertolt Brecht)의 극에서처럼 어떤 감정이나 우리에게 익숙해진 그런 감정을 표현하는 방식이 부족하거나 부재했다. 내면은 입증하는 것이 아니라 때때로 기계적인 방식으로 드러나는 것이다. 『오이디푸스』를 특히 흥미롭게 만들어주는 것은 공적으로 밝혀진 충격적인 사건이 개인에게 끼치는 영향을 제시할 때, 그 극한까지 끌고 가는 그리스 비극의 관습을 보여준다는 점이다. 예를 들어 이오카스테와 오이디푸스의 사생활이 보장되지 않는 상황에서 이오카스테가 자기 어머니와 잠자리를 같이하는 꿈을 꾸는 남자들에 대해 말하는 장면(988ff)처럼 말이다.[20]

---

19 Kierkegaard(1971), 141쪽.

20 Gould(2001), 84쪽.

3장 주제

비극적 행동

아리스토텔레스가 비극은 "인간의 모방이 아니라 그들의 행동이나 삶의 모방"이라고 한 말이 『오이디푸스』를 이해하는 데 중요하다는 것을 현대 소설의 전형적 특징인 심리적 개연성에 익숙한 독자나 관객들은 과소평가하는 것 같다. 인물의 풍요로운 내면, 그들의 내적 감정과 사고, 입체성은 현대 소설의 기본적인(많은 이들에게는 신성하기까지 한) 특질이어서 『오이디푸스』의 비극적 행동의 윤곽을 사람들이 못 보는 것 같다. 이 극의 사건 전개 과정의 특징인 반전에 대해 생각해보라. 오이디푸스는 스핑크스의 수수께끼에 올바른 답을 함으로써 스핑크스를 제압하는 데 성공해 명성을 얻었으나, 테베를 파괴시키고 있는 역병을 없애지 못하고 있는 테베의 통치자다. 델포이 신전의 신탁은 라이오스 왕을 살해한 자를 처벌하면(107행) 역병이 끝날 것이라고 선포한다. 오이디푸스는 즉시 이 작업에 착수하면서 그런 죄를 저지른 자에게 심한 저주를 내리고 장님 예언자 테이레시아스에게 묻는다. 그런데 오이디푸스의 도발에 화가 난 그는 알 수 없는 말로 오이디푸스 자신이 그가 찾고 있는 살인자라고 말한다. 사태를 진정시키기 위해 이오카스테 왕비는 선왕은 삼거리에서 살해되었다고 말하게 되고, 오이디푸스는 그 말을 듣는 순간 그곳에서 있었던 싸움을 떠올리며 자신이 정말 그 살인자일 수도 있음을 깨닫고 경악한다. 그리고 그 싸움을 목격한 양치기를 데려오라고 명령을 내린다. 그런데 그때 코린토스에서 온 사자가 도착해 오이디푸스가 아버지라고 알고 있는 분이 돌아가셨다는 소식을 전한다. 그것은 액면 그대로는 오이디푸스가 아버지를 살해하리라는 신탁이 틀렸음을 입증하는 좋은 소식이다. 하지만 신탁은 그가 어머니와 동침할 것이라고도 했기 때문에 오이디푸스는 코린토스로 돌아가기를 꺼린다. 이에 사자는 그런 일이 일어날 가능성은 없다고 주장한다. 테베 왕의 양치기에게서 어린 오이디푸스를 건네받아 코린토스의 왕과 왕비에게 데려간 것이 바로 그였기 때문이다. 이 말로 인해 진실을 알게 된 이오카스테는 오이디푸스에게 조사를 멈추라고 애원하지만, 그는 왕비가 단지 자신의 천한 신분이 드러나길 원치 않는 거라고만 생각하고 이를 거부한다. 마침내 왕의 살해를 목격했던 양치기가 도착하는데, 공교롭게도 그는 어린 오이디푸스를 코린토스의 사자에게 건네준 자여서 아기의 친부모가 누구인지를 알고 있다. 양치기가 "저는 무서운 이야기를 해야 할 것 같습니다"라고 말하자, 이제 자신이 왕의 버려진 아들이고 삼거리에서 그를 죽인 뒤 테베에서 자신의 어머니와 결혼했다는 것을 깨달은 오이디푸스는 "나는 무서운 이야기를 들어야 할 것 같군. 그래도 들어야 하네"라고 답한다(1069~1070행).

이 중요한 일들은 이미 벌어진 것이고 극의 플롯은 반전에 반전을 거듭하면서 오이디푸스가 과거에 저지른 일들을 알아가게 한다. 도시를 위기에서 구하기 위해 증인들을 소환해 사실을 확인하는 그의 행동들은 들춰지지 않았을 수도 있는 과거를 들춰낸다. 꼬인 일련의 정황들로 사실들이 밝혀지고, 마찬가지로 의도치 않은 불행한 순간들 때문에 오이디푸스의 조사 과정은 악몽 같은 자기 발견의 노정이 되어버린다. 이

플롯의 얄궂음은 오이디푸스의 좋은 의도가 자신의 비극을 불러왔다는 점이다. 그가 애초에 코린토스를 떠난 것도 술 취한 자로부터 자신이 친아들이 아니라는 말을 듣고 부모에 대한 진실을 알고자 했기 때문이었다(780행).

이 비극적 행동의 핵심은 오이디푸스가 자신이 저지른 끔찍한 짓을 알게 되고, 설사 모르고 했다 하더라도 이미 알게 된 사실을 무시할 수 없음을 그가 안다는 점이다. 버나드 윌리엄스(Bernard Williams)는 오이디푸스가 자신이 저지른 짓을 알게 된 것 자체가 그런 행동의 동기 또는 동기 결여와 상관없이 엄청나게 그를 짓누른다고 주장하는데, 이는 타당한 주장이다.

> 『오이디푸스 왕』이라는 무서운 기계는 "그가 그 짓을 했다"는 오로지 한 가지를 알아내기 위해 돌진한다. 우리는 단지 살인죄에 대해 우리가 공유하는 마법적인 생각이나 낡아빠진 책임감 개념 때문에만 그 사실의 발견을 끔찍하다고 생각하는 걸까? 분명 아니다. 어떤 사람의 인생 이야기에서 그가 어떤 행동을 의도적으로 했느냐가 아니라 그가 저지른 행위 자체가 어떤 힘을 발휘하는지를 알기 때문에 우리는 그렇게 생각하는 것이다.[1]

오이디푸스는 오염됐지만 그의 잘못은 아니다. 이것이 바로 『오이디푸스』에서 인지와 자기 인식의 주제를 전하는 이해의 틀이다.

---

1 Williams(1994), 69쪽.

인지와 자기 인식

『오이디푸스』에서 불확실한 자기 인식이 쉴 새 없이 작동해 어수선한 사고의 흐름을 만들어낸다. 아이슬란드에 아르네스 팔손(Arnes Pálsson)이라는 도둑에 관한 이야기가 있다. 그는 1756년에 아크라파올산에서 그를 추적하는 패거리에 합류함으로써 약삭빠르게 체포를 면했다. 이런 약삭빠름은 오이디푸스에게는 불가능하다. 그는 자신이 추적당하고 있는 사람이라는 사실을 모를 뿐만 아니라 그런 약삭빠름은 대단히 반사적이어야 하는데 추적 자체가 오이디푸스에 의해 시작되고 또한 가차 없이 진행되고 있기 때문이다. 오이디푸스는 아르네스 팔손이 추격자이면서 동시에 추격당하는 사람일 수 있게 해주었던 '인지' 없이 자신을 추적하고 있는 것이다. 그리고 소포클레스의 비극을 이끌어가는 것이 바로 이 인식의 부족이다.

오이디푸스는 여러모로 자신이 생각하는 사람과 반대되는 인물이다. 그는 코린토스에서 온 이방인이지만 사실은 자기가 태어난 곳으로 돌아온 테베 사람이다. 정통 왕위 세습자가 아니기 때문에 자신이 테베의 적통이라고 생각하지 못하지만, 사실 그는 테베의 적통이다. 스핑크스의 수수께끼는 풀었지만 정작 자기 부모에 관한 델포이의 수수께끼 같은 신탁 내용은 풀지 못했다. 그는 라이오스 살해자에게 판결을 내리는 재판관인 동시에 그 자신이 바로 범인이다. 테베를 역병으로부터 구할 사람이 바로 그 역병의 원인 제공자이고, '제1인자'(33행)가 자신보다 더 비참한 자가 어디 있겠냐고 물으면서(1204행) 끝난다. 그리고 『오이디푸스』 이후에 나온 오이디푸스 콤플렉스라는 용어가 소포클레스 극에서 유래하긴 했지만 그들과의 관계를 모른 채 우연히 아버지를 죽이고 어머니와 성관계를 가진 자에게는 적용할 수 없다는 아이러니도 존재한다.

오이디푸스는 거만하고 어리석고 자기기만적인 사람이 아니다. 자신을 조롱하는 테이레시아스의 도발 때문에 스핑크스를 능가한 자신의 지적 능력에 대한 자부심을 표출할 뿐이다. 상반신은 여성, 하반신은 사자인 네 발 짐승 스핑크스를 로마 작가 히기네스(Hygines)는 테베 사회에 치명적인 도전자로 묘사한다.[2]

> 티폰의 자손인 스핑크스는 보이오티아로 보내져 테베 들판에서 노닥거리고 있었다. 스핑크스는 크레온에게 내기를 제안했는데 만약 누군가 자기가 내는 수수께끼를 풀면 이 도시를 떠나겠지만, 맞히지 못한 자들은 파멸할 것이고 그 외 다른 조건으로는 절대 이 도시를 떠나지 않겠다는 것이었다. 왕이 이 말을 듣고는 그리스 전역에 스핑크스의 수수께끼를 푸는 자에게는 테베 왕국을 주고 자신의 누이인 이오카스테와 결혼하게 해주겠다는 포고를 내렸다. 많은 이들이 왕국이 탐나서 나섰다가 스핑크스에게 잡아먹혔지만, 라이오스 왕의 아들 오이디푸스가 와서 수수께끼를 풀었다. 그러자 스핑크스는 뛰어내려 죽었다.[3]

오이디푸스는 극이 시작될 무렵 대단히 존경받고 자신감에 차 있는 왕이었다. 하지만 한 시간 정도 만에 그의 삶의 비밀들이 가차 없이 폭로되면서 하나의 수수께끼의 답으로 인해 스핑크스처럼 파멸한다. 이번 수수께끼는 그의 인생이었다. 수수께끼의 답이 나오자 결과는 끔찍했다. 사자(使者) 한 명이 궁전 안에서 벌어진 일을 묘사한다. 오이디푸스

---

2 『오이디푸스』 사건 이후를 배경으로 하는 에우리피데스의 『페니키아의 여인들』에서는 안티고네가 스핑크스를 물리친 것을 자랑하는 아버지를 질책한다.

3 Regier(2004), 3쪽에서 재인용.

는 아내를 죽이려고 찾다가 스스로 자살한 것을 보고는 그녀의 옷에 꽂혀 있던 브로치를 빼서 자기 눈을 찔러 멀게 했다. 그가 왕궁에서 나와 사람들을 대할 때 관중들은 자신에 대해 알게 된 사실들 때문에 스스로 장님이 된, 완전히 파멸한 사람의 모습을 볼 준비가 되어 있다. 하지만 오이디푸스는 자기 인식에 의해 완전히 파멸하지는 않는다. 코러스가 예상했던 것과는 반대로 그는 살아남는 것을 선택한다. 그는 스스로 눈을 멀게 한 행동에 대해 변호하고 계속 살아갈 준비를 한다. 그러나 더 이상 자기 정체성에 대해 무지한 상태가 아니라 자기 이름에 얽힌 말장난에 일종의 결론을 내리면서 말이다.

오이디푸스(Oidipous)라는 이름은 '보다' 또는 '알다'라는 뜻의 그리스어 어근 '-*id*(*eid*-, *oid*-형태를 지닌)'에서 따왔을 것이다. 이는 우리 지식의 기본은 우리를 둘러싸고 있는 현상계요, 우리가 감각을 통해 직관하는 세계라는 사실을 보여준다. 이에 대한 최고의 철학적 언급은 칸트가 『순수이성비판』의 서문 첫 문장에서 쓴 것이다. 칸트는 "우리의 모든 지식이 경험에서 비롯된다는 것은 의심할 여지가 없다"고 주장한다.[4] 그는 계속해서 사람들의 정신이 직관한 것을 자신이 소위 '범주'라고 부른 사고 형태들인 오성의 개념들로 변형시킴으로써 정신은 현상계에, 즉 인지 가능한 물리적 세계에 질서를 부여한다고 주장한다. 이러한 사고의 구상력이 없으면 우리는 이 세상을 알 수가 없다고 칸트는 말한다. "그것들(사고의 구상력)은 경험 대상의 필연성과 선험성에 대해 말해준다. 왜냐하면 오로지 그것들에 의해서만 어떤 경험에 대해서도 생각할 수 있기 때문이다."[5] 칸트는 이어서 간혹 특별한 경우에 그 원인을 알 수 없을 수도 있지만 우리가 감각을 통해 마주치는 대상은

---

4 Kant(2007), 41쪽.

5 Kant(2007), 126쪽.

모두 원인이 있어야 한다고 주장한다. 왜냐하면 이것이 사물에 대한 경험의 초월적 조건인 선험적 조건이기 때문이다. 이러한 사고의 범주들은 우리 경험에 기초한 형이상화 과정을 통해 만들어지는 것이 아니라 우리 오성에 의해 즉각적으로 만들어지는 것이다. 우리의 추론은 이렇게 작동하고 다시 소포클레스의 극으로 돌아가면 이런 추론의 힘이 오이디푸스를 오이디푸스답게 만들어주는 것이다. 그가 스핑크스의 수수께끼를 알아맞힌 것은 추론 과정을 통해서였다. 그리고 델포이 신탁이 라이오스를 죽인 자를 찾는 것과 테베를 위협하는 오염을 서로 연관시켰을 때 이 미해결된 죽음에 대한 조사도 똑같은 방식으로 진행된다. 이런 일련의 조사가 자신의 정체성에 대한 질문들에 이르렀을 때 오이디푸스는 진실에 도달할 때까지 계속 자신의 합리적인 오성의 힘을 적용한다. 그는 필연적인 욕망에 이끌리고 그가 그다우려면 지금 하고 있는 행동들을 해야 한다. 오이디푸스가 라이오스 왕을 죽인 자를 찾도록 밀어붙이는 것은 그의 의지의 힘이 아니라 그의 타협할 줄 모르는 힘, 진실을 마주하고자 하는 집념이다.

이에 따르면 우리는 세상과, 세상에 대한 우리의 인지를 존재론적으로 완벽하게 설명할 수 있어야 한다. 그러나 소포클레스처럼 칸트도 세상에 대해 만족스러울 정도로 일관성 있는 설명에 만족스러워 하지 않는다. 칸트는 실재를 현상계와 초현상계라는 두 개의 서로 다른 질서계로 구분했고, 그 결과 사물 자체와 그 사물들이 우리에게 보이는 것 사이의 차이를 구분한다. 우리 감각들은 우리의 외부 세상에 대해 무언가를 제공하지만, 우리가 직관하는 것이 우리 오감이 처음 접한 대상을 있는 그대로 순수하고 완전무결하게 인식한 것은 아니다. 칸트에 따르면 우리의 오성이 접근할 수 없는 존재 질서가 있는데, 소포클레스가 철학적 글을 쓰고 있는 것은 아니지만(그의 극에 담긴 사상과 칸트의 인식론 사이의 관련성을 논하거나 강요할 의도는 없다), 『오이디푸스』는 인지에 관한 질문을 야기시키는데 그 논쟁의 철학적 성격에 대해서는 관심을 가질 가치가 있다. 소포클레스의 극은 현상계나 우리의 이성적 사고 속에서 우리의 오성을 넘어서는 실재가 존재함을 보여준다. 이것이 칸트가 말하는 초현상계는 아니지만 고대 그리스 세계에서는 징조나 예언 등의 방식으로 인간에게 영향을 미치는, 인간보다 상위의 힘이 존재함을 인정한 것이다. 오이디푸스는 자신이 이 세상을 이해하는 법을 알고 있다고 생각했으나, 자신의 인지 능력이 아폴론 신이 알려주고 델포이 신탁이 말한 것에 대해 대비하지 못했음을 깨닫게 된다.

> 모든 인생은 조개껍데기 같은 것에 갇혀 궁극적으로 무지와 무능 속에 흘러간다. 내일 무슨 일이 일어날지에 대해 혼자 내린 확신 속에서 행동하거나 생각하는 것은, 지팡이를 집어던지고 안내자의 손을 뿌리치고 혼자 앞으로 돌진하는 가련한 눈먼 미치광이를 흉내 내는 것이다.[6]

오이디푸스의 이름이 시각과 관련되어 있다는 어원 연구는 이 극 전체에 흐르는 예지와 무지, 안목과 맹목이라는 용어들에 매달리는 것이 중요하다는 것을 확신시켜준다. 오이디푸스는 자신이 제대로 보는 능력을 지녔다고 생각하고 숨겨져 있는 것을 밝히기 시작한다. 반면 테이레시아스는 장님이지만 '진실'을 볼 수 있기에 숨겨진 것을 밝히고 싶어하지 않는다. 극의 끝부분에서 오이디푸스는 장님이 되고, 이는 그가 주장하던 인지 능력이나 통찰력 같은 단어들에 타격을 입힌다.[7]

이 극에서 관련된 대부분의 사람들에게 이전에는 보이지 않던 것들

6 Jones(1980), 168쪽.

7 Goldhill(1986), 220쪽.

이 드러나는 것은 역병에서 벗어나는 방법에 대한 델포이 신탁과 함께 시작된다. 다른 신탁들은 앞으로 벌어질 일들을 예언하고, 이런 예언들이 실현되는 것은 말에 의해서다. 코린토스에서 술 취한 자의 말 때문에 오이디푸스는 델포이 신전을 방문하게 되고, 거기서 들은 말 때문에 코린토스로 돌아가지 않고 삼거리를 지나게 된다. 스핑크스의 수수께끼에 답한 그의 말 때문에 오이디푸스는 이오카스테와 결혼하게 된다. 오이디푸스의 조사도 모두 말로 행해지고(1110ff) 양치기와 만나는 극적인 장면에서의 질문, 명령, 반대 명령, 협박, 질책, 거부, 주장, 호소, 허락, 후회와 같은 일련의 언어 행위들[8]이 쌓여 극은 클라이맥스에 이른다. 말, 언어는 인지 상태에 도달하는 과정과 떼려야 뗄 수 없는 관계인 것 같다. 오이디푸스 자신도 그러한 가정에 따라 행동한다. 크레온이 델포이 신전에서 돌아와 테베 시민들 앞에서 보고하기를 꺼릴 때 오이디푸스는 그에게 모두 듣는 데서 말하라고 지시한다(93행). 이오카스테 역시 삼거리 강도들에 대해 양치기가 한 사람이 아니라 강도떼였다고 한 말을 떠올릴 때, 말의 가치를 대단히 믿고 있다. 그래서 오이디푸스가 양치기를 궁으로 불러 그 차이를 확인하고 싶어 할 때 그녀는 양치기가 "이제 와서 그 말을 번복할 리 없다"(849행)고 주장한다. 세속의 말들은 신탁이나 예언의 신성한 영역에 해당할 때만 신성한 불변성을 부여받는다.

반대로 침묵이나 회피 같은 행위들은 언어를 통해 인지 상태로 도달하는 길을 복잡하게 만든다. 오이디푸스는 그의 부모가 누구인지 신탁에 묻지만 답을 듣지 못하고, 대신 그가 부친 살해와 근친상간을 저지를 것이라는 말만 듣게 된다. 그런데 이것은 오이디푸스의 질문에 대한

8 Burian(1992), 199~201쪽.

수수께끼 같은 답이었다. 왜냐하면 부친 살해와 근친상간의 결과 오이디푸스는 자기의 부모가 누구인지를 오랜 지연 끝에 알게 되기 때문이다. 역병에 대해 조언을 해주는 신탁도 라이오스 왕의 죽음에 복수를 하라고 말하지만 그 죄인이 누구인지는 말하지 않는다. 오이디푸스는 질문에 직설적인 답변을 거부하는 테이레시아스에게 화가 난 나머지 계속 대답을 회피할 정도로 무모한 자인지를 묻는다.

> 오이디푸스: 늘 이런 식으로 말하고도 살아남아
> 그걸 비웃을 수 있다고 생각하느냐?
> 테이레시아스: 그렇습니다. 진리에 힘이 있다면요. (368~369행)

이에 오이디푸스는 그 눈먼 예언자에게 "너는 눈만 먼 것이 아니라 마음도, 귀도 멀었어"라고 말하며 그가 육체적으로도 정신적으로도 제대로 보지 못한다고 말한다. 그러나 수수께끼 같은 언어들로 전하는 테이레시아스가 알고 있는 진실을 보지 못하는 자는 바로 오이디푸스다. 결국 이 장면은 오이디푸스가 입을 다물고 침묵하면서 끝난다.

이 극이 탐색하고 있는 것이 신의 능력과 인간의 나약한 인지 능력이라는 전통적 믿음에 대한 확인이라고 주장할 수도 있다. 이것은 소포클레스를 경건하고 아주 종교적인 사람으로 보는 시각에는 맞아떨어진다. 하지만 포스터(E. M. Forster)가 쓴 『가장 긴 여정』(*The Longest Journey*)에 나오는 한 인물이 "소년들은 소포클레스를 계몽주의 주교라고 여길 텐데 뭔가 그들이 틀린 것 같다"[9]라고 말하듯이, 이 문제에 대해서는 더 말할 것이 있을 것 같다. 델포이의 신탁이 입증되었다고

---

9 E. M. Forster(1992), 161쪽.

해서 존재론적으로 볼 때 인생이란 아무런 계획 없이 열려 있는 것이라는 이오카스테의 인생관이 잘못된 것이라고 봐야 할까? 만약 그렇다면 인간의 자유는 대폭 축소될 것이다. 만약 오이디푸스가 운명의 희생자라면 그의 인생은 이미 다 알려져 있었으므로 인지의 가치는 처참하게 제한될 것이다. 우리는 현상계만 인지할 수 있어서 우리 삶의 방향을 정하고 계획하는 더 큰 힘의 영향을 받을 수밖에 없다. 우리 인간의 오성이 신이나 신의 뜻을 알아챌 능력을 특별히 부여받은 몇몇 예언자만이 가진 형이상학적 인지 능력에 적수가 될 수 있다고 생각하는 것은 위험하다. 여기서 오이디푸스의 실수는 테이레시아스에게 다음과 같이 자랑하면서 달리 생각한다는 것이다.

> 그때 내가 나타났지.
> 아무것도 모르는 이 오이디푸스가 그것(스핑크스)을 막았지.
> 나는 내 지혜만으로 그 수수께끼를 풀었다. 내 지혜는 새점(占)을 통해 안 것이 아니다. (396~399행)

그의 이름에 관한 극이라고도 할 수 있는 이 극 속에서 오이디푸스는 정말 '아무것도 몰랐다.' 왜냐하면 그는 어리석게도 합리적 지성을 우선시함으로써 다른 차원의 오성을 믿지도 인정하지도 않는데, 이것이 인지 능력을 지녔다는 그의 주장을 약화시키기 때문이다. 극 속에서 오이디푸스는 끊임없이 질문을 하지만, 그가 마지막 답에 도달하여 오성의 눈을 떴을 때는 이미 너무 늦었다.[10] "미네르바의 부엉이는 땅거미가 지고 나서야 날개를 펼친다." 지혜의 여신이자 아테네의 수호신인 아테

---

10 "극의 3분의 2 지점까지 오이디푸스의 특징적 어조는 조급하게 답을 요구하는 질문자의 어조다." Knox(1957), 121쪽.

나 여신(로마의 미네르바 여신)을 가리키면서 헤겔이 한 이 은유적 표현은 오이디푸스가 하루의 일들을 다 겪고 나서야 제대로 인식하게 된 것에도 들어맞는다.[11] 코러스가 주장하듯이(1200ff) 오이디푸스가 성공하도록 내몰았던 인지가 돌이켜보면 그의 삶에 불행을 가져온 것이다. "소포클레스는 인간들이 자신의 이야기를 스스로 써 내려가려고 시도하다가 실패하는 위험을 극화한 것이다."[12] 운명은 오이디푸스가 아버지를 살해하고 어머니를 아내로 맞으리라고 선고했지만, 라이오스의 죽음에 대해 가차 없이 조사한 것은 오이디푸스 자신의 선택이었다. 정말 오이디푸스 자신의 선택이었을까? 크레온이 오이디푸스를 위해 듣고 온 신탁의 내용은 라이오스 왕의 죽음에 복수하면 테베를 괴롭히는 역병이 사라지리라는 것이었다. 이것은 오이디푸스로 하여금 자신이 문제의 원인임을 밝히도록 이끄는 운명의 또 다른 손으로 볼 수도 있을 것이다.

운명

『실낙원』(*Paradise Lost*)(2권 558~561행)에서 존 밀턴(John Milton)은 타락천사들 중에서 좀 더 지적인 자들이 산으로 물러나서 다음과 같이 했다고 묘사한다.

> 섭리, 선견, 의지, 운명,
> 숙명, 자유의지, 절대적인 선견에 대해

11 Hegel(1975), 13쪽.

12 Bushnell(1988), 84~85쪽.

> 깊이 따져봤으나 갈피를 잡을 수 없는
> 미로에서 길을 잃고 끝을 찾지 못했다.[13]

이 천사들이 고른 토론 주제가 이율배반과 역설로 가득한 것들임을 감안하면 그들이 '갈피를 잡을 수 없는 미로'에서 길을 잃었음을 깨닫는 것은 놀랄 일이 아니다. 운명은 서머싯 몸(Somerset Maugham)의 극 『셰피』(*Sheppey*)에 나오는 사마라에서의 약속에 대한 이야기에서처럼 우연과 필연이 이상하게 결합된 것이고, 오해에서 이상하게 진실이 나타나는 것이라고 설명할 수 있다.

> 바그다드에 한 상인이 살고 있었는데 그는 하인을 시장에 보내 물건을 사오게 했다. 잠시 뒤 하인이 하얗게 질려 벌벌 떨면서 돌아와서는 말했다. 주인님, 방금 전 제가 시장에 갔을 때 군중 속의 한 여자가 절 거칠게 밀었는데 돌아보자 절 떠민 것은 죽음이었습니다. 그녀는 절 쳐다보며 위협적인 행동을 했습니다. 제게 말 좀 빌려주십시오. 전 이 도시를 떠나 운명을 피하겠습니다. 사마라로 가면 죽음이 절 발견하지 못할 것입니다. 상인은 하인에게 말을 빌려주었고 하인은 말을 타고 박차를 가해 최대한 빨리 달려갔다. 그러고 나서 상인이 시장에 가서 군중 속에 서 있는 나를 보더니 내게 다가와 물었다. 왜 그대는 오늘 아침에 내 하인에게 위협적인 행동을 했는가? 위협적인 행동을 한 것이 아니라 놀랐을 뿐이오. 내가 말했다. 오늘 밤 그를 사마라에서 만날 예정이었는데 바그다드에서 보게 되어서.[14]

사마라로 도망간 하인은 엄중하면서도 이상한 운명의 희생자인 것이

---

13 Milton(1962), 44쪽.

14 http://en.wikipedia.org/wiki/Sheppey_%28play%29.

다. 왜냐하면 모든 일은 내재적 필연성이 있어서 인과의 연결고리가 철석같기 때문이다. 우발성은 규칙이 없어 보이지만 『오이디푸스』에서처럼 우연이 사건들의 중심에 존재한다.

운명과 자유에 대한 토론의 핵심에 존재하는 시간의 패러독스에 접근하는 또 다른 방식은 공상과학 플롯이다. 공상과학 플롯에서는 누군가가 현재를 바꾸기 위해 과거로 여행을 가는데 결과적으로 자기가 바꾸고 싶어 하는 현재가 자기 때문에 발생했음을 깨닫는다. 이 플롯이 말해주는 것은 시간이 '객관적' 직선 이동을 따르는 것 같지만 사실은 그 안에 어떤 일이 벌어졌는지를 설명해주는 주관적인 고리들이 존재하고 있다는 것이다.[15] 오이디푸스의 인생도 역사적 시간으로 쭉 재서술할 수 있지만 그건 중요한 특정 시간에 그가 주관적으로 개입함으로써 만들어진, 예정되지 않은 것이다. 그런데 정말 그럴까? 운명에 관한 이야기를 하면 묘한 느낌에 빠질 수 있는데 아이리스 머독(Iris Murdoch)의 다음 글에서처럼 이를 전조라고 표현할 수 있을 것이다.

> 사람은 발밑의 흐름을 감지하고, 운명에 사로잡혔음을 느끼고, 눈에 띄는 우연들이 발생하고, 세상은 징후들로 가득하다. 그런 징후들이 반드시 무의미한 것도 아니고 막 시작된 신경증 증세도 아니다. 그것들은 사실 실재하지만 이해가 되지 않는 변신의 그림자일 수 있다. 다가올 사건들은 그림자를 남긴다.[16]

사무엘 베케트의 『와트』(*Watt*)에서는 이를 코믹하게 표현했다.

---

15 Žižek(2003), 134~135쪽.

16 Murdoch(1973), 113쪽.

> 내가 만약 지금 알게 된 것을 갖고 모든 걸 다시 시작할 수 있다 하더라도 결과는 똑같을 거예요. 만약 내가 그때 알게 될 것들을 갖고 세 번째 다시 시작할 수 있다 하더라도, 결과는 똑같을 거예요. 내가 전보다 조금씩 더 많은 것을 알게 된 채 백 번을 다시 시작할 수 있다 하더라도 결과는 항상 똑같을 거예요. 백 번째 삶도 첫 번째 삶과 같고, 백 번의 삶은 한 번의 삶과 같아요. 끝없는 윤회. 그런데 이러다가 우리 밤새도록 여기 있겠어요.[17]

밸러드(J. G. Ballard)의 『밀레니엄 사람들』(*Millennium People*)에서는 당혹스러운 호기심을 갖고 이 문제를 논하고 있다. 철도 사고로 부상당한 샐리 마컴(Sally Markham)은 자신의 몸이 회복되었다는 것을 인정하지 않고 가끔 휠체어를 사용한다.

> 그녀를 걷지 못하게 하는 것은 사고의 무작위성에 대한 그녀의 이상한 집착이다. (…) "나는 답을 기다리고 있어요. (…) 그건 세상에서 가장 중요한 질문이에요."
> "그게 뭔데요."
> "'왜 나지?' 대답해보세요. 못하실 거예요."
> "샐리… 그게 중요해요? 아무튼 우린 살아 있으니 행운이죠. 우리 부모님이 서로 만날 가능성은 백만분의 일이었어요. 우린 복권일 뿐이에요."
> "하지만 복권이 아무 의미가 없는 건 아니죠. 누군가는 당첨되어야 하니까요."[18]

고대 그리스에서는 그들 나름의 방식인 신화, 비극, 좀 더 특별하게는

---

17 Beckett(1976), 46쪽.

18 Ballard(2004), 24~25쪽.

신탁 등의 방식으로 운명이나 우연의 문제를 살펴보았다. 그리고 이런 사고방식들이 『오이디푸스』에서 아주 독특하게 결합되었다. 얼핏 읽으면 이 극은 세 번의 다른 예언(테이레시아스가 오이디푸스에게 어떤 일이 일어날지 예언한 것까지 포함하면 네 번)이 모두 하나의 결과를 정확하게 예측한 것을 보면 우연은 허용하지 않는 것처럼 보인다. 오이디푸스가 테이레시아스와 언쟁을 하면서 그의 수수께끼 같은 조롱을 노망들어 정신 나간 사람의 헛소리로 일축하자 테이레시아스는 자신의 예지 능력의 근원을 언급한다.

> 나로 인하여 당신이 파멸될 운명은 아닙니다.
> 아폴론 신이 하실 일이고, 당신의 파멸을 행하는 것은
> 그분의 몫입니다. (376~377행)

이 대사는 오이디푸스가 태어나기 전부터 그에게 내려진 저주를 가리키는 것이고, 아폴론 신이 분명 예정대로 진행하리라는 것을 말한다. 델포이 신탁이 이루어지게 하는 인과의 연결고리들은 융통성이 없어 보이지만 이 극의 핵심에는 우연이 존재한다. 우연한 사건이 다른 결과를 낳았을 수도 있는 순간들이 많기 때문이다. 만약 오이디푸스가 삼거리에 30분만 늦게 도착했다면 '길에서 시비가 붙는 일'은 없었을 것이고, 이오카스테가 라이오스가 삼거리에서 살해됐다는 사실을 말하지 않았다면 모든 것이 달라졌을 것이다. 코린토스의 사자가 오이디푸스에게 코린토스의 새 왕이 될지도 모른다는 이야기를 전하러 오지 않았다면 어떻게 되었을까? 오이디푸스는 운명(티케)이 라이오스 왕을 덮쳤다고 말하는데(262행), 테이레시아스도 "당신을 파괴한 것이 바로 그 티케입니다"라고 똑같은 단어를 사용한다.[19] '행복한'이란 뜻의 유럽

어 어휘 대부분은 영어 'happy'가 운을 뜻하는 'happ'이란 어근에서 온 것처럼 원래 '운 좋은'(lucky)이라는 뜻이었다. 오이디푸스의 행복도 그가 통제할 수 없는 우발적 사건들에 의해 파괴되었다고 볼 수 있다. 이오카스테는 오이디푸스가 조사를 멈추도록 설득하지 못하고 궁 안으로 돌아가기 직전에 그를 '불행한' 사람이라고 부른다. 그러면서 "나는 그렇게밖에 당신을 부를 수가 없어요. 달리 당신을 부를 수가 없어요"(1071~1072행)라고 말한다.

다른 가능성은 항상 존재하고, 밝혀진 것들은 본래 의도와 상관없이 예정된 순간을 향해 간다. 오이디푸스는 라이오스 왕과 같은 시각에 삼거리에 도착할 계획이 아니었다. 그러나 합리적인 방식으로 과거에 발생했던 일을 설명하기 위해 사건들을 소급해보면 결과를 필연적으로 만드는 인과의 연결고리가 만들어진다. 우연한 일들의 결과인 어떤 사건은 필연성을 그 원인으로 두어야만 설명이 가능하다. 이는 문제의 핵심에서 우연들은 배제되고 필연성을 모든 일을 조작하는 힘으로 만들어준다. 그렇다면 필연성의 힘은 소급 적용되어 직관적으로 볼 때는 우연인 것 같았던 사건들이 그 필연성이 부과하는 불가피성 때문에 발생한다. 그 사건들의 배경에는 우리가 '단순한 운명의 꼬임'이라고 말하는, 이후의 일들을 결정하지만 (아폴론 신이 아닌 한) 절대 예측할 수 없는 불가해한 순간이 있다. 단순한 운명의 꼬임들이 결합해 의도치 않게 이오카스테가 고국으로 돌아온 아들을 남편으로 맞게 하고, 부친 살해와 같이 관객의 관심을 사로잡는 일들은 일련의 우연한 사건들이 어떻게 필연성의 형태로 바뀌는가를 살펴보게 한다. 운명이라 부를 수 있는 그런 필연성 개념은 자아나 자유의지 개념과 상충하지 않는다. 필연

---

19 사실 티케(52, 80, 102, 263, 442, 680, 776, 997, 1036, 1080행)가 모이라보다 훨씬 자주 나온다.

성은 반드시 바꿀 수 없는 것일 필요는 없고, 다만 우리 행동의 결과를 나타내는 이름일 뿐이다. 이런 점에서 우리는 우리의 필연성의 수레바퀴를 돌리는 것이고, 우린 그걸 운명이라고 생각한다.

인과의 필연성 고리가 존재론적으로 일관성 있는 세상을 암시하는 반면, 중요한 순간을 결정할 수 있는 순전한 우연과 그런 순간을 낳을 수 있는 무한한 가능성은 이 세상이 존재론적으로 일관성이 없는 세계임을 말해준다. 이오카스테는 이 일관성 없는, 일정 패턴의 부재를 위안으로 삼고 가정법을 실재의 법칙으로 받아들인다. 그녀는 아버지(코린토스 왕) 사망 후 또 다른 예언인 어머니와의 동침이 실현될까 봐 두려워 코린토스로 돌아가길 걱정하는 오이디푸스에게 이렇게 말한다. "모든 게 다 운인데 인간이 걱정하여 무엇 하겠습니까? 인간은 아무것도 제대로 예측할 수 없는데."(977~978행)

철학자 슬라보예 지젝(Slavoj Žižek)은 그런 의미 없는 우주에서 발견할 수 있는 또 다른 종류의 위안이 있다고 본다. 그건 오이디푸스가 진실을 좇도록 자신을 밀어붙이는 자율성을 갖게 해주는 위안이다.

> 자유의 상태를 설명해주는 유일한 방법은 '실재'라는 것 자체가 존재론적으로 불완전하다고 주장하는 것이다. 한가운데에 존재론적인 구멍, 틈새가 있어야지만 '실재'가 존재한다. 초월적 자유의 신비로운 '사실'을 설명해주는 것은 바로 이 구멍뿐이다. '스스로 상정한' 주관성은 사실 '즉흥적인 것'인데, 그 즉흥성은 '객관적' 인과 과정—이 과정이 아무리 복잡하고 혼란스럽다 할지라도—을 오인한 결과가 아니다.[20]

---

20 Žižek(2002), 174~175쪽.

양치기가 등장하기 직전 오이디푸스는 깨달음에 도달해 삶의 '존재론적 불완전성'을 받아들인다. 그리고 자신을 우연의 산물(1080행)로 여긴다. 이오카스테의 충고를 무시하고 우연이 자신에게 가져온 결과를 직시하기로 결심한 바로 그 순간, 그는 이오카스테의 생각에 동의한다. 오이디푸스는 자신이 운명의 필연성과 우연에 근거한 실재의 자유라는 모순된 힘들에 사로잡혀 있음을 깨닫고 스스로 장님이 된 뒤 코러스 앞에 나타나 이 이율배반에 대해 말한다.

> 친구들이여, 이 끔찍한 고통을 가져와
> 내 슬픔을 완결시킨 건 아폴론, 아폴론 신이요.
> 하지만 나를 해한 손은
> 다른 누구도 아닌 나의 손이요. (1329~1332행)

오이디푸스는 스스로 자기 눈을 멀게 한 행동을 신의 통제력에 반하는, 혹은 그 통제력을 보완하는 개별적 자아의 자율적 행동이라 여긴다. 그는 신의 통제력을 인정하지만 자기 자신의 의지를 배제하지는 않는다. 하지만 테이레시아스는 오이디푸스가 보지 못하게 될 것임을 알고 이를 예고했다(454행). 그렇다면 그가 스스로 눈을 멀게 하는 행위조차도 전체 계획 가운데 하나였다고 볼 수 있다. 그런 계획은, 만약 그런 게 존재한다면 예정된 숙명처럼 구속력이 있을 수도 있고, 절대 그렇게 계획된 건 아님에도 불구하고 혼란 속에서 질서를 끌어내는 우연히 출연한 방식처럼 느슨할 수도 있다.[21]

이 극에서 신탁에 대한 첫 언급은 크레온이 델포이에서 돌아와 신탁

---

21 Eagleton(2003), 42쪽.

내용을 전할 때다. 신탁의 내용은 테베의 역병은 선왕의 죽음 때문이며 그 죽음이 야기한 오염은 살인자를 추방하거나 죽여야만 치유된다는 것이다. 테이레시아스가 오이디푸스에게 그 살인자라고 말했을 때 이오카스테는 신탁이 얼마나 안 맞는지를 입증해 그의 마음을 달래주려고 한다. 그녀는 첫 남편 라이오스가 자기 아들의 손에 죽을 운명이라는 신탁을 받았다고 말한다(713행). 이때 그녀는 '운명'으로 번역될 수 있는 모이라(*moira*)라는 말을 사용하는데(376~377행에서처럼), 이 단어는 인생에서 인간의 몫 혹은 인간의 운명이란 뜻이다. 나중에 라이오스 살해 장면을 목격했던 양치기가 증언을 하여 오이디푸스가 살해자일 가능성을 배제시켜주길 기대하면서 소환되었을 때, 코러스는 그들의 모이라가 자신들을 보호하고(863~865행) 나쁜 모이라가 죄지은 자를 벌하기를 기원하는 제3송시를 시작한다(882~891행).[22]

오이디푸스의 삶에서 가치를 앗아가고 그에게 자율성과 자신감을 주는 모든 것을 파괴하면서 그를 덮쳐오고 있는 듯한 운명의 무게는, 무슨 수를 쓰더라도 인간은 과거 행동의 결과를 피할 수 없다는 비관적인 이교도적 믿음을 보여준다. 우리는 모르지만 그것들은 귀신같이 따라와서 빚을 청산하기를 요구한다. 오이디푸스 신화에서 '빚'은 오이디푸스의 아버지 라이오스가 테베를 통치할 합법적 권리를 주장할 수 있기 전에, 피사의 펠롭스 왕의 집에 머무르던 때로 거슬러 올라간다. 펠롭스의 아들 크리시포스를 사랑하게 된 라이오스는 그를 납치해서 테베로 데려와 자신의 성노예로 삼았다. 그런데 크리시포스가 수치심을 느

22 "이 극에서 모이라라는 말은 비교적 적게 나오지만 개념상 안전성을 제공한다. 맨 처음에는 테이레시아스가, 맨 마지막에는 코러스가 언급하는데, 둘 다 오이디푸스 개인의 모이라를 나타내려고 사용하는 것 같다. 그 둘 사이에 나오는 그 용어는 누군가의 미래 행동을 막고, 누군가를 찾아내고 우주 질서를 깨뜨린 오만한 자를 처벌하는 힘의 행사자 같은 좀 더 능동적인 존재로 등장한다." Eidinow(2011), 56~57쪽.

껴 자살했고, 이를 슬퍼한 펠롭스 왕이 라이오스에게 저주가 내리기를 빌었다. 이 저주를 들은 제우스가 라이오스에게 자기 아들의 손에 살해당하는 저주를 내린 것이다.[23]

라이오스에게 내린 저주 이야기는 『오이디푸스』에는 나오지 않지만 이오카스테가 오이디푸스에게 라이오스가 자기 자손에 의해 죽임을 당하리라고 예언한 신탁에 대해 말할 때, 자기가 아들을 낳기 전부터 그 저주가 남편 라이오스에게 내려졌음을 암시한다(711~714행). 오이디푸스는 태어나기도 전에 저주를 받은 것이고, 어머니 자궁에 생기기도 전부터 아버지를 죽일 운명이었다. 이것이 이 극의 비극적 비전 가운데 하나라면 이 세상에서의 실존에 관한 존재론적 문제와 어떻게 살아야 하는가에 관한 윤리적 문제가 결합해 인생의 가능성들을 모두 차단해 숨통을 막는다. 우리는 존재한다는 것만으로 죄인이 되고, 태어나기 전에 이미 결정된 피할 길 없는 덫에 걸린 것이다. 그래서 코러스는 마지막에 이렇게 노래한다. "마지막 순간까지 고통당하지 않고 떠날 때까지는 그 어떤 필멸의 인간도 행복하다고 여기지 말라"(1529~1530행). 지젝은 이런 어두운 정신이 그리스어 아이티아(*aitia*)에 어떻게 담겨 있는지에 주목했다.[24] 그 단어에는 원인, 이유 외에도 책임, 죄라는 뜻도 있는데, 이는 오이디푸스가 아폴론 신이 라이오스 왕을 죽인 자를 처벌하라고 명령했다는 크레온의 말을 듣고 스스로에게 하는 질문에 반향되어 있다.

그토록 오래 묵은 죄(*aitia*)의 자취를

---

23 라이오스의 증조할아버지인 카드모스가 세운 테베와 관련된 다양한 신화에 대한 자세한 설명은 March(2009), 264~293쪽을 참조할 것.

24 Žižek(2002), 53쪽.

어디에서 찾을 것인가. (108~109행)

『오이디푸스』에서 인지의 주제와 마찬가지로 운명의 개념도 철학적 문제와 밀접한 관계가 있는데, 이번에는 자유의지 및 필연성과 관계가 있다. 사실로 밝혀진 두 개의 델포이 신탁이 있었는데, 하나는 아들이 태어나기 전에 라이오스에게 내려진 것이고, 또 하나는 젊은 오이디푸스에게 내려진 것이다. 또 다른 델포이 신탁이 크레온에게 테베 역병의 원인을 알려줌으로써 오이디푸스가 조사를 시작하게 되고, 그 결과 앞의 두 예언이 사실이었음이 밝혀진다. 여기에 예언자로서 아폴론 신의 사자라고 볼 수 있는 테이레시아스의 예언까지 오이디푸스가 그의 운명에서 벗어날 수 없다는 확신을 주는 네 가지 신의 간섭으로 여길 수 있다. 그의 인생 행로는 이미 정해져 있어서 그가 무얼 하려고 생각하든, 그는 그 과정을 따를 수밖에 없다. 그래서 오이디푸스가 자신의 무서운 미래에 대한 예언을 듣고 그런 운명에서 벗어나려고 코린토스에서 도망쳐서 삼거리에 이르렀는데, 그때 마침 라이오스가 그곳을 지나는 바람에 첫 번째 예언의 일부가 실현된 것이다. 혹은 더 거슬러 올라가 처음에 라이오스가 자기 아들에게 죽임을 당할 것이라는 예언(이때는 아들이 태어나지도 않았다)을 듣고, 그것을 피하려고 오이디푸스를 산기슭에 갖다버렸는데 오이디푸스가 코린토스에서 자라게 된 것이다. 이런 우연들은 너무 이상해서 우연일 리가 없어 보인다. 오이디푸스는 앞으로 벌어지는 일을 피할 수 없고, 사마라 사람처럼 피하려고 하면 할수록 그 올가미는 더욱 조여들 뿐이다.

그러나 그와 동시에 필연적인 것으로 보이는 결과는 오이디푸스의 사고방식 때문에 발생한 것이다. 사태를 원치 않는 결과로 이끈 것은 자신의 정체성에 대한 진실을 확인하려는 그의 의지와 결단력이다. 우리는 아테네 관객들처럼 "저는 무서운 말을 해야 할 것 같습니다"라고 말하는 양치기의 경고에 "나는 무서운 말을 들어야 할 것 같소. 그래도 들어야 하오"(1069~1070행)라고 대답하는 사람이 신들의 조작에 의해 어떤 희생을 치르더라도 진실을 알려는 용기를 과시하는 게 아니길 바란다. 예언은 장차 일어날 일을 예측하는 것이지, 오이디푸스가 정신력과 강한 의지력으로 그 진실을 알게 되는 게 아니다. 그런데 이 지점에서 다시 오이디푸스의 조사를 성공으로 이끌어주는 이상한 우연들이 발생한다. 삼거리 싸움에서 살아 돌아온 사람이 바로 동정심에 코린토스 사람에게 어린 오이디푸스를 넘겨서 그의 목숨을 살려준 사람이고, 그 코린토스 사람은 공교롭게도 폴리부스 왕의 사망 소식을, 그것도 때마침 라이오스 왕 살해에 대한 조사가 진행되고 있는 중요한 순간에 테베에 가지고 온 사람이다.

우연과 필연이 서로 원을 그리듯 꼬리를 물고 이어지는데, 이는 마치 이 이야기가 우연을 필연으로 바꾸기 위해 쓰인 것처럼 보이게 한다. 이제 남은 것은 지젝이 제시한 해석법을 따라 이 일들을 상징화하고 이해하는 방식의 선택인데, 운명, 숙명, 임의적인 인과의 고리, 카오스 이론, 이데올로기 등이 선택 가능한 방법일 것이다. 그런데 이런 선택 자체도 우발적인 것이다. 벌어진 일을 상징화하는 것은 우리 몫이다. "자유란 (…) 우발적인 실재를 상징화하고, 거기에 이야기의 필연성을 부여하는 (우발적인) 방식을 선택하는 것이다."[25] 그런 필연과 우연의 결합이 헤겔의 변증법의 움직임을 보여준다. 하지만 두 단어(너무 많이 사용되어서 오해의 여지가 있는 정(正)과 반(反))의 합이 단순히 지양(止揚, *Aufhebung*)으로 축소되거나 종속되어서, 더 거대하고 포괄적인

25 Žižek(2005), 36쪽.

필연성 속에 우연을 포함시키는 전통적이고 단순한 방식은 아니다. 그보다는 이미 벌어진 일들을 통합하고 이해하기 위해 우리가 선택하는 방식에 우연과 필연의 불화를 반영할 것이다. 만약 중요한 결과를 낳은 딱 한 순간만 고르자면, 술 취한 자가 오이디푸스에게 적자가 아니라고 비난하지 않았다면(780~788행), 오이디푸스는 그 비난의 진실을 확인해보려고 델포이 신전을 방문하지 않았을 것이고, 그랬다면 코린토스에서 도망치지도, 삼거리에서 라이오스를 만나는 일도 벌어지지 않았을 것이다. 그러면 오이디푸스의 전 생애도 달라졌을 것이고, 설사 우리가 우리의 서술 방식으로 운명을 선택하더라도, 그의 생을 지배하는 '필연성'도 다른 형태를 띠었을 것이다. 존 레넌이 말했듯이 운명은 우리가 부지런히 다른 것을 계획할 때 우리를 찾아온다.

오이디푸스의 발

고대 그리스 문헌들에서는 현대 감수성으로 볼 때는 이상할 정도로 발에 대한 언급이 꾸준히 나온다. 『오이디푸스』에서 작품명과 동일한 주인공 이름으로 볼 때 그 주제는 특별한 공명을 지닌다. 오이디푸스(*oid-ipous*)라는 말이 '앎'과 연결될 수 있는 어원에 대해서는 이미 언급했지만, 그 단어는 '부풀다'라는 뜻의 *oideō*와 '발'을 뜻하는 그리스어 *pous*에서 유래했을 수도 있다(그래서 셸리는 1820년에 쓴 풍자극에 『부푼 발의 왕』(*Swellfoot the Tyrant*)이라는 제목을 붙였다). 그리고 오이디푸스의 정체성이 그의 묶인 발과 밀접한 관계가 있다는 것을 라이오스 왕의 양치기로부터 갓난아기를 건네받았던 것으로 밝혀진 코린토스 사자가 말한다.

제가 풀어드렸습니다.

폐하 발은 힘줄을 뚫어 묶여 있었지요. (…)

그래서 지금의 그 이름으로 불리시게 된 겁니다. (1034, 1036행)

두 어원을 합치면 '발에 대해 아는 자' 정도가 되는데 이것은 오이디푸스의 이름으로는 아주 특별한 성질을 지니게 된다. 그는 발에 대해 많이 알아서 "아침에는 네 발, 점심에는 두 발, 저녁에는 세 발로 걷는 것이 무엇이냐?"라는 스핑크스의 수수께끼(실제 극에서는 언급되지 않았지만)를 풀었다. 그런데 오이디푸스는 발에 대한 스핑크스의 수수께끼만 푼 것이 아니라 그의 인생 과정에서 그걸 구현하게 된다. 그 자신이 바로 그 수수께끼의 답이 된다. 갓난아기 때는 묶였던 발이 풀린 뒤 두 발과 두 손으로 기어 다녔고, 낯선 자가 시비를 걸었을 때는 두 발로 똑바로 서는 성인이었고, 극의 끝에서는 좀 이르긴 하지만 길을 찾기 위해 지팡이의 도움이 필요한 세 발 인간이 되었다.

『오이디푸스』에는 발에 대한 언급이 많이 나오는데 소포클레스가 의식적으로 만들어낸 것이라기보다는 고대 그리스 문학에서 발이 은유화되는 수수께끼 같은 방식으로 언급된다. 크레온이 130행에서 "눈앞의 걱정스러운 문제들"이란 뜻으로 "우리 발밑의 문제"라고 말하는 대목에서처럼 비유적으로 사용되기도 한다. 그런 말들을 주제와 결부시키려 하는 것은 기호에 너무 지나치게 매달리는 것이 될 수도 있다.[26] 반면 크레온이 "수수께끼 내는 스핑크스가 어떻게 도시를 점령했는지" 말하면서 발을 언급하는데, 이 경우는 의도치 않았다 하더라도 뭔가 공명하는 바가 있다. 479행에서 코러스는 도망 다니고 숨어 있는 라이오스 살

26 도우는 이에 대해 "이 매력 없는 가능성 때문에 몇몇 사람들이 '발' 수수께끼에 중요한 암시가 있다고 생각한다"라고 준엄하게 표현했다. Dawe(2006), 84쪽.

해자의 고난을 "슬프고 외롭고도 외로운 발걸음"이라고 묘사하는데, 이 표현도 상징적이라기보다는 그리스식 표현과 더 상관이 있을 수 있다. 그럼에도 불구하고 비평가 장-피에르 베르낭은 오이디푸스의 발이 이 극의 열쇠라고 주장한다.

> pous: '발'—야생 동물의 도망가기 위한 '발'처럼(468행) 그의 운명이 시작한 것처럼 끝날 것이라는 것을 태어날 때부터 그에게 새겨놓은 표식. 저주를 피하고자 하는 헛된 시도로(479ff) 그의 '발'은 다른 인간들로부터 소외되었고, 그의 들어올려진 발로(866행) 신성한 법을 어겼기에 무서운 '발'을 가진 저주(417행)에 쫓기고, 그때부터 높은 권력에 오름으로써 스스로 몰아넣은 악에서 발을 뺄 수 없게 되었다. 따라서 극 속에서 오이디푸스의 비극은 그의 이름이 지닌 수수께끼에 담겨 있다. 행운의 징조들이 보호하고, 현명하여 모든 것을 다 아는 듯한 테베의 왕과 아버지 나라에서 추방당한 저주받은 아이 '부푼 발'은 모든 면에서 대조를 이룬다.[27]

우리에게 다소 지나쳐 보일 정도로 고대 그리스 사람들의 관심을 끄는 것은 발뿐이 아니다. 코린토스의 폴리부스 왕의 죽음 소식을 듣고 이오카스테가 왕을 모셔오라고 했을 때 오이디푸스는 아내를 맞으면서 "사랑하는 부인"(950행)이라고 다정히 부른다. 그런데 자구적으로 해석하면 "오, 나의 아내 이오카스테의 사랑스러운 머리여"다. 그리고 사자가 이오카스테의 죽음을 보고(1235행)할 때도 "이오카스테 왕비님의 신성한 머리는 사망하셨습니다"라고 말한다.

---

27 Vernant(1983), 197쪽.

4장 『오이디푸스』 읽기

탄원자들, 오이디푸스에게 탄원하다(1~86행)

이 극은 테베 시민들이 원로 사제를 대변인으로 앞세운 채 테베 왕궁 앞에 모여 있는 공적 장면으로 시작한다. 현존하는 그리스 비극에서 주인공이 탄원의 대상이 되는 것은 아주 드문 일인데, 이는 심상치 않은 상황, 즉 테베에 뭔가 잘못된 것이 있음을 암시한 것으로 볼 수 있다. 이것이 이 극의 개막 상황이다.

탄원자인 시민들은 털실로 장식한 올리브나무 가지와 월계관을 가지고 온다. 20행에서 보면 시의 다른 곳에서는 시민들이 나뭇가지로 장식한 화관들을 들고 팔라스 아테나의 두 신전과 아폴론 신전 옆에 앉아 있다. 아폴론 신전에서는 사제가 신탁 선언으로 번제 제물을 올릴 준비를 하고 있다. 제의적 어조로 가득한 이 오프닝 장면은 테베 폴리스가 치명적인 역병에 휩싸여 세속의 왕과 신들께 도움을 요청하는 탄원을 간절히 하고 있음을 보여준다. 트라우마는 외적 상처를 뜻하는 그리스어인데, 이 도시국가의 트라우마가 탄식의 찬송가 속에, 향 내음 속에, 병충해에 걸린 가축들과 과일들과 정상적인 출산을 하지 못하는 여인네들의 모습에 감각적으로 제시되어 있다. 원인도 모른 채 사방에 죽음이 널려 있어 현대적 의미의 정신적 충격도 감지된다. 테베 사회는 트라우마에 빠진 것이다.

8행에서 오이디푸스가 '세상에서 가장 유명한 나 오이디푸스'(젭 역)라고 자신을 소개하는 것은, 그가 유명한 이유가 극이 전개되면서 밝혀지고 자신도 그 과정에서 자기 자신에 대해 알게 된다는 점을 감안할 때, 그리스나 현대 관객들에게 다소 아이러니하게 느껴진다. 하지만 지금 당장의 문제는 테베 폴리스의 상태와 시민들의 간청에 대한 그의 감정, 그가 이미 사태를 치유해주리라 여겨지는 조처를 취했다는 설명을 하기 전에 되뇌는 감정이다(60~64행). 사제는 오이디푸스가 보통의 인간들과 달리 인생의 변덕스러움을 다루는 데 성공했기에 그들이 탄원을 하러 온 것이라고 설명한다.

폐하를 신이라고 생각해서가 아니라
세상의 온갖 변화 속에서
으뜸가는 분이라 여겨서입니다. (32~34행)

사제는 신중하게 신의 능력과 필멸의 인간의 능력을 구분한다. 스핑크스의 수수께끼를 푼 오이디푸스는 이성적 사고의 대가임을 입증했지만, 사제는 자기가 한 말에 "왕을 도운 것은 신이라고 사람들은 말합니다. 왕께서는 신의 도움을 받아 저희의 생명을 구하셨습니다"라고 바로 덧붙여서, 그의 성공이 인간이 알 수 있는 범위 너머에 존재하는 불가해한 차원의 덕분이라고 말한다.

여기서 이중의 아이러니가 느껴진다. 하나는 이미 벌어진 일들과 앞으로 벌어질 일에 대해 알고 있는 관객들은 오이디푸스를 깜짝 놀라게 할 여러 가지 반전이 준비되어 있음을 안다는 것이다. 이것이 아이러니를 더 심화시킨다. 오이디푸스는 사제가 말한 것과는 다른 의미에서 "으뜸인 사람"인 것이다. 즉 그는 비극적 불운의 표본이요, 운이 나쁘게 작용하면 인간이 어떻게 파멸될 수 있는지를 보여주는 표본으로서 으뜸인 것이다. 오이디푸스의 과거 행동이 신비한, 혹은 임의적인 운과 관계가 있든 없든, 이곳은 인간의 의도가 사건의 흐름과 상관없는 세계다. 이것이 페리페테이아(*peripeteia*)—모든 것의 핵심에 존재하는 심오한 불확실성에서 튀어나오기 때문에, 언제나 벌어질 수 있는 운명의 반전—의 배후에 있는 것이다. 그리고 이 불확실성이 인간 존재의 핵심에 있는데 오이디푸스야말로 그 대표적인 예다. 그는 '1인자', 혹은 횔덜린이 "이 세상에서 벌어진 이상한 일들 중에서 으뜸"이라고 번역한 차원에서의 으뜸이기도 하다.[1]

이 장면에서 오이디푸스가 하는 모든 말에 냉혹한 아이러니의 그림자가 드리워져 있다.

> 나도 그대들이 모두 괴롭다는 걸 아오.
> 그러나 그대들이 괴롭다 한들
> 나만큼 괴로운 이는 없소. (59~61행)

오이디푸스는 도시의 고통을 자신의 고통과 동일시하지만 곧 밝혀질 방식으로는 아니다. 그가 테베를 치유하기 위해 "여러 생각의 길"을 걸어왔다고 말할 때, 관객들은 은유적인 길이 아니라 실제로 그가 테베로 오기 위해 지나온 길과 그가 아버지를 죽인 삼거리를 떠올릴 수도 있다. 그 살인이 지금 도시를 괴롭히는 역병의 원인으로 막 밝혀지려는 것이다.

크레온이 돌아왔다는 소식이 전해지자 오이디푸스는 그가 좋은 소식

---

1 Hölderlin(2001), 17쪽.

을 가져왔길 바라는 마음을 표현한다. 이때 그가 사용하는, 자구적으로는 '빛나는 눈같이'(81행)라고 번역되는 직유법은 시각과 맹목, 밝음과 어둠, 그리고 은유적으로는 인지와 무지의 이미지들과 연결되는데, 이런 표현은 극 속에서 빈번히 등장한다.

크레온, 델포이 신전에서 돌아오다(87~150행)

이 장면에는 신탁과 오염이라는 고대 그리스의 두 가지 문화가 등장한다. 그러나 둘 다 당시 관객들에게는 매우 친숙한 것이어서, 역병은 선왕 라이오스의 죽음 때문이고 그로 인해 발생한 오염은 살인자를 추방하거나 죽여야만 제거할 수 있다는 좀 더 자세한 내용을 크레온이 보고할 때까지는 극적인 힘을 발휘하지 않는다. 그 공동체의 보호자로서 오이디푸스는 신탁 내용을 공표하라고 명령하고, 그의 범죄 수사식 첫 조사에서 그 범죄의 흔적과 원인을 찾기 위해 누가, 어디서, 무엇을, 어떻게 등 일련의 날카로운 질문을 한다. '자취', '길'이라고 번역되는 이크노스(*ichnos*, 109행)에는 발자국이나 짐승이 지나간 자취라는 뜻도 있는데, 이는 이 극에 등장하는 발의 이미지와 작품 내내 계속되는 사냥 비유와 연결된다. 그러나 크레온이 "한 사람만 빼고 모두 살해당했습니다. 그자는 무서워서 도망쳤습니다"(118행)라고 말했을 때 오이디푸스는 그 범죄 현장의 중요한 증인이 될 '발자취'를 따라가지 않고, 대신 크레온이 말한 '한 가지', 즉 라이오스 왕은 한 무리의 살인자들에게 살해당했다는 사실에 집중한다.[2] 그리고 문학사상 최초로 은연중에 속마

---

2 대명형용사 'one'의 굴절에서 남성형(118행의 "한 남자")에서 중성형(119행의 "하나의 것")으로 쉽게 변이하는 언어 자체의 문법적 범주 때문에 조사자들이 수수께끼

음을 드러내는 실수라고 볼 수 있는 이 장면에서 오이디푸스는 한 무리의 살인자들이 있었다는 정보(122행)를 무시하고 바로 다음 행에서 단수를 사용한다. 이 유일한 목격자의 중요성이 다시 떠오르는 것은 600여 행 뒤(754~755행)에서다.

오이디푸스는 해결되지 않은 살인 행위에 대한 아폴론의 요구를 존중해 자신이 그 신의 명령을 제대로 수행할 책임을 지고 싶다고 선언한다. 그는 "내가 이 나라와 신의 조력자임을 보여주겠다"(135~136행)라고 선언한다. 또한 한번 왕을 죽인 자는 다른 통치자의 목숨도 노릴 수 있으므로 자신을 위해서라도 그 숨어 있는 살인자를 찾겠다는 의지를 다진다.

오이디푸스의 사전 조사는 끝나고, 이 장면은 오이디푸스가 처음부터 새로 시작하겠다고 선언하면서 끝난다. 이 대사(132행)에서 그는 "백일하에 드러내겠다"는 표현을 사용하는데, 이런 어휘 선택은 다분히 전조적이다. 처음으로 돌아가는 것은 지금까지 어둠 속에 잠겨 있던 것을 드러내줄 것이고, 그와 함께 테베, 오이디푸스와 그의 가족사를 다시 쓸 것이다.

오이디푸스는 아주 이성적으로 수사를 진행한다. 40행(89~129행)에 걸쳐 크레온에게 필수적인 정보를 묻는 열한 가지 질문을 해서 라이오스의 살인자가 테베의 누군가에게 매수되어 저지른 정치 암살일 수 있고, 그렇다면 통치자인 자신의 생명도 위험할 수 있다는 결론을 내린다. 오이디푸스는 탄원자들을 안심시키고 회의를 소집한다. 그는 아주 유능하고 백성을 잘 보살피는 왕이자, 그의 명쾌한 이성으로 스핑크스를 성공적으로 물리친 자이고, 지금은 이 도시를 그토록 괴롭히는 위기

를 풀지 못하고 헤매는 것 같다. 언어 자체가 증거 추구에서 속임수, 어떤 의미에서는 거짓 정보를 부추긴다.

를 해결할 수 있으리라는 기대를 한 몸에 받는다.

파로도스(등장가, 151~215행)

서막이 끝난 뒤 코러스가 양쪽 회랑으로부터 텅 빈 오케스트라 석으로 등장하며 첫 번째 송시를 부른다. 이 합창 송시는 대사뿐만 아니라 형식적으로 연출된 안무 표현에도 엄숙함을 풍긴다. 코러스는 오케스트라를 가로질러 움직이면서 음악에 맞춰 노래하고 춤 동작도 한다. 코러스는 아테네 극에 제의적 성격을 부여하는데, 이는 디오니소스를 기리는 제례의식에서 유래했을 수 있다. 『오이디푸스』의 첫 송시에서 한 무리의 테베 연장자들이 신들을 부름으로써 그런 면이 강조된다. 그것은 악을 피하기 위한 액막이용이지만 이 극의 제1악절은 단순히 수사적(修辭的)으로만 그런 것이 아니다. 왜냐하면 관객들은 코러스가 제우스와 '피토'(델포이)에 있는 그의 아들 '델로스의 치유자'(아폴론)로부터 온 '좋은 소식처럼 들리는' 메시지 뒤에 도사리고 있는 것을 두려워할 이유가 있음을 알고 있기 때문이다.

대조악절에서는 아테나, 아르테미스, 아폴론('포이보스'나 '멀리 쏘는 자'는 둘 다 아폴론의 별칭이다)에게 "우리에게 오소서"라고 청한다(165행에 나오는 단어 '*prophanete*'는 '*phano*'에서 파생된 것으로 좀 더 자구적인 의미는 '비추다'이다). 제2악절과 대조악절의 탄식 다음에는 더 심한 탄원이 따라 나온다. 여기서 전쟁의 신 아레스는 역병으로 의인화되어 제우스신에게 그를 '암피트리테(바다의 신 포세이돈의 아내)의 왕궁'이나 멀리 그리스 북부에 있는 트라키아 해안으로 추방시켜 달라고 탄원한다. 아폴론('리키아의 왕')의 화살, 아르테미스의 불타는

횃불, 디오니소스 신과 그의 여신도들인 마이나데스에게 테베에서 이 불명예스럽고 해롭기만 한 전쟁의 신을 쫓아내달라고 기원한다.

이 극의 첫 송시는 의례적이면서도 격정적이다. 투키디데스가 기록한 것처럼 펠로폰네소스 전쟁 초기에 아테네를 황폐화시킨 역병이 테베를 괴롭히는 역병에 대해 느끼는 감정의 근거라면, 왜 코러스가 이토록 감정이 고조되어 간절하게 탄원하는지에 대한 설명이 될 수 있다(또한 그런 황폐화의 탓으로 전쟁의 신이 비난받는 이유에 대한 설명도 된다. 22쪽 참조). 코러스가 '제우스의 불멸의 딸 (…) 지구를 들고 있는 자 (…) 멀리 쏘는 자'와 같이 호메로스식 별칭을 많이 사용하는데, 이는 마치 테베의 연장자들이 역병을 맞이한 그들의 존재론적 두려움을 표현하기 위해 고대의 악령의 힘과 테베 너머 먼 장소까지 소환하는 것 같다('암피트리테의 왕궁'은 대서양을 말하는 것 같다).

오이디푸스, 코러스에 답하다(216~315행)

오이디푸스는 연장자들의 기도에 응해, 라이오스 왕이 죽었을 때 자신은 테베에 있지 않았으므로 적당한 조사를 수행할 길이 없기 때문에, 자기가 어떤 방법으로 손을 쓰고 있는지 처음 설명한다. 비록 시간이 많이 흘렀지만 지금이라도 조사를 시작하겠다며 다음과 같이 선언한다.

> 내 말을 들으시오. 내가 그대들에게 하는 말은
> 그 이야기에 대해서도 모르고
> 그 행위에 대해서도 모르는 이방인으로서 하는 말이오. (218~220행)

여기서 이중의 아이러니가 발생한다. 하나는 화자와 달리 관객은 그의 말이 사실이 아님을 알고 있다는 것이고, 다른 하나는 라이오스 왕을 죽인 사람은 비록 그의 아들이지만 라이오스 왕을 모르는 사람이었고, 그가 삼거리에서 라이오스 일행과 마주쳤을 때 그는 다른 나라에서 온 이방인이었다는 것이다.

신탁에서 라이오스 왕을 살해한 자가 테베에 있다고 했기에(110행), 오이디푸스는 그와 관련된 정보를 알고 있는 시민들이 나서주기를 요구하는 포고를 내린다. 설사 그 죄를 저지른 장본인이라 해도 목숨을 걱정할 필요는 없다. 만약 죄지은 자가 나서지 않거나 중요한 증거를 숨기면, 그를 테베에서 공공연히 추방하고 종교적으로 파문시켜서 희생제에 참여하지 못하게 할 것이다.[3] 오이디푸스는 살인자에게 저주를 내리면서 그가 누구든지 간에 라이오스의 죽음에 책임이 있는 자라면 반드시 찾아내겠다고 선포하는데, 신의 뜻을 수행하겠다는 경외감과 진솔함 때문에 스스로에게 저주를 내린 것이다. 버그와 클레이는 오이디푸스가 모르는 살인자에게 저주를 내리는 강한 감정이나 엄숙함을 제대로 살려 번역했다. 그리스어 '*ektripsai bion*'(그의 목숨을 없애다)을 자구대로 번역하지 않고 좀 더 시적으로 옮겼다.

내 말은 그의 운명이 되리라.
도망가 숨은 범인이 혼자이든
여럿이 그를 도와 했든 상관없다.

---

3 이 행들은 편집상의 문제가 좀 있는데 젭(Jebb), 워틀링(Watling), 그린(Grene), 버그(Berg)와 클레이(Clay)의 번역본과 달리 맥오슬란(McAuslan)과 애플렉(Affleck)의 번역본에서는 이 행들이 꺽쇠 안에 나온다. 도우(R. D. Dawe, 2006)의 그리스어 편집본 95쪽 설명도 참조할 것.

> 나의 증오가 영원히 그의 목숨을 태워버리게 하리라.
> 그를 고통으로 타버리게 하고
> 그의 모든 행복을 재로
> 만들어버리리라. (246~249행)

오이디푸스가 코러스에게 하는 말은 여러 층위의 심한 아이러니를 담고 있다. 관객들에게 다른 의미로 들리지 않는 말이 거의 없는데, 특히 다음 대사가 그러하다.

> 만약 내가 알면서도 그 자를 우리 집에 받아들였다면
> 나도 똑같은 저주를 받게 해달라고 기원하리라. (250~251행)

220~221행에는 좀 더 절묘한 아이러니가 존재한다. 만약 오이디푸스가 라이오스 왕 살해 사건에 관해 모르는 자가 아니고, 만약 그 사건이 발생했을 때 자신이 테베에 있었다면, 실마리를 찾으려고 힘든 조사를 할 필요가 없었을 거라고 생각한다. 오이디푸스는 실마리가 가까이 있다는 사실을 모르는 것처럼, 자신이 "그 사건을 모르는 이방인"이라고 한 첫 번째 말도 사실이 아님을 모른다. 실마리라고 번역된 단어 숨볼론(*sumbolon*, 여기서 'symbol'(상징)이라는 단어가 유래했다)은 정체성을 나타내는 징표라는 뜻이다. 아테네 배심원들은 재판에 참석할 때 숨볼론을 하나씩 받았는데, 이것을 그들에게 참석의 대가로 주기로 했던 것과 교환할 수 있었다. 숨볼론이 지닌 이런 의미를 극 속에 적용하면 오이디푸스의 말은 아이러니하게도 자기 반영적이 된다. 왜냐하면 우리는 오이디푸스 자신이 실마리이고 그가 찾고 있는 자가 자기 자신이라는 것을 알기 때문이다. 그가 찾고자 했던 실마리는 그보다 더 가

까이 있을 수가 없었다.

오이디푸스가 그 살인자를 찾는 일이 왜 그렇게 그의 어깨를 짓누르는지를 설명할 때(260~262행), 아이러니는 끔찍한 모습을 띤다. 그는 왕으로서도 남편으로서도 라이오스를 대체한 것이다(이오카스테의 이름이 거론되지는 않았지만 이것이 오이디푸스의 결혼에 대한 첫 번째 언급이다). 그리고 한때 그 사람의 아내였던 여자와 동침해 자식을 낳았다. 오이디푸스는 라이오스와 그의 아내 사이에 자식이 있었다면, 그 아이는 이후 자기와 라이오스의 미망인이 낳은 아이들과 친족이 된다고 생각한다. 이 말에 내포된 끔찍한 이중적 의미는 오이디푸스와 어머니와의 근친상간과 그 근친상간의 결과를 가리킨다. 라이오스와 그의 아내는 아이를 가졌고(오이디푸스), 그 아이는 라이오스의 미망인과 오이디푸스가 나중에 낳은 아이들과 진짜 친족(아버지이자 형제)이 되는 것이다.

오이디푸스는 라이오스가 자식도 없는 상태에서 때 이르게, 그린이 자구대로 번역한 것처럼 "불운이 그의 머리 위에 뛰어들었기"(262행) 때문에 불운한 자라고 말한다. 라이오스가 불운한 자이긴 하지만 자식이 없어서가 아니고, 똑같은 운이 오이디푸스의 머리 위에도 덮쳐 같은 방식으로 운(티케)이 정말 무서운 것임이 증명된다.

오이디푸스는 아주 장엄하고 역사적인 어조로 그 살인자를 추적하겠다고 맹세하면서 라이오스 왕의 가계(266~268행)를 테베의 건국자인 카드모스(그는 용의 이빨을 뿌려 도시를 세우라는 델포이의 신탁을 받았다)까지 거슬러 언급하지만, 자신이 그 가계도에 다른 세대를 보탰음을 알지 못한다.

이 극의 이중 의미는 오이디푸스의 선언에 대해 코러스 장이 하는 대답에서도 계속되고, 진실을 알고 있는 자의 도착을 환영하는 대사에도 아이러니한 운명에 대한 언급이 계속된다.

오이디푸스와 테이레시아스(316~462행)

예언자가 도착해 오이디푸스가 그가 알고 있는 정보를 말해달라고 요구해도 그가 말을 하지 않자 이 두 적대자 간의 논쟁이 시작된다. 테이레시아스는 정보를 갖고 있으면서도 그걸 말하려 하지 않는다. 이 장면은 반대로 테이레시아스가 원하는 정보를 말해주지만, 오이디푸스가 그 말을 이해하지 못해서 입을 다물고 있는 것으로 끝난다.

오이디푸스는 처음에 테이레시아스에게 예우를 갖춰 대하지만 그가 계속 집으로 돌아가게 해달라고 요청하자 당황한다. 오이디푸스는 세 번이나 더 도움이 될 만한 정보를 요청하고는 급기야 분노를 터뜨린다. 테이레시아스가 여전히 그 무엇도 밝히기를 거부하고 절대 말하지 않겠다고 단호하게 선언하자, 오이디푸스는 화가 나서 그가 라이오스 살해 음모에 연루된 거라며 비난한다. 이에 자극을 받은 테이레시아스는 아무 말도 않겠다는 결심을 깨고 오이디푸스 자신이 테베의 오염원이라고 말한다. 오이디푸스는 화가 나서 그를 쫓아내면서 "저주가 너와 함께하리"라고 덧붙인다(430행).

이 대화에서 오이디푸스를 폭력적으로 만드는 비극적 성격 결함의 확고한 증거를 찾기는 어렵다. 두 사람 다 발끈하는 성질임이 드러났고, 오이디푸스가 아무 정보도 주지 않는 테이레시아스에게 점점 화를 내는 것은 라이오스 살해자를 찾아내어 테베를 더 큰 슬픔에서 구하고자 하는 확고한 결심 때문이다. 살인에 대해 알고자 하는 자의 결의와 그것을 숨기고자 하는 자의 욕망이 대치한다. 그런 의지의 충돌로 두 사람 모두 대화 초기에 의도했던 것보다 심한 말을 내뱉게 된다.

예지와 무지의 문제들과 결합된 인지의 속성에 관한 문제들이 처음부터 이 장면을 지배한다. 오이디푸스는 테이레시아스에게 "들어 알게 된 것과 듣지 못한 것을 모두 영적 통찰력으로 알아낼 수 있는" 자라는 말로 환영한다(300행). 이것은 실제 경험에 의한 인지와 무어라 말할 수 없는 다른 차원의 인지 능력을 구분하는 것이다. 후자의 모순적인 예는 앎으로써 끔찍한 것을 인식하게 될 때는 차라리 모르는 게 낫다는 테이레시아스의 인식(316~317행)이다. 이것은 단순히 새로운 것의 위협보다는 현 상태의 유지를 선호하는 체념 섞인 보수주의만은 아니다. 테이레시아스가 아는 것은 오이디푸스가 결국 자신의 역사를 알게 되고, 알게 된 것을 후회하더라도 그걸 멈출 수 없다는 것이다(341행). 그래서 "어차피 벌어질 일이라면 왜 지금 말을 하지 않느냐"는 오이디푸스의 대답이 지닌 논리적 힘을 인정하지 않는 것이다. 그리고 그 점 때문에 오이디푸스는 테이레시아스가 라이오스 살해 음모에 연루됐다고 비난한다.

376행에서 테이레시아스는 오이디푸스에게 무슨 일이 벌어지건 자기 책임이 아니고, 모이라(운명)는 아폴론 때문이라고 주장한다. 오이디푸스는 그런 걸 생각할 시간이 없어, 그걸 크레온과 연루된 음모라고 생각하고, 예언의 가치를 깎아내림으로써 자신의 추론 능력을 추켜세운다. 그는 스핑크스가 목숨을 빼앗는 수수께끼를 낼 때 예언을 해석하는 능력이 무슨 소용이 있었느냐고 반문한다.

> 나는 내 지혜만으로 그 수수께끼를 풀었다.
> 내 지혜는 새점을 통해 안 것이 아니다. (398~399행)

오이디푸스의 지혜는 그가 지금 라이오스 살해의 수수께끼를 푸는 데 사용하고 있는 '그놈'(*gnōmē*), 즉 이성적 지능이다. 이에 대응해 테이레시아스는 다른 종류의 지성을 보여주는데, 그건 바로 앞일에 대한 그의 예지력이다.

> 그의 밝았던 눈이 멀고
> 부유의 몸이 비렁뱅이가 되어
> 지팡이를 짚고 길을 더듬어
> 낯선 나라를 헤매 다닐 것입니다. (454~456행)

오이디푸스는 진실을 알게 됨으로써 눈이 멀고 스핑크스의 수수께끼 속 인간의 모습으로 지팡이에 의지해 그 도시를 떠나게 된다. 이런 일은 그의 출생에 관한 테이레시아스의 냉혹한 질문(415행)의 답을 알게 되면서 발생한다. 테이레시아스는 "당신이 누구의 자손인지 아십니까?"라고 단음절 그리스어로 묻고, 이어서 이에 대한 무지 때문에 오이디푸스가 자기 가족의 적이 되었다고 덧붙인다. 그는 오이디푸스에게 벌어질 일에 대한 무서운 예언을 아주 어두운 2행으로 요약해 말한다.

> 그 누구도 폐하보다 더 고통 받는 자 모를 것이며
> 폐하의 생명, 육신, 행복은 고통의 불씨. 타고 남은 재. (427~428행, 버그·클레이 역)

이때 테이레시아스는 오이디푸스가 앞에서(246~249행) 저주하면서 사용했던 '파멸시키다'라는 뜻의 동사(*ektribēsetai*)를 사용한다.

테이레시아스는 오이디푸스가 공포에 사로잡혀 경험하게 될 고통스러운 진실을 예언하고 있다. 이어지는 격행대화에서 오이디푸스는 자기 부모의 정체에 대해 똑같은 질문을 한다(437행). 이 시점에서는 오이디푸스도 더 이상 깊이 생각하지 않고 나머지 대화에서는 말 속에 의미심장함이 담겨 있다. 오이디푸스가 테이레시아스의 말이 수수께끼 같다고 말하자, 테이레시아스는 앞에서 스핑크스의 수수께끼에 대해 자랑했던 것을 생각하면서, 수수께끼는 그가 잘 푸는 것 아니냐며 상기시킨다. 오이디푸스는 이 말이 천박한 험담이라고 생각한다.

> 오이디푸스: 그래, 나의 위대한 면을 비웃어라.
> 테이레시아스: 당신을 파멸시킨 게 바로 그 행운입니다. (441~442행)

오이디푸스의 재주, 그가 주장하는 유명세는 스핑크스의 수수께끼를 풀었기 때문이고 이런 이성적 지능을 그는 테베의 역경을 해결하는 데 사용하고자 하는 것이다. 그런데 그를 성공으로 이끈 것은 오이디푸스 자신의 지능이 아니라 운명(티케)의 결과이고, 바로 그 운명이 그의 삶을 파멸시킬 것이라는 테이레시아스의 말은 이런 생각을 약화시킨다. 이 단계에서 그런 말들은 오이디푸스에게 또 다른 수수께끼로 여겨지고, 그가 곧 자신의 정체성에 관한 수수께끼들을 풀고, 그로 인해 그의 성취감이 허물어져 먼지가 되는 것이 이 극의 비극이다.

테이레시아스가 떠나면서 살인자는 테베에 있고, 테베 사람이 아니지만 사실은 테베 시민이며, 그의 자식들의 아비이자 형제라고 선포하는 말들은 지금까지 그가 어렴풋이 암시만 했던 것들을 상세히 설명한 것이다. 그는 오이디푸스가 이런 사실을 천천히 알게 되길 바라고 또 그리 되리라고 말하는데, 이 장면은 이 극이 지금까지 쌓아온 극적 긴장감을 깨버린다. 만약 사전 지식이 있는 관객이 테이레시아스가 분명히 사실을 말하고 있다고 느끼고, 테이레시아스의 말로 인해 그런 가능성에 대한 오이디푸스의 철저한 무지가 일깨워졌다면 오이디푸스는 테이레시아스의 말이 무슨 뜻인지 당연히 알아들어야 하고, 이 극이 진실을 밝히기 위해 나아가는 준엄한 움직임을 단축시켰어야 할 것이다. 이 장면을 연출하는 한 가지 방식은 오이디푸스가 이 말들을 못 듣고, 446행에서 테이레시아스의 시종에게 그 눈먼 자를 데리고 나가라고 명령한 뒤 돌아서서 왕궁으로 들어가게 하는 것이다. 그런데 이런 연출은 개연성이 없어 보일 것이다. 분명히 테이레시아스가 오이디푸스에게 직접 말하는 것 같은 느낌이 들고, 눈이 멀었으나 제대로 볼 수 있는 늙고 패배한 노인과 눈을 뜨고 볼 수 있으나 진실을 보지 못하는 건장한 장년, 이 두 남자의 마지막 대면 장면은 두 사람이 서로 얼굴을 마주 보게 함으로써 극적인 힘이 강조되기 때문이다. 이들의 앞선 대화에서 오이디푸스는 테이레시아스의 말을 전혀 이해하지 못하고, 그를 기껏해야 바보 점쟁이이거나 최악의 경우 공범자 정도로 여긴다. 이로 인해 발생한 극적 긴장감은 이 예언자의 마지막 말을 그 대화 상대가 제대로 듣지 않으면서 절정으로 치닫게 된다. 고대 그리스 관객이나 현대 관객은 테이레시아스의 말에 놀라지 않겠지만 기본적인 내용을 이미 알고 있는 사람들에게만 그 말의 의미는 분명하게 느껴진다. 이 단계에서는 아무것도 모르는 오이디푸스에게 테이레시아스가 한 말은 스핑크스가 낸 수수께끼처럼 느껴질 뿐이고, 이번에는 그걸 풀지 못한다. 관객은 오이디푸스가 진실을 듣고서도 그 의미를 파악하지 못하는 극적 충격 때문에 오히려 더 몰입하게 된다. 진실은 그토록 가까이 있고 큰 소리로 말했음에도, 그걸 표현하는 수수께끼 같은 언어 때문에 이해하기 힘들다. 만약 예언자가 그 말을 뒤돌아 나가는 오이디푸스의 등에 대고 했다면 그 장면의 전율은 사라질 것이다.

제1정립가(463~512행)

이 합창 송시의 첫 악절(463~473행)은 델포이에서 온 아폴론 신탁이 언급한 살인자의 정체와 그의 상황에 대해 생각하는 내용이다. 말로 표현할 수 없는 죄악에 죄의식을 느껴 도망치는 것만이 그의 유일한 대응책이라는.

폭풍처럼 빨리 달리는 말보다 더 힘차게
발을 놀려 도망쳐야 할
시간이 다가오고 있다.[4]

제우스의 아들인 아폴론과 복수의 여신들이 그를 추적할 것이기 때문이다. 죽은 자들을 위한 복수의 신을 표현하기 위해 소포클레스가 사용하는 단어(*kērēs*)는 아이스킬로스의 『에우메니데스』에 나오는 복수의 여신처럼 특정 정령들을 언급하는 것이 아니고, 예정된 불운이라는 보다 보편적인 의미를 가리킬 것이다(그래서 이 대사들의 번역에서 '운명의 여신'이 자주 등장한다).[5]

제1대조악절에서는 이런 예정된 운명관이 도망자 신세에 대한 동정과 함께 뚜렷이 나타난다. 살인자에 대한 연민의 표현은 그 죄의 성격을 감안할 때 다소 놀랍지만, 범법자가 폴리스에서 추방되어 짐승처럼 바위와 숲속을 헤매면서 몸을 숨길 동굴을 찾는 고난에 대한 동정을 표현하는 것으로 읽으면 조금 이해가 간다. 코러스가 동정하는 것은 그

---

4 Hölderlin(2001), 30쪽.

5 "모이라이가 결정하고, 케레스(타르타로스와 함께 죽음을 상징 — 옮긴이)가 실행한다." Jebb(2004), 72쪽.

공포심과 신탁의 판결로부터 도망치는 자가 겪는 무시무시하지만 절대 피할 수 없는 고난이다. 그런 고난을 겪는 이는 물론 오이디푸스다. 그는 아버지를 죽일 것이라는 신탁과 멀어지기 위해 헛되이 자기가 성장한 폴리스를 떠났다.

제2악절과 대조악절에서 코러스는 신으로부터 예지 능력을 부여받은 예언자가 오이디푸스를 비난하는 것을 듣고는 딜레마를 표현한다. 테이레시아스도 필멸의 인간이므로 그가 다른 사람보다 더 나은 인지 능력을 지녔다고 단정할 확실한 증거는 없다. 하지만 오이디푸스는 스핑크스와의 조우에서 자신의 지혜를 분명히 보여주었기 때문에 당분간은 더 유리한 입장이다(507행의 *phanera*와 다음 행의 *ōphthē*는 둘 다 '보기'와 관련된 동사에서 나온 것이다). 코러스는 혼란스럽지만 그들의 프레노스(*phrenos*)를 믿기로 결론을 내리고, 오이디푸스가 무고하게 테이레시아스의 비난을 받았다고 생각한다. *phrenos*란 단어를 젭은 '가슴'으로, 그린은 '마음'으로, 로이드-존스(Llyod-Jones)는 '판단'으로 신중하게 번역한 것은 흥미롭다. 왜냐하면 *phrēn*은 감정적인 것과 이성적인 것에 걸쳐 있기 때문이다. 보통 마음의 이성적 능력을 나타내는 그리스 단어는 누스(*noos*)이고(거기서 영어 'nous'가 유래했다), '영혼' 혹은 '정신'을 뜻하는 단어는 *thumos*인 데 비해 *phrēn*은 그 둘 사이의 중간쯤 된다. 이런 그리스 단어들이 물리적 신체 부위를 가리키듯이 *phrēn*은 가로막을 뜻하지만, 생각이 깃든 장소로서의 가슴이나 정신을 상징하는데, 소포클레스는 이 단어를 추론 능력을 가리키는 말로 사용한다. 얼마나 일관적이고 의도적으로 정신 이론의 부분으로 읽힐 수 있느냐에 대해서는 의견이 분분하지만 이 세 단어는 모두 심리학적 기능과 관련이 있다.[6] 하지만 여기서 분명해 보이는 것은 한편으로는 테이레시아스의 신적인 예언 능력을 염려하면서도, 코러스가 이성적으로나 감정적으로나 테이레시아스와의 갈등에서 오이디푸스 편을 든다는 것이다.

오이디푸스와 크레온(513~630행)

오이디푸스가 라이오스 살해에 자신이 연루되었다고 비난했다는 얘기를 들은 크레온이 자신을 변호하러 온다. 그는 오이디푸스를 혈통에 의해 왕위에 오르지 않은 왕을 가리키는 *ton tyrannon*(514행)이라는 용어로 호칭하면서 이 갈등(*agon*)에 정치적인 성격을 부여한다. 오이디푸스는 조급하고 짜증난 인상을 주긴 하지만 대단한 통제력을 발휘한다. 그는 바로 자신이 의심하는 바를 말한다. 만약 오이디푸스가 권력에서 제거되면 왕비의 형제로서 통치자가 될 가능성이 가장 높은 사람이 크레온인데, 그가 바로 테이레시아스를 불러오라고 제안했던 것이다(288행). 이에 오이디푸스는 뭔가 음모가 있고 그 예언자의 예언 뒤에 두 사람이 합심하여 자신을 몰아내려고 하는 계획이 있다고 느낀다. 그는 그런 계획을 허사로 만들기 위해서는 신속하게 행동해야 함을 잘 알고 있다.

> 은밀히 나를 해치려는 음모를 꾸민 자가
> 신속히 움직이면, 나도 신속히 대응해야겠지. (618~619행)

이는 현실 정치의 언어이고 현실 정치는, 만약 크레온을 추방시키면 또

---

6 Williams(1994), 27쪽.

다른 음모의 가능성을 제거하지 못한다는 뜻이기에 그에게 사형 선고를 내려 그 위협을 없앨 것을 요구한다.

크레온은 자신이 왕이 될 마음이 없는 이유를 찬찬히 따져 말한다. 그는 이미 통치자의 많은 혜택을 누리고 있는데, 굳이 왕이 되어 걱정과 책임을 짊어질 필요가 없다는 것이다. 그러나 오이디푸스는 그 말을 믿지 못하고 그들의 논쟁은 점점 더 고조되어 안틸라베[7](*antilabē*)(40쪽 참조)로 진행된다. 그들의 논쟁은 왕비가 왔음을 알리는 코러스의 개입으로 중단된다.

이 순간까지(631~633행) 오이디푸스의 아내로 이오카스테의 이름이 거론된 적은 없었다. 오이디푸스의 결혼에 대해서는 그가 처남을 델포이의 신탁을 들으러 보냈다고 말할 때 처음 언급되었지만(69~70행), 이때는 아직 크레온의 누이와 결혼했음이 밝혀지지 않았고 크레온의 누이라 하더라도 다른 누이를 가리킬 가능성도 남아 있었다. 실제 오이디푸스 이야기를 다룬 어떤 책에서는 오이디푸스가 이오카스테가 죽은 뒤 다른 누이와 결혼한다(17쪽 참조). 테이레시아스가 오이디푸스에게 그가 라이오스의 살인자이고 근친상간을 저질렀다고 말하는 장면에서도 애매모호한 부분이 있었다. 그런데 지금 이 장면에서 크레온은 자신과 누이와 오이디푸스가 대등한 권력을 지니고 있음을 내세워 자기변호를 하면서(그런데 왜 내가 오이디푸스의 왕위를 찬탈하겠는가?), 오이디푸스가 자기 누이와 결혼했음을 밝힌다(577행). 이 장면에서도 크레온이 이오카스테가 죽은 뒤에 오이디푸스가 결혼했을 수도 있는 다른 누이를 말하는 것일 수 있기 때문에 마찬가지로 애매함이 남아 있었다. 이런 극적 애매함은 코러스가 왕궁에서 나온 그녀의

7 한 행에 두세 사람이 짤막하게 말을 주고받는 방식(옮긴이).

이름을 이오카스테라고 언급하고 나서야 비로소 풀린다. "소포클레스는 우리를 너무 오랫동안 데리고 놀다가 마침내 오이디푸스의 아내가 누구인지를 분명히 말함으로써 그의 첫 번째 카드를 테이블 위에 꺼내 놓는다."[8]

이오카스테, 오이디푸스, 크레온(631~678행)

이 장면은 이오카스테와 오이디푸스가 처음으로 같이 무대에 있고, 비록 두 사람은 모르지만 관객이 그들의 근친상간 관계를 알고 있기 때문에 극적인 순간일 것이다. 이오카스테가 등장하고 코러스가 그녀의 정체를 말할 때까지(631~633행) 관객은 그녀가 살아 있다는 것을 확실히 모르는 상황이기에, 그녀의 등장은 특히 극적이다. 분명히 말할 수 있는 것은 이 장면이 세 명의 배우가 모두 코러스와 함께 무대에 있는 첫 장면이고, 노래와 대사를 주고받으면서 극적으로 아주 독특한 강도를 제공한다는 것이다.

처음에 이오카스테가 더 위급한 상황을 상기시키면서 궁으로 들어가라고 말하며, 두 남자의 소동을 멈추게 하는 신속한 태도에서 엿보이는 순진무구한 느낌은 이내 음울한 아이러니를 담은 마지막 대사로 바뀐다. 그린은 이 대사를 "아무것도 아닌 일을 크게 확대하지 마세요"라고 잘 번역했다. 이오카스테가 "아무것도 아닌 것"이라고 말한 것이 그녀의 도움으로 곧 '뭔가'임이 드러날 테지만, 크레온이 누이에게 하는 첫 대사(639행)에서 오이디푸스의 이름을 "같은 핏줄"이라고 언급함으로

8 Sommerstein(2010), 219쪽.

써 무의식적으로 그것이 '중요한 뭔가'임을 암시한다.

크레온은 자신의 무고함을 맹세하면서 만약 자신이 지금 비난받고 있는 그런 짓을 정말 저질렀다면 받을 저주를 스스로에게 내린다(644행). 이오카스테와 코러스는 크레온을 위해 탄원하면서 그의 맹세로 볼 때 그는 무고하다고 말한다. 이에 오이디푸스는 만약 그들이 틀렸을 경우 자신에게 벌어질 끔찍한 결과를 말한다. 만약 크레온이 왕을 해치려는 음모를 꾸미고 있다면 추방당하거나 죽임을 당하는 자는 오이디푸스 자신이 되리라는 것이다. 코러스가 폴리스를 위해 진심 어린 탄원을 하자 오이디푸스는 마지못해 크레온을 나가게 한다. 크레온은 오이디푸스의 냉혹한 성정을 알아차리고, 나가면서 "왕과 같은 성정은 왕 자신도 몹시 견디기 힘드실 것입니다."(675행)라고 말한다. 오이디푸스는 실제 이런 사람이었고, 그것이 그의 성정이었으며, 이런 점이 그의 가치의 근원이면서 동시에 그의 실패의 원인임이 입증될 것이다.

이오카스테와 오이디푸스(679~862행)

이오카스테와 코러스가 대화를 주고받는 오프닝 장면에서 오이디푸스가 테이레시아스, 크레온과 있었던 일을 아내에게 말하기 싫어하는 모습이 역력히 드러난다. 이오카스테가 무슨 논쟁이 있었는지 알고 싶어 하지만, 오이디푸스는 그녀가 신을 들먹이며 애원할 때까지 아무 말도 하지 않는다. 그는 그녀의 형제 크레온이 라이오스 살해 혐의로 자기를 비난했다고 말하지만 크레온은 그런 비난을 한 적이 없다. 오이디푸스는 크레온이 테이레시아스를 데려오라고 권했기 때문에 두 사람이 함께 자신을 해칠 음모를 꾸몄다는 결론으로 비약한 것이다. 그래서 오이디푸스가 라이오스를 죽인 자라고 말하는 테이레시아스의 주장 뒤에는 크레온이 있으므로, 오이디푸스는 크레온이 그런 비난을 했다고 결론을 내린다. 오이디푸스가 이런 추론에 대해서는 아내에게 설명하지 않았기 때문에, 크레온이 그 사실을 직접 알고 한 말이냐 아니면 누구에게 들은 것이냐는 그녀의 질문(704행)은 그가 그런 비난을 한 근거를 묻는 것이다. 그런 비난이 테이레시아스의 입에서 나온 것이라는 얘기를 듣고 그녀가 예언자와 그들의 예언 능력의 한계를 입증할 수 있으니 걱정하지 말라고 위로하는 과정에서 묘한 아이러니가 발생한다. 그녀는 라이오스가 자기 자식의 손에 죽을 거라는 예언을 태어난 지 3일밖에 안 된 갓난아이를 머나먼 땅에 내다버리는 것으로 해결했다고 말한다. 그 아이의 두 발목을 뚫어 묶어서 버렸으니, 그 애가 살아남아 '삼거리'에서 라이오스를 죽이는 강도들 중 한 명이 될 수 없다는 것이다. 크레온이 델포이에서 가져온 신탁, 예언자 테이레시아스의 등장, 이오카스테의 말까지 세 차례나 위로하려는 말이 역으로 뜻하지 않은 결과를 낳는다. 그린이 자구적으로 "종잡을 수 없는 영혼"이라고 번역한 것처럼 오이디푸스의 마음에 심한 불안과 동요를 불러일으킨 것은 라이오스 왕이 삼거리에서 살해되었다는 말이다.

이때부터 모든 것이 예전과 같지 않다. 삼거리라는 말이 오이디푸스의 기억을 일깨워 돌이킬 수 없이 그의 관심의 중심축이 바뀐다. 처음에 누가 라이오스를 죽였는지를 알아낼 필요성을 제공했던 테베의 고난은 처음엔 이오카스테가, 그다음엔 오이디푸스가 한, 중요한 다른 이야기 때문에 뒷전으로 밀려난다.

이오카스테는 뭔가를 폭로하려고 과거를 설명한 것이 아니지만 끔찍한 우연성이 작동한다. 이 우연성은 이 극의 핵심으로, 그녀가 신탁이 빗나갈 수 있음을 말해 위로하려던 것이 우연히 아주 끔찍한 일을 밝히는 수단이 되어버린다. 그녀는 라이오스가 어디서 어떻게 죽임을 당했는지에 대한 자세한 이야기를 파티스(*phatis*)라는 단어를 사용해 소문으로 치부하는데, 이 단어는 '하늘의 목소리', '신탁의 목소리'라는 뜻도 있어, 이 극의 앞부분에서 이런 의미로 사용된 바(151, 310행) 있다. 안심을 시키려던 그녀의 의도가 불러온 뜻하지 않은 결과와 함께 이 이중 의미의 단어의 사용이 반전을 일으켜, 이번에는 언어 자체에 대한 명상으로 빠져들게 된다. 이오카스테는 오이디푸스를 위로하려고 했으나 뜻밖에 그에게 정신적 불안감만 주었고, 라이오스의 죽음에 관한 상세한 이야기를 뜬소문으로 돌리려 했으나 뜻하지 않게 그것이 예정된 것이라는 인상을 주게 된다.

아내의 말에 놀란 오이디푸스는 처음으로 인간의 나약함에 대해 진심 어린 표현을 한다. "오 제우스신이시여, 제게 무슨 계획을 세우셨나요?"(738행). 이건 코러스 외에 제우스를 언급한 유일한 대사다. 하지만 오이디푸스는 곧 평정심을 되찾고 탐정처럼 범죄 장면에 관한 시간적·공간적 기초 정보들을 묻는다. 돌아온 답변에 그는 심히 동요하게 되고, "라이오스 왕에 대해 말해보시오. 그는 어떻게 생기셨소?"(740행)와 같은 질문을 계속 던지게 된다. 이때 그가 라이오스의 외모를 표현하기 위해 사용하는 단어 퓌시스(*phusis*)는 크레온이 오이디푸스의 성정을 표현하기 위해 사용했던(675행) 바로 그 단어다. 이를 통해 오이디푸스가 라이오스 왕에 대해 물으면서 자신에 대해서도 묻고 있다는 생각이 들게 한다. 그런 생각은 라이오스 왕이 오이디푸스와 약간 닮았다고 말하는 이오카스테의 답변에 담겨 있다. 이 중차대한 순간에 살해 현장의 유일한 증인의 중요성이 부각된다. 크레온이 처음 언급했던("한 사람을 빼고 모두 살해당했습니다." 118행) 증인이 다시 거론된다("누구한테 그 얘기를 들었소?" 754행).

오이디푸스가 하는 자전적인 이야기는 관객의 관심을 테베에서 코린토스로 돌려놓는데, 그곳에서는 폴리부스가 그의 아버지이고, 도리안이 그의 어머니다. 자신이 폴리부스의 친아들이 아니라는 소문에 괴로웠던 그는 신탁을 통해 소문이 잘못됐음을 공식적으로 확인하고자 델포이로 갔다. 극적으로 볼 때 똑같은 신탁을 들으러 간 세 번째이자 마지막인 이 방문이 가장 폭발력이 있다. 소포클레스 이전에는 오이디푸스가 델포이를 방문했다는 이야기가 알려져 있지 않았기 때문에 이 장면을 처음 본 관객들에게는 충격으로 다가왔다. 게다가 이전의 두 신탁과는 달리 아폴론의 말이 당사자에게 직접 전달된 것이다. 신탁은 그가 알고자 했던 부모에 대해서는 확인해주지 않고, 대신 그의 상상을 뛰어넘는 끔찍한 예언을 했다. 어머니와 근친상간하여 자식을 낳고 친아버지를 죽일 것이라는 예언이었다.

오이디푸스는 삼거리에서 벌어진 일에 대해 간단명료하게 설명하는데 그건 그냥 살인처럼 들린다. 하지만 그건 자신이 라이오스 살해자에게 내렸던 저주를 이제 스스로 받게 될 수도 있는 살인이었다. 오이디푸스가 걱정하는 것은 살인을 둘러싼 도덕적·법적 문제가 아니라 그로 인해 벌어질 객관적 결과다. '만약'이라는 접속사를 사용함으로써 그는 자신이 죽인 사람이 라이오스가 아닐 가능성에 매달린다.

> 만약 그 낯선 사람이 라이오스 왕과
> 인척관계라면 (813~814행)

그러나 이 한 조각의 기대가 곧 산산조각 날 것을 알고 있는 관객들은 그의 대사에서 '관계'와 '라이오스'의 복잡함에 더 관심을 가질 것이다. 그 단어들은 진짜 인척관계를 시사하는데, '그 사람'이 라이오스일 가능성이 아니라 살해된 사람과 그의 아들의 관계를 보여준다.

오이디푸스는 이 관계를 알지 못하고, 관객이 알고 있는 것을 알지 못한다. 그래서 이 단계에서 그의 걱정은 오로지 자신이 죽인 낯선 사람이 테베의 왕이었을지도 모른다는 데 국한되어 있다. 그는 자신이 아버지를 죽일 것이라는 예언, 라이오스가 자기 아들의 손에 죽을 것이라는 예언과 자신이 라이오스를 죽였을지도 모른다는 가능성을 연결 짓지 못한다. 이건 심리학적으로는 놀랍지만 극적으로는 효과적이다. 극은 오이디푸스가 사태를 완전히 인식할 때까지 아주 천천히 진행되면서 속도를 유지한다. 그렇게 천천히 밝혀짐으로써, 그런 인식이 가져다주는 고통도 연장된다. 이오카스테가 자기 아이의 발을 묶은 것을 부정확하게 말함으로써 오이디푸스가 자신의 불구와 연결시키지 못해 연장되기도 한다.

오이디푸스는 자신이 어떤 사람을 죽였고 그 사람의 잠자리를 차지했다는 생각에 경악한다. 만약 자신이 라이오스를 죽인 자는 그가 누구이든 이 나라에서 추방한다고 스스로 내린 저주의 희생자가 되어 테베를 떠나야 하더라도, 코린토스의 가족에겐 돌아갈 수 없다는 생각에 비참함이 더해진다. 그는 신전에서 들었던 예언이 이루어지는 것을 막기 위해 그 상황만은 무슨 수를 써서라도 피해야 한다고 생각한다. 여기서 아이러니가 심해진다. 테베에서 라이오스 왕의 역할을 대신한 것은 코린토스로 돌아가는 것을 피하려는 것만큼 걱정할 일이 아니다. 두 가지는 이미 실현되었다. 세 개의 신탁들이 아주 아이러니하게 겹쳐지고 결합되어서 밀실에 갇힌 듯한 공포를 만들어낸다. 도망칠 수 있을 것 같은 방법은 신기루일 뿐으로 빠져나올 방법으로 찾아낸 것은 오히려 그를 옭아매는 그물을 더욱 조인다. 첫 번째 신탁은 도시를 구하려면 라이오스 왕의 죽음에 복수하라는 것이었고, 이 신탁의 요구를 따르려고 오이디푸스는 그 죄를 저지른 자가 누구이든지 도시에서 추방한다는 저주를 내렸다. 이오카스테가 말한 두 번째 신탁을 통해 라이오스를 죽인 자가 자기 자신이며, 따라서 자기가 테베에서 떠나야 한다는 것을 깨닫게 된다. 세 번째 신탁은 오이디푸스가 막고 싶어 하지만 두 번째 신탁처럼 예언된 일들은 이미 벌어졌다.

이 단계에서 오이디푸스는 제한된 정보를 통해 자신이 테베의 전왕을 죽였을 가능성이 아주 높다고 생각하게 된다. 따라서 자신이 이 도시에서 추방당해야 하지만, 그렇다고 아버지를 죽이고 어머니와 결혼하게 될까 봐 코린토스의 가족에게 돌아갈 수도 없다. 그는 '-해지다', '-를 낳다'라는 뜻의 동사 푸에인(*phuein*)의 부정 과거형을 써서 스스로에게 묻는다. "난 애초에 사악하게 태어난 게 아닐까?" 하고(822행). 이것은 앞에서 크레온이 오이디푸스의 성정을 말할 때(675행), 그리고 오이디푸스가 라이오스의 외모를 물어볼 때(740행) 사용했던 동사 *phusis*에서 파생한 동사다. 이제 비록 자신과 무관한 사람의 살해와 코린토스로 돌아가는 것을 피하는 것이 그의 가장 큰 근심거리이긴 하지만, 이 단어들이 지닌 이면의 뜻의 무게를 인식하지 못한 채 그는 그 단어를 자신에게 사용한 것이다. 그는 '악의에 찬' 어떤 신이 자신을 희생물로 삼고 있는 건 아닌지 자문한다(828행). 여기서 신이라고 번역된 단어 다이몬(*daimon*)은 개별 신을 가리킬 수도 있지만, 여기서는 『리델&스콧 희랍-영어사전』(*Liddell&Scott's Greek-English dictionary*)에 정의되어 있는 "개인의 운명을 좌지우지하는 힘", 즉 사람의 운명이라는 좀 더 추상적인 의미가 더 합당하고, 공감을 불러일으키는 것 같다.

합리성의 가치에 매달리는 오이디푸스는 한 가지 희망을 품고 있다. 오이디푸스는 그곳에 있었던 사람들을 다 죽였다고 생각했지만, 라이오스와 그의 부하들이 살해당하는 것을 목격한 하인이 테베에 돌아와 아직 살아 있다는 것이다. 테베에 돌아온 뒤 이 증인은 도시를 떠나 양치기가 되고 싶어 했다고 한다. 만약 그자를 찾아 이오카스테가 그로부터 들었다는 설명, 즉 "라이오스를 죽인 자가 한 명이 아니라 여러 명이었다"(715~716행)는 사실을 확인하면, 살인자는 오이디푸스가 아닌 다른 사람들일 가능성이 아주 높았다. "한 명이 여럿과 같을 수는 없다"는 것은 정확한 숫자를 뜻하는 수학 문제다. 하지만 이 증인의 정체에 적용해볼 때 처음에 그는 왕가의 종복(756행)이었다가 지금은 양을 돌보는 양치기(761행)이기 때문에 이미 그런 단순한 수학이 적용되지 않는다. 크레온이 처음에 언급했던 자와 이오카스테가 지금 말하고 있는 자가 같은 사람인데, 그는 오이디푸스의 인생 여정에서 또 한 번 중요한 역할을 하게 된다.

테이레시아스가 오이디푸스와 헤어지면서 "안에 들어가서 잘 생각해 보십시오"(460행)라고 했던 말이 배경에서 메아리친다. 오이디푸스는 한 줄기 가능성에 매달리고 있는 것이다. 왜냐하면 그 증인이 살인자가 한 명이었다고 보고하면 의심할 바 없이 "그 범죄는 나를 향하"기 때문이다(847행). '-한 상태에 빠지다'라는 의미로 오이디푸스가 사용하는 동사 레폰(*rhepon*)은 이쪽저쪽으로 쉽게 기울어질 수 있는 저울의 이미지로도 사용된다. 이 문장을 로이드-존스는 "그럼 당장 저울은 내 쪽으로 기울 것이다"라고 번역했고, 맥오슬란(McAuslan)은 "저울이 기울면 그건 내가 한 짓이 될 것이다"라고 번역했다. 오이디푸스는 자신의 운명이 아주 불안정하게 균형을 잡고 있다고 느끼지만 그의 운명이 정해진 것임을 알고 있는 관객은 애초부터 저울이 균형 상태인 적이 없었음을 느낄 것이다.

이 장면은 실증주의적 사고를 지닌 오이디푸스가 여전히 실마리와 증거를 찾기 위해 그 증인을 왕궁으로 데려오라는 명령을 내리고, 이오카스테가 두 번째 신탁은 이루어지지 않았다고 확신하면서 끝난다. 설사 그 하인이 말을 바꾼다 하더라도 자기 아들은 산에 버려져 죽었기 때문에 라이오스가 자기 아들의 손에 죽는다는 예언은 이루어졌을 리 없다고 생각한다. 그녀는 자기의 '죽은' 아들이 '불행하다'고 말하는데(855행), 그의 운명이 가련한 것은 그가 영아 때 죽어서가 아니라 살아서 어른이 되어 자신도 모른 채 그녀 앞에 서 있기 때문이다.

제2정립가(863~910행)

이 합창은 세 번째 합창 송시(첫 번째 합창은 크레온이 델포이에서 돌아온 뒤(151~215행), 두 번째 합창은 오이디푸스와 테이레시아스의 장면 다음(463~512행))로 사실주의 미학의 차원에서 보면, 가장 중요한 인물인 양치기가 도착해 라이오스를 살해한 사람이 한 명인지 아니면 한 무리의 사람들인지를 말하는 데 걸리는 시간을 채워주는 거라고 생각할 수 있다. 또한 불확실성과 혼돈에 직면해 윤리적으로 명료해지길 기원하는 엄숙하고 신성한 기도이기도 하다. 오이디푸스는 테베 시민들로부터 대단히 존경받는 통치자이지만 끔찍한 짓을 전조하는 신탁, 이오카스테가 그 진실성을 의심하는 신탁이 밝혀질 것이다.

제1악절은 지상의 인간이 만들었기에 변할 수 있는 법이 아닌, "맑은 하늘에서 잉태된" 무한하고 본질적인 신의 법에 충실할 것을 촉구하고 맹세한다. 이 시행들에서 사용하는 '아버지', '탄생', '잉태된' 같은 어휘들은 이 극이 지닌 세속적 주제를 비추지만, 코러스는 그 어휘들을 자기들처럼 필멸의 인간들이 이 지상에서 따르고자 하는 숭고함과 관련

하여 사용한다(그 숭고함은 '드높은 발길의'라는 뜻의 *hupsipodes*(866행)라는 단어로 표현된다).

제1악절의 대조악절은 자만심(*hubris*)이 폭군을 낳는다는 소포클레스의 유명한 구절로 시작한다(*hubris phuteuei turannon*). 지나친 자만심은 반드시 파멸을 불러오고 이때 "손발은 아무 소용이 없다." 이 대사들은 오이디푸스를 자만심에 빠진 폭군이라고 말하는 것일까? 실제로 그는 그리스어 *turannon*이 허용하는 도덕 중립적 의미에서 비적통 왕(tyrant)이 맞고, 비적통 왕이 아니었던 선왕을 죽임으로써 비적통 왕이 되었다. 그리고 그는 크레온에게 아주 사소한 정황 증거로 그의 목숨을 위협하는, 호전적이고 위압적인 행동을 하기도 했다. 만약 코러스의 진중한 훈계를 오이디푸스에 대한 윤리적 판단으로만 본다면, 코러스의 급작스러운 태도 변화를 보여주는 것이 되었을 것이다. 또한 그렇게 읽는 것은 코러스가 오만한 경향을 가진 자의 진취성이라는 긍정적 면모를 인정함으로써('국가를 이롭게 하는 격렬한 야망'), 그들의 도덕적 충고에 균형을 잡아주는 대사들(879~880행)을 고려하지 않은 것이다. 코러스가 이 대조악절에서 표현한 것은 테베에서 권력을 장악한 것이 아니고 요청하지 않은 선물[9]로 권력을 제공받은 오이디푸스(384행)를 향한 견해를 갑자기 바꾼 것이라기보다, 사건의 진행 과정에 대한 혼란을 표현한 것이다.

제2악절은 코러스가 제멋대로인 오만함과 신전에 대한 불경함에 대한 신의 정의를 요청하면서 당혹감이 지배한다. 만약 그런 불경스러운 행동이 사회적으로 용인된다면, "왜 우리는 이 춤을 추며 신을 경배해야 하는가"라고 물으면서 이 악절은 끝난다. 이 대사가 시선을 사로잡

---

9 그린의 번역본은 이 점을 무시하지만 384행에서 오이디푸스는 자기가 요청하지도 않았는데 테베의 통치권이 주어졌다고 말한다.

는 것은 코러스 단원들이 자신들의 연극 공연이 찬양하는 디오니소스에 대한 숭배 행위로 춤을 추면서, 그 축제가 찬양하는 신을 언급했다는 것이다. 이 대사가 보이는 것처럼 자기 반영적 의도를 가진 것이라면, 소포클레스는 연극적 허구에 주의를 집중시킴으로써 종교에 대한 보편적인 태도라는, 아주 현실적이고 전혀 허구적이지 않은 주제에 관객들이 주목하게 하는 것일 수도 있다(25쪽 참조).

이 악절에 대한 대조악절은 명료성을 간절히 기원한다. 라이오스에 대한 신탁이 "시간이 지나 흐려지면서 사람들이 그 신탁들을 신경 쓰지 않는" 것에 대한 언급의 이면에는 불안한 불확실성이 존재한다. 이는 아마 이오카스테가 신탁이 실현되지 않을 수 있음을 증명하기 위해 언급한 것들을 가리킬 것이다. 만약 이오카스테의 회의주의가 입증된다면 "아폴론 신의 영광은 어디에서도 밝게 빛나지 않을 것이다." 그런 일이 일어날 가능성에 대한 끔찍한 암시에 직면해, 코러스는 신의 뜻의 표현으로서 신탁의 확실함과 권능을 갈구한다. "신들의 권능이 소멸되고 있습니다"(로이드-존스 역)라는 코러스의 마지막 행(910행)은 매우 준엄하다. 이는 극적으로 보나 종교적으로 보나 앞으로 일어날 일에 긴장감을 불어넣는 강력한 언급이다.

코린토스에서 온 사자(911~1085행)

앞 장면은 오이디푸스가 라이오스 왕의 죽음을 목격한 양치기를 테베로 불러오라고 명령을 내리면서 끝났다. 이제 새로운 사람이 등장하자 관객들은 그가 문제의 그 양치기일 거라고 생각한다. 그러나 그는 오이디푸스를 찾아온 이방인으로 왕궁으로 가는 길을 묻는다. 무대 위의 세 배우들이 모두 놀라는 장면에 이어 오이디푸스와 코린토스에서 온 이방인이 질문과 대답을 주고받는 극적인 격행대화를 나눈다. 이 대화는 긴장감을 풀어주는 인사말이 오고 가고 사자가 기쁘기도 하지만 다소 고통스러울 수도 있는 소식을 가져왔다는, 수수께끼 같지만 공손한 말로 시작함으로써 시적 긴장감을 늦춘다. 그런데 사자가 그토록 유쾌하게 전달하는 소식에 숨어 있는 반갑지 않은 반전이 드러나면서, 이 소식은 소포클레스가 고집스레 사용하는 어두운 아이러니가 된다.

엄밀히 말해 코린토스에서 온 자는 소문에 불과한 소식(940행)을 가져온 것이므로, 직접 목격한 사건을 보고하는 전통적인 사자의 역할과는 다르다는 점에서 사자 장면이 아니라고 할 수 있다. 코린토스 소식에 담긴 양면성을 전하기라도 하려는 것인지, 오이디푸스가 폴리부스 왕이 어떻게 죽음을 맞이했냐고 물었을 때(960행) 사자는 은유적으로 답변을 하여, 오이디푸스로 하여금 "그렇다면 그분은 병환으로 돌아가신 것 같구려"(961행)라고 해석하게 만든다. 물론 이보다 더 심오한 양면성은 사자가 자기도 모르게 오이디푸스를 놀라게 하는 데 있다.[10]

이 사자나 오이디푸스가 등장하기 전에 이오카스테가 화관을 가지고 등장하는데, 이것은 이 극의 개막 장면을 시각적으로 상기시키도록 연출되었을 수 있다. 그녀는 919행에서 오케스트라 한가운데 있는 신전을 향해 아마 어떤 몸짓을 하면서 아폴론 신의 탄원자로 나온다("리키아의 아폴론 신이시여, 나 그대 탄원자로서…"). 그런데 이번에도 탄원의 내용은 오이디푸스다. 그러나 그 사이에 벌어진 일들 때문에 이 순간과 오이디푸스의 상태는 아주 달라졌다. 시민들이 모여 왕에게 도움

10 "사자가 가져온 표면적 소식과 이 소식이 만들어낼 수 있는 중요한 사실 사이의 긴장은 언어 교환에서 기호들의 단순하고 투명한 전달과 수용 가능성의 문제를 보여준다." Goldhill(1984), 193쪽.

을 청하는 것이 아니라 왕의 아내가 왕을 위해 탄원을 하는 것이다. 이제 도움이 필요한 것은 바로 왕이기 때문이다. 개막 장면에서는 결단력 있고, 투명하고, 확신에 가득 찬 오이디푸스의 평상시 심리 상태가 입증되었으나, 그의 아내는 이제 그와는 정반대의 심리 상태를 가진 자를 묘사한다. 예전에는 침착했으나 지금은 "너무 흥분하고", 예전에는 이성적이었으나 지금은 "지각 있는 사람처럼 지난 일에서 어떤 결과가 나올지를 생각하지 못하고", 예전에는 통제력이 있었으나 이제는 "다른 사람들의 말에 늘 휘둘리는 자"이다.

이오카스테의 말을 통해 우리가 듣는 것은 공포에 사로잡힌 자, 지성이 그를 버린 자, 정신적 반전을 겪은 자에 대한 묘사다. 아리스토텔레스는 진정한 비극의 핵심은 인식 혹은 발견과 반전에 있다고 보았다. 그런데 여기서 이오카스테를 놀라게 하는 반전은 아리스토텔레스가 생각한 것과는 다른데 그럴 만한 이유가 있다. 오이디푸스는 이오카스테의 묘사가 지적하는 것과 같은 정신적 반전을 겪지 않았기에 여기서 표면에 드러나는 것은 오히려 그녀의 두려움이다. 오이디푸스는 아주 불안정하지만 기대에 차 있고, 어느 정도 두려움을 경험하지만 아내만큼 떨지는 않는다. 이오카스테는 이미 앞에서 언급됐던 선박의 키잡이(23~24, 694~696행)가 더 이상 자기 배를 통제하지 못할까 봐 두려워한다. 하지만 정신의 방향을 잃은 것은 오이디푸스가 아니라 다가오는 폭풍을 통제하기 위해 애쓰는 그의 아내라는 것이 곧 밝혀질 것이다. 아리스토텔레스가 염두에 두었던 진짜 반전은 사자가 테베에 가지고 왔다고 생각하는 기쁜 소식, 즉 폴리부스 왕이 죽어 오이디푸스가 코린토스의 새 왕이 될 것이라는 소식과 오이디푸스의 출생에 관한 폭로의 여파로 따라올 끔찍한 결과 사이의 괴리에서 발생한다.

사자의 도착 장면으로 다시 돌아가면, 그가 가져온 소식은 이오카스테와 그녀의 남편에게 안도감과 기쁨을 준다. 비록 그 소식이 삼거리에서 라이오스를 죽인 자가 오이디푸스일 가능성에 영향을 미치지는 못하지만, 그 소식은 아주 적절한 시기에 도착했다. 그들의 마음속에 가장 중요한 것은 그 소식 자체가 아니라 폴리부스의 죽음을 통해 신탁이 틀릴 수도 있음을 보여줌으로써 그들의 우울함을 떨쳐주기 때문이다.

> 내가 직면했던 예언들은 폴리부스 왕께서 다 걷어서
> 당신과 함께 저승으로 가져가서 이제 아무 가치도 없소. (971～972행)

맥오슬란의 번역은 여기서 오이디푸스에게 그런 위안을 주는 종결성을 포착한다. 그렇게 하나의 신탁이 어떤 점에서 틀렸음이 입증되면 신탁이라는 것 자체에 의심의 여지가 있다고 오이디푸스는 믿고 싶어 한다. 모든 건 우연에 불과하고 운명이 아니기 때문에 신탁이 말한 대로 반드시 이루어질 필요가 없다. 이것이 바로 오이디푸스가 오기를 기다리면서 이 사자의 소식으로부터 이오카스테가 얻은 위로다. "그분 때문이 아니라 우연 탓에 폴리부스 왕은 죽었군"(949행, 맥오슬란 역). 우연은 운명의 반대이고 이는 곧 끔찍한 일도 기쁜 일처럼 쉽사리 일어날 수 있음을 의미하지만, 오이디푸스가 아버지를 살해하고 어머니와 동침하리라는 신탁을 처음 들은 이후로 그를 짓눌러왔던 우울한 짐으로부터 벗어나게 하는 것은 바로 이 예측 불가능성이다. 폴리부스 왕이 어떻게 죽음을 맞이했느냐는 물음에 사자는 "노년에는 저울이 조금만 기울어도 죽음을 맞이하게 됩니다"(961행, 맥오슬란 역)라고 대답함으로써 인생의 변화무쌍한 속성을 증명한다. 여기서 저울의 기울어짐이란 뜻을 지닌 단어(*rhopē*)는 오이디푸스가 라이오스를 죽인 것이 한 사람이냐 여러 사람이냐를 확인하는 것이 얼마나 중요한지 표현하기 위해 사용하는 바로 그 동사(849행)에서 파생된 것이다. 모든 게 우연이고 어떤 결과를 결정하는 것은 사소하지만 치명적인 우연일 수 있는 것이다.

폴리부스 왕이 죽었다는 사실이 델포이에서 들었던 신탁에 관한 걱정들 중 하나는 덜어주었지만, 그 말을 듣고 기뻐한 것도 잠시, 바로 어머니와 관련된 또 다른 신탁에 대한 괴로운 불확실성이 밀려든다. 사자가 궁금해하자 오이디푸스는 이미 앞에서 이오카스테에게 자신이 왜 코린토스를 떠났는지를 분명히 하기 위해 두 번이나 말했던(791~793, 825~827행) 신탁의 내용을 다시 말한다(994~996행). 사자는 폴리부스 왕이 오이디푸스의 친아버지가 아니라는 정보로 그를 안심시킬 수 있다고 생각하지만, 관객들은 코린토스에 계신 분들이 그의 친부모가 아니라는 말이 그가 가장 원치 않던 소식이 되리라는 걸 알고 있다. 오이디푸스에게는 그의 아버지가 코린토스에 계셨던 분이고, 이제 그가 돌아가셨다는 걸 아는 것만이 위안이 될 수 있다. 폴리부스 왕이 죽었으나 그가 친아버지가 아니라는 소식은 위안은커녕 오이디푸스가 진실을 추적해야 할 필요성을 강화할 뿐이다.

1006~1007행의 아주 극적인 순간이 오이디푸스와 사자의 대화에서 중요한 전환점이 된다. 이 진취적인 사자는 코린토스의 공식 사자로서 테베에 온 것이 아니라, 오이디푸스에게 이제 아버지 폴리부스 왕이 죽었으므로 그에게 왕권이 이양될 것이라고 알려줌으로써 그가 받게 될 보상을 바라고 온 일개 시민이다. 이쯤에서 그는 자기 소식은 소문일 뿐이라고 인정하지만(940행), 반드시 그리 될 것이라고 확신한다. 오이디푸스가 그 소식에 진심으로 감사를 표하자 그는 자기가 온 목적을 밝힌다.

예, 제가 이 소식을 갖고 온 것도 바로 이 때문입니다.

무사히 고국으로 돌아가셨을 때 감사 표시를 받는 것. (1006~1007행)

그들의 대화가 여기서 끝났다면 일이 다르게 전개되었겠지만, 사자가 오이디푸스의 고국 귀환에 대해 언급하자 오이디푸스는 절대 코린토스로 돌아가지 않겠다고 말한다. 그리고 바로 오이디푸스의 그런 결심 때문에 사자는 폴리부스 왕이 그의 친아버지가 아니라는 사실을 밝힌다. 그로 인해 오이디푸스가 갓난아기 때 '발이 뚫려 묶인 채' 키타이론 산기슭에서 발견되었다는 것까지 말하게 된다. 이 사실에 누구보다 먼저 충격을 받은 사람은 이오카스테였다. 오이디푸스와 사자가 대화를 나누는 동안 그녀가 계속 침묵을 지키는 것은 의미심장하다. 비록 이 장면에서 그녀는 아무 말도 하지 않지만 이오카스테 역을 맡은 배우의 몸짓이나 동작을 통해 이 순간이 그녀에게 얼마나 중요한지를 관객에게 전달할 것이다. 마침내 침묵을 깨고 그녀가 한 말을 통해 키타이론 산과 뚫은 발 언급 이후의 대화가 진행되는 동안 끔찍한 진실이 그녀의 의식 속에서 깨어났음이 명확해진다. 그래서 오이디푸스가 사자에게 반대 심문하고 그 대답을 통해 오이디푸스가 자신이 낮은 신분 태생일 거라고 잘못 추측하는 것을 관객이 지켜보는 동안, 이오카스테는 무대 위의 관객으로서 같은 장면을 지켜보면서 자기 옆에 서 있는 자가 자기 아들이라는 제대로 된 결론을 내린다.

오이디푸스 자신은 이 순간에 자기의 어린 시절에 벌어진 이상한 사건들에 대해 사자가 밝혀줄 수 있는 것들에만 온통 집중하느라 아내의 존재를 인식하지 못하는 것 같다. 여기서 또 다른 중요한 사실이 드러난다. 아이를 그 사자가 발견한 것이 아니라 테베 왕을 위해 일하던 양치기에게서 받았다는 것이다. 심문자인 오이디푸스가 계속 질문을 해나가는 동안 코러스는 그 양치기가 바로 라이오스 왕의 살인 사건 목격자로서 증언하도록 소환된 그 양치기임을 알게 된다. 이제야 오이디푸스는 아내에게 시선을 돌리고, 그녀는 결사적으로 과거 사건을 더 이상 캐내지 못하게 하려고 한다. 이제 과거는 앞의 그 어떤 장면에서보다 더 무겁게 그들에게 닥칠 것처럼 보인다. 그런데 둘 중 한 사람은 필사적으로 더 이상의 사실이 밝혀지는 것을 막으려 하는 반면, 다른 사람은 라이오스 왕의 죽음에서 자기가 한 역할뿐만 아니라 자신의 진정한 정체에 대한 수수께끼를 풀 가능성에 흥분하고 있다. 똑같은 근거를 공유하고 있지만 그들이 우선시하는 것은 서로 완전히 다르다. 이오카스테가 절망 속에 퇴장하기 전에 그들이 주고받는 대화는 그들 사이의 간극, 앎과 무지 사이의 간극을 보여준다. "그런 실마리들이 있다면 나의 출생을 반드시 밝힐 수 있을 것이요"라고 오이디푸스는 흥분하며 말하지만, 이오카스테는 실마리 찾기를 그만두라고 애원한다. 오이디푸스는 이오카스테가 남편이 천한 출생인 것이 드러날까 봐 속상해한다고 착각하고는 그녀의 걱정을 무시한다. 이오카스테의 앎과 오이디푸스의 무지 사이의 간극이 이오카스테에게 깊은 연민을 불러일으켜, 그녀는 그의 불행이 그에게 알려지지 않기만을 바랄 뿐이다. "불운한 이여, 절대 자신이 누구인지 모르시기를!"(1068행)

극이 시작될 때 오이디푸스는 왕궁 밖에 모인 탄원자들을 걱정하는 모습을 보였다. "그대들이 모두 아픈 걸 알고 있소"라고 말하면서 그들과 함께 고통을 공유한다. "비록 그대들이 아파도 그 누구도 나만큼 아프지는 않소"(59~61행). 이제 이오카스테가 더 이상 알아내려 하지 말라고 탄원하면서, 모든 번역이 이를 명료하게 살리지는 못하지만 '아픔'이란 단어를 다시 언급한다. 그런데 "내가 아플 지경이니"라는 맥오슬란의 번역은 이걸 정확히 살려서, 이 극의 첫 시발점을 상기시켜준다. 테베를 괴롭히는 질병은 그 순간 이오카스테가 걸린 병, 즉 오이디푸스라는 이름이 그의 정체성의 열쇠이기도 하다는 것을 아는 데서 생긴 병으로 구체화된다.

이 장면에서 신원을 밝히는 것은 코러스가 사자에게 그들 옆에 있는 여자가 누구인지 설명할 때 처음 나온다. "이분은 그분의 아내요, 그분 자식들의 어머니이십니다"(928행). 이는 틀림없는 사실이지만 온전한 진실은 그들이 말하지 않은 '아내이자 어머니'라는 말 속에 담겨 있다. 사자는 그녀를 '완벽한 아내'라고 말하며 공손하게 응대한다. 사자가 아이의 뚫린 발목과 그 결과 얻은 이름에 대해 "그래서 지금의 이름으로 불리시게 된 겁니다"라고 환기시키자 이오카스테는 오이디푸스가 자기 아들이라는 것을 깨닫는다. 버려진 아이가 어떻게 이름을 얻게 되었는지를 듣고 이오카스테는 오이디푸스의 정체를 확신하게 되지만, 그에게는 이 사실을 숨기려 한다. 이오카스테는 마지막 대사에서 오이디푸스에게 다른 이름을 부여한다. 그를 가리키지만 그의 정체를 특정하지는 않는.

> 오, 오이디푸스, 불행한 오이디푸스여!
> 이것이 내가 당신을 부르는 유일한 이름이요,
> 내가 부를 마지막 이름입니다. (1071~1072행)

극 초반에 살인자를 찾아내기로 결심했을 때 오이디푸스는 실마리를 찾는 것에 대해 말하면서, 정체성의 상징이란 의미를 지닌 숨볼론(*sumbolon*)이란 단어를 사용한다(220~221행, 85쪽 참조). 코린토스 사자의 폭로에도 불구하고 오이디푸스는 아직 자신의 정체를 모르지만, 지금까지 드러난 단서들을 통해 자신이 누구인지 밝혀질 순간에 다다랐음을 느낀다. 이 대사(1059행)에서 오이디푸스가 단서라는 뜻으로 사용하는 단어 세메이아(*sēmeia*)는, 이오카스테가 라이오스 왕이 자기 아들의 손에 죽을 것이라는 신탁을 받았다고 알려주면서 라이오스의 예를 통해 신탁이 정확하지 않음을 입증하려 할 때(710행) 사용한 것이다. 신탁을 피하기 위해 그들은 아이를 죽게 내다버림으로써 예언이 실행되는 걸 막았고, 이오카스테는 라이오스의 예가 신탁이 효력이 없을 수도 있다는 것을 보여주는 신호, 단서(*sēmeia*)라고 생각했다. 그런데 사자로부터 뚫린 발을 가진 아이에 대한 이야기를 듣고, 그녀는 그 생각이 잘못된 것이고 예언은 이루어졌으며 자기 남편이 자기 아들이기도 하다는 명백한 신호를 받는다.

이 극의 중심이 되는 이 장면은 이오카스테가 뛰쳐나가고, 오이디푸스가 교만하게 자기 정체를 끝까지 밝히기로 결심하면서 끝난다. 이오카스테가 코린토스 사자에게서 들은 뜻밖의 좋은 소식을 설명하기 위해 썼던 말들(*pros tēs tukhēs*, 949행)을 사용하여, 오이디푸스는 자신을 "운명의 아이"(*paida tēs Tukhēs*)라고 본다. 오이디푸스가 도착하여 그 소식을 직접 듣고, 신탁의 절반(그가 아버지를 살해할 것이라는 신탁)이 명백히 어긋난 것에 대해 안도감을 표하지만 나머지 절반(그가 어머니와 성적으로 결합할 것이라는 신탁)에 대해 여전히 두려움을 느낀다고 말한 뒤에, 그녀는 그 단어를 다시 사용한다(977행). 그녀는 만약 미래가 순전히 우발적인 것이라면 그 결과에 대해 걱정해봐야 소용없다는 논리로 이야기를 이어나가기 전에, "모든 게 다 운(*tukhēs*)인데 인간이 걱정하여 무엇 하겠습니까?"라고 수사적으로 묻는다. 오이디푸스는 자신의 출생에 대해 더 이상 알아내려 하지 말라는 아내의 충고를 단호하게 거절하지만, 모든 것이 운이라는 그녀의 생각에는 분명히 동의한다. 진실에 관한 아주 아이러니한 또 다른 언급에서 오이디푸스는 운이 자신의 "어머니"이고, 그 무엇도 "나의 출생의 비밀을 알아내겠다"(1085행)는 자기의 결심을 바꿀 수 없다고 선언한다.

제3정립가(1086~1109행)

불길한 침묵 속에 무대를 떠난 이오카스테 역의 배우는 가면과 의상을 바꾸어 다른 역을 준비할 시간이 필요했을 것이다. 그는 더 이상 왕비가 아니라 하찮은 노예, 왕비에게서 갓난아기인 오이디푸스를 건네받은 양치기로 다시 무대에 오를 것이다. 제3정립가는 이 중요한 역할 바꾸기를 할 시간을 벌어주기 위한 실용적인 목적을 지니고 있다.

이는 네 번째 합창 송시로 그 경쾌한 분위기가 앞 송시(863~910행)의 엄숙함과는 아주 대조적이다. 제2정립가의 무거운 불확실성과 혼란스러움은 이제 신나게 춤을 추며 키타이론 산을 기리는 합창대에 자리를 내어준다. 앞 장면에서 코린토스 사자가 갓 태어난 오이디푸스가 그 산에서 발견되었다고 말했기 때문에 이제 코러스는 그 산을 "그의 고향이자, 어머니이자 유모"로 의인화하며 송시를 바친다.

대조악절은 다시 이 극을 지배하는 질문으로 시작한다. 오이디푸스가 코린토스의 폴리부스 왕과 도리안 왕비 사이에 태어난 아이가 아니라면 그의 부모는 누구인가? 코러스는 그가 산의 요정과 신이 사랑하여 열매 맺은 반신(半神)일 수도 있다고 생각한다. 그의 아버지가 음탕하기로 유명한 가축의 신인 판(목신)일 수도 있다. 다음으로는 아폴론(록시아스)이 거론되고, 키레네 산의 동굴에서 태어나 아폴론의 가축을 훔쳤던 것으로 유명한 장난꾸러기 헤르메스일 가능성도 거론된다. 경계의 신 헤르메스의 조각상들은 경계 표시가 필요한 길목마다 여행자들에게 행운을 가져다주도록 세워졌다. 코러스는 마지막으로 디오니소스일 가능성을 거론한다. 아테네 연극 제전 동안 자신을 기리기 위해 열리는 공연을 보도록 그의 동상은 극장으로 옮겨졌다.

관객들은 이런 추측이 모두 틀렸다는 걸 잘 알고 있다. 그래서 코러스의 이 송시는 코린토스 사자가 말한 오이디푸스의 출생의 비밀과 이제 막 밝혀질 더 끔찍한 정보 사이의 아이러니한 간주곡이 된다.

오이디푸스와 양치기(1110~1185행)

"그를 만나본 적 없는 내가 추측하건대 이 자가 그 양치기구나"(1110행). 이 에피소드는 오이디푸스가 누군가가 오는 것을 보고 그토록 기다리던 증인일 거라고 생각하면서 시작한다. 오이디푸스가 사용하는 '추측'(*stathmasthai*)이라는 단어는 '자로 재다'라는 뜻의 그리스어인데, 이는 오이디푸스가 심문 과정 내내 추구했던 이성적 사고의 힘을 보여주는 아주 좋은 예다. 테이레시아스는 오이디푸스에게 어떤 운명이 정해져 있는지를 예언한 뒤 "그걸 잘 생각해보십시오"(460행)라고 충고하면서, 어떤 문제들에 대해 추론하기, 어떤 문제에 대해 이성적으로 사고하기를 잘하는 그의 이성주의를 조롱하는데, 오이디푸스는 이제 만난 적이 없는 사람이 오는 것을 보고 다시 그 능력을 과시하고 있는 것이다.

막 당도한 이 사람이 라이오스 왕을 위해 일했던 하인임을 코러스가 밝히고, 코린토스 사자는 그 사람으로부터 자기가 어린 오이디푸스를 건네받았다고 말한다. 그 양치기는 아기를 죽이라는 명령을 받았지만 코린토스의 양치기에게 주었던 것이다. 그는 또한 라이오스 왕의 죽음을 목격한 자로 삼거리에서 왕을 죽인 게 한 사람인지 한 무리의 사람이었는지를 확인하기 위해 오이디푸스가 기다리고 있던 사람이기도 하다. 이때 오이디푸스는 그를 만난 적이 없다고 생각함으로써 두 번 실수를 한다. 왜냐하면 두 사람은 오이디푸스가 갓난아기였을 때와 나중에 어른이 되어 삼거리에서 서로 마주쳤기 때문이다.

이름 없이 하인, 양치기 등 여러 호칭으로 불리는 이 사람은 오이디푸스의 정체를 확인하기 위한 질문을 받는다. "라이오스의 종복이었냐"는 질문에 "그렇습니다. 사온 노예가 아니라 그 집에서 태어나 자란 노예"(1123행)라고 그는 대답한다. 그는 테베 출신 노예로, 팔려온 것이 아니라 이 왕가의 노예였던 부모가 낳은 자였다. 이 천한 인물과 테이레시아스 사이에는 이상한 병렬 관계가 존재한다. 그 예언자는 두 번이나 부르러 보냈는데 아무 설명도 없이 늦게 도착했고(289행), 이 하인의 도착도 오래 지체되었다(838, 861, 1112행). 두 사람 모두 자신이 아는 바를 말하기를 꺼린다. 하지만 이들을 가장 이상하게 묶어주는 것은 그들이 오이디푸스에 관한 모든 진실을 아는 단 두 사람이라는 것이다. 이 노인은 오이디푸스의 생에 이상할 정도로 연루되어 있다.

> 이 테베 사람은 '길도 없는 키타이론 산'에 갓난아기 오이디푸스를 데려간 사람이고, 삼거리에서 살인을 목격한 사람이고, 오이디푸스가 이오카스테와 결혼하는 것을 본 사람이다. 다시 말해 있음직하지 않을 정도로 놀랍게 그는 오이디푸스 전 생애 동안 함께해온 것이다.[11]

그런데 이 사람은 한낱 하인이고 코린토스 사자는 키타이론 산기슭에서 양치기로 서로 알고 지냈던 시절을 그에게 상기시킨다. 양치기는 그

11 Cameron(1968), 22쪽.

들이 함께했던 때를 기억하느냐는 질문에 "오래된 얘기이긴 하지만 당신 말이 맞소"(1141행)라고 대답한다. 그린은 '진실'(*legeis alēthē*)이란 단어를 빼고 번역했는데, 이 장면뿐만 아니라 전체 극에서 이 단어가 지닌 중요성을 고려하면 그리 좋은 선택이 아니다. 오이디푸스의 임무는 진실을 밝혀 테베를 파멸시키고 있는 오염을 제거하기 위해 신탁이 명한 대로 수행하는 것이다. 그 심문 과정에서 그의 부모에 관한 또 다른 수수께끼가 불거져 이 문제에 대한 진실에 그의 관심이 온통 쏠린다. 이 두 문제, 즉 라이오스 왕의 살해 수수께끼와 오이디푸스 자신의 정체에 관한 수수께끼가 서로 무관하지 않은데, 이 중요한 사실이 우연에 의해 확실해진다. 즉 코린토스 양치기에게 아기를 건네준 사람이 오이디푸스의 정체를 아는 사람인데, 바로 그 사람이 라이오스 왕 살해 장면을 목격해서 단 한 사람이 그 범죄를 저질렀음을 알고 있는 바로 그 사람인 것이다. 이 일들은 모두 오래전에 벌어진 일이지만 양치기 노인은 자신이 이 과거의 진실을 말해야 할 처지라는 걸 알게 된다. 양치기와 테이레시아스는 오이디푸스에 관해 중요한 사실을 알고 있는 유일한 사람들인데, 이제 양치기도 앞에서 테이레시아스가 그랬듯이 좀 더 이성적으로 생각하면 비밀로 해두는 게 더 낫다는 것을 밝힐 처지임을 알게 될 것이다.

양치기는 가능하면 진실을 묻으려 하지만, 사자는 아무것도 모르고 그들이 키타이론 산에서 주고받은 그 아기가 지금 그들 앞에 있는 성인이 된 오이디푸스라고 말함으로써 그러지 못하게 한다.

> 이보시오 노인장,
> 여기 그분이 계시오 — 그때 그 아이가 바로 이분이라오. (1145행)

"뒈질 놈! 그 입 닥치지 못해" 하고 양치기는 소리를 지른다. 그런데 이 말은 눈먼 테이레시아스가 참지 못하고 오이디푸스에게 자신을 아느냐고 물었을 때(415행) 오이디푸스가 그에게 했던 말(430행)의 반향이다.

고문하고 죽이겠다는 위협을 받으며 범죄 심문을 받듯이 질문에 답하도록 강요받은 그 늙은 양치기의 입에서 점점 잔인할 정도로 무서운 진실이 새어나온다. 양치기에게 가해진 고문 위협이 단순히 앞서 테이레시아스에게 했던 행동에서 형성된 인상을 확고히 하면서, 오이디푸스의 폭력적인 기질을 보여주는 또 다른 증거로 읽혀서는 안 된다. 고대 아테네 법정에서 노예의 증언은 고문을 받을 때만 신뢰할 수 있는 것이었기 때문이다.

첫 번째 질문은 그가 갓난아이를 그 옆에 서 있는 남자에게 건네주었느냐는 것이었고, 이에 대해 양치기가 수긍함으로써 코린토스 사자가 앞서 했던 설명이 사실임을 입증한다. 그다음에 오이디푸스는 그 아이가 양치기 자신의 아이인지 아닌지를 묻는다. 이에 양치기가 자신의 아이가 아니라고 대답하자, 그러면 그 아이는 어디서 났느냐는 세 번째 질문이 나온다. 위협에 못 이겨 양치기는 그 아이가 라이오스 왕가 출신임을 인정하지만, 아이 부모가 라이오스 왕과 이오카스테 왕비가 아닐 가능성은 여전히 남아 있다. 그래서 오이디푸스가 묻는다. "노예인가? 아니면 혼인으로 낳은 아이인가?"(1168행)

양치기: 오 신이시여, 저는 무서운 말을 해야 할 것 같습니다.

오이디푸스: 나는 무서운 이야기를 들어야 하고. 그래도 들어야겠다. (1169~1170행)

이제 오이디푸스는 돌이킬 수 없는 지점에 이르렀고, 양치기도 그 사실을 알고 있다. 앞선 질문과 대답은 마치 법정의 반대 신문이나 경찰 조사와 같았으나, 이제 심문자가 다음 질문의 대답이 분명 자기 자신과 연루된 것임을 아는 지점에 도달한다. 양치기는 더 이상 자신에게 질문하지 않게 하려고 이오카스테를 언급하지만(1171~1172행), 이는 이미 밝혀진 사실들이 지닌 무서운 암시에 관심을 더 집중시킬 뿐이다.

이 에피소드에서 중요한 이 순간(1173~1176행)에 대사의 속도가 빨라져서 한 행 안에서 화자가 바뀌면서 반 마디씩 빠르게 주고받는다.

오이디푸스: 그녀가 그 아이를 네게 주었다?

양치기: 그렇습니다, 폐하.

오이디푸스: 어쩌라고?

양치기: 제거하라고 하셨습니다.

이 대화는 양치기가 "그 아이가 아버지를 죽일 것이라는 신탁이 있었습니다"라며 신탁에 대해 언급할 때까지 계속된다. 자신이 아들에 의해 죽을 것이라는 예언을 피하고자 했던 라이오스 왕의 뜻(711ff)에 따라 이오카스테는 갓난아기를 양치기에게 주어 죽이게 한다. 이에 오이디푸스는 이 사실을 재차 확인하기 위해 두 단어(*tekousa tlēmōn*)로 되묻는다. 첫 번째 단어는 '애를 낳은 여자'라는 뜻을 지닌 부정과거 여성형 분사이고, 형용사 *tlēmōn*은 '고통스러운', '참을성 있는', '불쌍한', '비참한'이란 뜻을 갖고 있다. 그래서 다양하게 번역될 여지가 있는데 많은 번역들이 연민의 느낌을 담아내지 않았다. "참 모질군. 엄마가."(그린 역), "자기 아이를, 비열한 인간 같으니!"(R. C. 젭 역) "아이 엄마가? 어찌 그럴 수가?"(맥오슬란 역, 페이글스의 "자기 아이를 어찌 그럴 수가?"와 거의 같다). 이런 번역들은 오이디푸스 대사에 담긴 동정심, 연민의 정, 오이디푸스가 잠시 자신의 존재에서 벗어나 자신을 3인칭으로 부르는 감정도 담아내지 못한다. 결국 그의 어머니는 자기 아들의 살해를 허용한 셈인데, 그런 끔찍한 상황에 빠진 여인의 고통에 대한 감정을 표현한 것이다. 소포클레스가 이오카스테의 냉정함을 보여주기 위해 그 두 단어를 수사 의문문 형태로 쓴 것 같지는 않다.

이오카스테가 예언이 틀릴 수도 있다고 남편을 안심시키기 위해 언급했던(712~714행) 신탁에 대해 이제 양치기가 말을 한다. 오이디푸스는 이제 라이오스 왕이 들은 신탁이 자신이 델포이에서 들었던 신탁과 같다는 사실을 분명히 깨닫지만 마지막으로 왜 명령대로 아기를 죽이지 않았는지 차분히 묻는다. 이는 그가 조사 중인 문제를 둘러싼 사건들에서 미진한 부분들을 매듭지으려 하는 것처럼 보이는데, 그렇다면 애초에 양치기를 데려와 조사하려고 했던 문제를 정리하는 걸 잊은 것이다. 즉 삼거리에서 라이오스 일행이 살해당했을 때 벌어진 일을 밝혀줄 수 있는 유일한 증인으로서의 증언 말이다. 목격자인 양치기가 생존해 있다는 것은 극 초기에 처음 언급되었다(118~125행). 그리고 오이디푸스는 왕의 죽음을 둘러싼 정황에 대해 크레온에게 물었을 때와 자신이 살인자일지도 모른다고 처음 의심하기 시작했을 때, 그의 말을 듣고 싶어 했다(755~766행). 이것은 결국 그가 살인자가 아닐 유일한 가능성이 살인에 관여한 사람의 숫자의 불확실성에 달려 있게 되자 절대적이 된다(836~850행). 그 절박함 때문에 오이디푸스는 양치기를 부르러 보냈는지를 거듭 물어본다(859~861행). 그런데 이제 마침내 그가 왔는데 그 문제는 거론되지 않는다. 하지만 양치기의 증언이 오이디푸스가 자기 어머니와 결혼하리라는 신탁이 맞았다는 오명을 씻어줄 터였기에 그 문제를 거론하지 않은 것은 이해가 가고 설득력이 있다.

라이오스 왕이 아들에 의해 죽을 것이라는 신탁의 다른 내용은 퍼즐의 마지막 조각처럼 맞아떨어졌다. 이제 진실이 명백해졌기 때문에 삼거리에서 일어난 일에 대해 양치기에게 확인할 필요가 없는 것이다. 오이디푸스는 아버지를 죽이고 어머니와 결혼했다. 아무것도 모른 채 부친 살해와 근친상간을 저질렀지만 이제 그런 행위들은 저지른 당사자에게 모두 밝혀졌다(그러나 뒤에서 살펴보겠지만 삼거리에서 라이오스 왕과 실랑이를 벌인 사람이 몇 명이었는지에 대해 양치기의 증언을 듣지 않은 것은 아버지를 죽인 자가 오이디푸스가 아닐 가능성을 남겨두기 위한 것일 수 있다. 154쪽 참조).

양치기가 이제 모두에게 명백해진 것을 선언하는 것만이 남아 있다(1181행). "폐하는 불운하게 태어나셨습니다"(맥오슬란 역)라고. 양치기는 이오카스테가 그 자리에서 퇴장하면서 자기 아들이자 남편에게 마지막 말을 하기 전에 사용했던(1068행) '불운한'(*duspotmos*)이라는 단어를 사용한다.

오이디푸스는 세 가지 신탁이 딱 맞아떨어지고 그 끝이 자신을 향하고 있다는 것을 깨닫는다. 오이디푸스가 델포이에서 들은 내용과 라이오스 왕에게 내려진 신탁은 똑같은 예언의 변주이고, 도시에 닥친 재앙이 라이오스 왕을 죽임으로써 야기된 오염 때문이라고 크레온이 전한 신탁도 분명 그 자신을 겨누고 있다. 이제 오이디푸스에게 모든 것이 아주 분명해졌고(1182행) 진실은 태양 빛처럼 확연해졌다. "아, 아! 이제 모든 게 분명하다! 오 빛이여, 마지막으로 한 번 보련다"(로이드-존스 역)라고 오이디푸스는 말한다. 그리고 안목과 맹목과 연결된 빛과 어둠의 이미지는 비극적 결론에 도달한다. 극 초반에 크레온이 델포이에서 돌아오는 것을 보고 오이디푸스는 그가 빛나는 눈처럼 기쁜 소식을 가져왔을 거라고 기대했다(80쪽 참조). 그 장면 끝에서는 "나는 이것을 백일하에 드러낼 것이다"(132행)라고 선언한다. 그의 임무는 성공적으로 완수되어 어둠 속에 묻혀 있던 것들이 대낮의 빛 아래로 꺼내어졌다.

제4정립가(1186~1222행)

앞 송시에서 사기가 충천했던 코러스는 이제 밝혀진 사실들 앞에서 인간의 하루살이 같은 존재에 대해 철학적 고찰을 한다. 첫 행에서 전 세대 인간들의 삶의 가치는 어떻게 측정할 수 있을까?라고 말한다. 코러스는 이에 대해 엄중하게 생각하고 '아무 가치가 없다'는 결론에 이른다. "거의 아무 가치도 없을 뿐만 아니라"(로이드-존스 역), 더 냉정하게는 "내가 인간들을 어떻게 아무것도 아닌 삶을 사는 존재로 여기는지"(R. D. 도우 역)라고 말한다. 그런 계산 결과를 도출하기 위해 코러스가 사용하는 동사(*enarithmou*)는 테이레시아스가 오이디푸스에게 "안에 들어가서 잘 생각해보십시오"(460행)라고 말할 때 사용한 것과 같은 것이 아니고, 실제 계산과 삶의 가치에 대한 형이상학적 평가 사이에 차이를 두어서도 안 된다. 오이디푸스는 자신이 가진 지성의 힘을 확신하고, 실제로 그의 지성의 힘은 스핑크스를 물리치게 해주었지만, 지금 자신이 직면한 문제는 해결하지 못한다. 이제 코러스의 다음 질문에 의해 제기된 전혀 다른 종류의 추론을 해야 한다.

> 행운처럼 보이나 그런 행색만 보이고는 사라져가는 행복보다
> 나은 것을 얻은 자는 도대체 어디 있단 말인가? (1189~1192행)

R. C. 젭의 번역은 '-처럼 보임'에서 "그런 행색만 보이고는"(둘 다 같

은 동사 *dokeō*)으로 옮겨가는 과정에서 포착되는 통렬함을 담아낸다. 행복은 그저 잘 사는 듯 보이는 것이고 그런 겉모습은 곧 '사라지는데', 이는 애초에 실재하지 않았던 것이 사라지는 것이다. 이 악절은 오이디푸스의 운명이 계산해보면 0(제로)가 되는 인간 조건의 전형임을 깨달으면서 슬프게 끝난다. "내 인간에게 존재하는 그 무엇이 부럽다 하리"(1194~1195행, 로이드-존스 역).

코러스는 행복에 대한 자신들의 허황된 믿음을 꾸짖듯이, 오이디푸스가 누구였고, 무엇을 상징했으며, 그토록 견고하고 영원할 것 같던 그의 성취에 대해 스스로 떠올린다. 코러스는 오이디푸스가 수수께끼를 내는 발톱 가진 계집, 즉 스핑크스를 상대로 거둔 승리와, 어떻게 그가 그 도시의 안전과 보호의 상징, 즉 '우리 도시의 죽음을 막아주는 보루'가 되었는지에 대해 말한다. 그는 테베의 진정한 왕이 되었지만 지금은 가장 비참한 처지가 되었고, 그 누구도 경험하지 못한 인생의 변화를 경험했다. 그들은 오이디푸스가 극 초반에 자신을 표현할 때 사용했던 것(8행)과 같은 형용사(*kleinos*)를 빌려 그를 '유명한 오이디푸스'라고 부른다(1207행, 로이드-존스 역). 문법적으로 주격에서 목적격으로 바뀐 것을 통해 그의 위치 변화가 표현되어 있다. 오이디푸스는 더 이상 행동을 하는 주체가 아니라 행동에 영향을 받는 객체인 것이다. 코러스는 아버지 살해가 아니라 어머니와의 성적 관계를 행동으로 보는데, 그것은 항해 이미지(항구)나 농사 이미지(쟁기로 간 고랑)로 언급된다(1208~1211행). 초반에 나오는 항해 이미지에서는 오이디푸스가 키잡이(책임자)였다.

> 내 소중한 나라가 고통에 빠져 이리저리 표류할 때
> 폐하께서 순풍을 가져와 옳은 길로 항해하게 해주셨습니다.

이제 다시 우리의 훌륭한 키잡이가 되어주십시오. (694~696행)

그런데 이제 겉으로는 안전한 항구처럼 보이던 곳이 금기의 장소가 되어버린, 오이디푸스의 인생이 택했던 파괴적인 경로를 강조한다. 송시의 마지막 행들에서는 코러스의 슬픔의 원인이 된 끔찍한 반전에 대해 노래한다.

처음에 우리는 폐하로부터
숨을 얻었으나 이제 폐하 이름이
제 입을 잠재우는 자장가입니다. (1220~1222행)

그리스어 표현은 R. C. 젭의 "당신 덕에 내 눈에 다시 어둠이 내렸습니다"처럼 이 마지막 부분의 다른 번역을 허용하지만, 코러스의 분노의 강도는 똑같다.

제2의 사자(1223~1296행)

고대 그리스의 관객들이 사자의 전언에 가졌던 기대는 왕궁에서 나온 사자가 궁 안에서 보고 들은 것을 묘사하는 장면에서 충분히 채워질 것이다. 그는 코러스를 "이 땅에서 최고의 영예를 지니신 자"(1223행, 로이드-존스 역)라고 부른다. 예전에는 왕과 왕비에게 하는 게 더 적절해 보였을 테지만, 현 상황에서는 코러스를 구성하는 테베의 연장자들에게 더 적절한 경애다. 이 도시를 지배했던 왕가는 라브다코스(라이오스 왕의 아버지)가(家)인데 이 가문은 회복 불가능할 정도로 파멸됐다. 흑해로 흐르는 두 개의 큰 강, 이스터강(도나우강의 옛 이름)과 파시스 강(지금의 리오니강)은 이 집안의 내력을 정화하는 데 필요한 정화수를 제공하지 못했다. 사자의 역할과 함께 종교적 의미의 정화에 대한 암시는 극장 관객에게 하는 말이기도 하고, 앞으로 밝혀질 일의 특별함에 대해 관객이 대비하게도 한다.

이오카스테는 오이디푸스에게 마지막 말을 던지고(1071~1072행) 그에게서 도망쳐 자신의 비극이 시작된 곳으로 돌아간다. 침실에서 그녀는 이미 적나라하게 드러난 무서운 현실로부터 숨기 위해서라기보다는 자신을 괴롭히는, 자신이 알고 있는 것들로부터 도피하기 위해 문을 쾅 닫는다. 그녀는 오이디푸스를 잉태했으며 나중에는 그와 함께 누워 근친상간을 저지른 침대를 응시하며 스스로에게 정신적 고통을 가한다. 라이오스 왕을 부르며 "우리 사이에 아이를 잉태하게 해준 과거 기나긴 그날 밤"을 기억하라고 한다. 사자는 침실 문이 잠겼기 때문에 들은 것만 전할 수 있다. 그런 점에서 그는 사태를 잘 아는 사자의 역할에는 부적절해 보이는데, 실제로 그녀가 어떻게 죽었는지는 모른다고 고백한다(1251행).[12] 이제 사자가 보고 들은 대로 죽은 이오카스테의 얘기를 다시 할 때까지(1263~1265행) 사자의 보고는 오이디푸스에 집중한다(1252~1254행).

사자는 오이디푸스의 행동을 아주 폭력적으로 묘사한다. 그는 왕궁으로 뛰어 들어가(1252행) 칼을 요구한 뒤 아내를 찾았다. 그가 이오카스테를 죽이려 했는지, 스스로 목숨을 끊으려 했는지, 아니면 둘이 함께 죽으려 했는지는 분명하지 않다. 침실 문이 잠겨 있는 걸 알고는 몸을 던져 "헐렁한 볼트가 구멍에서 비틀어져 빠지듯" 억지로 문을 밀어

12 Barrett(2002), 197~198쪽.

열었다. 오이디푸스가 목격한 장면과 그 후 그가 스스로에게 한 행동의 잔인함은 "올가미에 목을 매어 매달려 있는"(로이드-존스 역), "왕비님 옷에 꽂힌 브로치를 찾아", 그의 눈에서 흘러내려 수염을 적신 피 등 사자의 설명이 너무 생생해서 충격적이다. 오이디푸스가 얼마나 격하게 궁궐로 들어갔는지를 전하기 위해 1253행에서 사용한 동사는 그가 자기 눈을 찌른 방식을 설명하기 위해 다시 사용된다(1270행). 일찍이 코러스가 근친상간을 묘사하기 위해 농사 이미지를 사용했는데(1210행), 그 이미지가 오이디푸스의 머릿속에도 떠올라 "내가 태어나고, 내 자식의 씨앗을 뿌린 이중 파종의 들판"이라고 그는 말한다. 자연스러운 농사 과정이 자연의 질서에서 너무나 일탈한 것의 비유가 된다. 사자는 차마 그 말을 입에 올리지 못한다.

> 폐하는 소리치셨습니다.
> 누구 문을 열어 당신을 온 테베 사람들에게
> 내보이라고, 자기 아버지를 죽이고
> 자기 어머니를—저는 차마 말하지 못하겠습니다. (1286~1288행)

사자는 특정 어휘를 입에 담기를 꺼려할 뿐만 아니라 안에서 벌어진 일을 설명하면서 직접 화법을 사용하지 않는다. 그리스 비극에서 어떤 사자도 직접 화법을 피하지 않기 때문에 이는 아주 특이한 것이다. 이는 사자가 오이디푸스나 이오카스테의 역할을 맡아 하면서 그들의 이야기 속으로 들어가지 못함을 강조한 것이다. "그 사건들은 무서운 침묵에 빠진다. 사자는 자신도, 우리도 그 사건들과 거리를 두게 한다."[13]

---

13 Gould(2001), 259쪽.

사자의 긴 연설은 시작할 때처럼 관객에게 다가올 일들에 대비하게 하면서 끝난다. 오이디푸스는 스스로 그곳으로부터 추방할 것을 선언한 폴리스에 자신을 내보이기를 원하기 때문에 이제 그가 왕궁에서 나가도록 인도할 도움이 필요하다. 관객의 시선은 이오카스테와 오이디푸스가 공포에 사로잡혀 도망쳤던 왕궁 문으로 향한다. 이제 오이디푸스는 고쳐진 가면, 아니면 새 가면을 쓰고 등장하는데 아마 눈이 있어야 할 자리에 구멍이 나거나 빨갛게 칠이 되거나 빨간 끈들이 매달린 가면일 것이다.

눈먼 오이디푸스와 코러스(1297~1422행)

코러스는 눈이 먼 오이디푸스에 대해 반발에 가까운 충격을 노래하는데, 처음에는 스스로 장님이 된 그의 행동을 광기 탓이거나 어떤 못된 악령이 그에게 달려들어 저지른 것으로 본다(1300행). 앞에서 오이디푸스가 자신의 최악의 운명이 아버지를 죽인 것이라고 생각할 때 그는 어떤 신(*daimon*)이 자기를 제물로 삼고 있다고 생각했는데(828행), 이제 코러스가 오이디푸스의 불운한 삶을 설명하기 위해 그런 가능성을 논한다. 두렵긴 하지만 코러스는 이미 벌어진 일들에 사로잡혀 더 알고 싶어 한다.

오이디푸스는 지금까지 단장 3보격으로 말을 했는데 이제 코러스는 '행진곡 형'의 단단장(短短長)격으로, 오이디푸스는 '가창용'의 단단장격으로 말한다(41~42쪽 참조). 이렇게 어조가 바뀐 것은 오이디푸스가 자기 자신과 세상을 달리 느끼고 있음을 보여준다. 불안에 시달리고 혼란에 빠진 채 자기 존재의 본질에서 괴리된 오이디푸스는 이제 가볍고 연약한 존재가 된 것이다. 스스로 물리적 시각을 상실한 것은 자신이 알고 있던 세상과 자신이 겪고 있던 형이상학적 눈멂으로부터 스스로를 소외시킨 행위다. "슬픔에 잠겨 나는 어디로 보내질 것인가? 허공의 날개 위에 태어난 내 목소리는 어디 있는가?"(로이드-존스 역). 그 다음 행(1311행)에서 자신이 알고 있던 세상 밖으로 내동댕이쳐진 느낌을 말할 때 그는 다시 신(*daimon*)을 거론한다. 연민에 사로잡힌 코러스는 그의 질문에 대한 답이자 그를 둘러싼 부정적 상황에 대한 표현으로 다음과 같이 말한다.

> 사람의 귀가 들을 수 없고,
> 사람의 눈이 볼 수 없는 끔찍한 곳으로.

정신분석가와 정신분석 대상자 사이의 심리학 과정의 마지막 단계인 라캉의 '주체적 궁핍' 개념은 여기서 오이디푸스가 도달한 지점에 다가가는 방식이다. 정신적 충격을 초래한 자신의 경험과 벌어진 일들을 곱씹는 능력 말고는 어떤 정신분석가의 도움도 없이 오이디푸스는 이제 그의 삶이 되어버린 어지러운 심연—광기와 아픈 고통과 기억(1316행)—을 마주하고 그것을 타자(신, 운명, 아폴론) 탓으로 전이시키길 거부한다. 그는 자신에게 벌어진 일들의 상징적 배경으로서 거대한 타자를 인정한다. 아마 이때 아폴론 신전을 향해 어떤 몸짓을 했을 수도 있다. 그러나 그는 사태의 책임을 신의 질서 탓으로 돌리려는 유혹을 거부한다.

> 아폴론이다, 친구들이여, 아폴론.
> 이 쓰리고 쓰린 고통과 나의 슬픔을 완성한 것은.

그러나 나를 찌른 손은
다름 아닌 내 손이다.

지금 벌어진 일은 그 자신의 손이 행한 짓의 결과라고, 앞에서 라이오스 왕 살해에 대해 말할 때 사용했던 것(266행)과 같은 단어를 사용하여 말한다. 그가 아버지를 죽이고 어머니와 결혼할 때도, 자신의 눈을 멀게 했을 때도, 그를 조종한 자는 아무도 없었다. 중요한 것은 신탁을 들었음에도 그가 제대로 보지 못했다는 것이다. 그는 아기 때 죽지 않고 살아서 소중한 사람들에게 끔찍한 고통을 준 것을 안타깝게 생각한다. 그래서 그는 추방당하길 원한다. 그는 신에게 버림받고 소외감에 사로잡혀 이렇게 결론을 내린다.

불행보다 더 불행한 것이 있다면
그건 오이디푸스의 운명이다. (1365~1366행)

코러스는 그가 장님이 되느니 차라리 죽는 게 나았을 거라고 대답하는데, 그 말의 첫 단어들(*ouk oid'hopōs*)은 묘하게 그의 이름을 반향한다. 오이디푸스의 운명은 스스로 칭송했던 이성적 사고 능력 속의 치명적 결함인 무지(無知)였다.

1369행부터 오이디푸스가 더 이상 편치 않으리라는 자신의 의도와 고뇌에 찬 인식을 말할 때 어조는 다시 단장 3보격으로 바뀐다.

코러스가 눈먼 상태로 사느니 죽는 게 낫겠다고 한 말에 대해 자기 행동의 정당성을 옹호하면서 오이디푸스는 자기가 필요한 행동을 했다고 생각한다. 라이오스 왕을 죽인 자를 테베에서 추방하겠다는 자신의 포고(228~229, 236행)는 약속대로 시행될 것이고, 그가 직접 말하지는 않았지만 오이디푸스가 이오카스테를 따라 자살하지 않은 이유 중 하나는 이 포고가 예정대로 시행되어야 하기 때문이다(오이디푸스가 테베를 떠날 것이라는 테이레시아스의 예언(454~456행)도 마찬가지다). 그는 "목을 매는 것보다 더한 벌을 받아 마땅한 짓을 두 분께 저질렀는데" 어찌 저승에서 아버지와 어머니를 보겠냐는 말로 자신이 자살하지 않은 이유를 설명한다. 그가 장님이 된 것은 부모님과 자식들과 테베와 테베 시민들에게 자신이 저지른 짓에 대해 스스로 처벌을 한 것이다. 만약 장님이 된 것처럼 귀도 멀게 할 수 있었다면 스스로 귀도 멀게 하여 "비참한 자기 몸뚱이 안에 갇혔을" 것이다.

1391~1408행에서 오이디푸스는 그의 정체성을 결정하고 그의 존재에 의미를 더해준 세 장소—키타이론 산, 코린토스, 삼거리—를 돈호법(어떤 사람이나 사물을 불러 주의를 환기시키는 수사법. '돌리다'라는 뜻의 그리스어에서 유래)으로 부른다. 진실에 의해 산산이 부서진 그는 스스로에게 행하고 싶었던 행동에서 돌아서서, 이 세 장소에 말을 걸어 이 장소들이 자기 인생에서 했던 진정한 역할을 직시한다. 키타이론 산은 속임수를 써서 그를 살리지 말았어야 했다. 마찬가지로 코린토스는 겉으로만 집 같은 곳이었다. 그가 자기 나라라고 생각했던 그 도시는 겉으로만 안전한 곳이었고 그 겉모습 안에서 상처가 곪고 있었다(1396행, *kallos kakōn hupoulon*). 칼로스(*kallos*, 아름다움)와 카콘(*kakōn*, 악)의 두음 효과는 코린토스에서 보낸 시절의 모순적이고 자아 부정적인 성격을 포착하는 모순 효과를 창출한다. 그의 출생의 진실은 삼거리에서 작동하기 시작해 그가 피를 보는 행동을 하게 하지만, 당시에는 그런 사실을 알 도리가 없었으며 그가 테베에 도착해 근친상간의 결혼으로 비참함을 더할 때까지 드러나지 않는다. 돈호법은 계속되어 그는 결혼을 의인화한다. 그렇게 함으로써 그 결혼이 허락한

것—근친상간으로 낳은 아이들, 자기 남편의 아내이자 어머니인 신부들(로이드-존스 역)—과 이 결혼의 주체로서 자신이 겪는 고통 사이에 최소한의 거리를 만들어낸다. 하지만 궁극적으로 오이디푸스는 자신이 끔찍한 짓을 저지른 사람이고 혼자 소외되었다는 사실을 받아들인다.

어서 와서 이 비참한 나를
만지시오. 걱정하지 말고.
내 죄는 나에게만 못된 운명을 지울 테니. (1413~1415행)

오이디푸스와 크레온(1423~1530행)

크레온이 오랫동안 무대에 없어서 그의 등장을 기대하진 않았지만 크레온의 등장 자체가 놀라운 것이 아니라, 권력이 갑자기 그에게 이양된 것과 지금까지 벌어진 엄청난 사건에 대해 그가 뜻밖의 침묵을 지키는 것이 놀랍다. 크레온은 오이디푸스에게 왕궁 안으로 들어가 "우리의 태양 신"의 빛을 더럽히지 말라고 한다. 오이디푸스는 당장 자신을 추방시켜달라고 하지만 크레온은 신들의 뜻을 들을 때까지 기다려야 한다며, 그건 아폴론 신이 정할 일이라고 말한다(1441행). 오이디푸스는 라이오스 왕을 죽인 자를 추방하라는 신탁을 언급하지만(96~98행) 크레온은 이에 이의를 제기한다.

극이 시작될 때 탄원의 대상이었던 오이디푸스는 이제 스스로 탄원자가 되어, 이오카스테의 장례를 잘 치러주고 자신을 추방시켜달라고 청원한다. 그러면서 자기는 키타이론 산으로 돌아가서 부모님이 갓난아기인 자신을 죽이려 했던 곳에서 잠들기를 원한다고 말한다. 부모님이 그를 죽이려 했던 장소에서 죽음으로써 시간을 되돌려 다시 시작하려는 것 같다. 이번에는 마땅히 이루어져야 할 일을 방해하는 자가 없으리라고 확신하면서. 그가 죽음에 대해 다음과 같이 말하는 것으로 보아 아마 그런 생각을 했던 것 같다.

> 그러나 이것만은 잘 알고 있소.
> 병이나 그 밖의 일로 내가 죽지는 않으리란 것이오.
> 무서운 불행에 빠지도록 예정되어 있지 않았다면
> 죽음에서 구조되지는 않았을 것이오. 그러니
> 내 운명을 정해진 대로 가게 해주시오. (1455~1458행)

오이디푸스는 햄릿이 자기 인생 드라마의 끝에 했던 생각과 비교할 수 있을 정도로 철학적 수준에 도달했다. 모든 일은 어떤 식으로든 결과에 도달하기 마련이고, 그걸 받아들여야 하는 것이다.

> 그때가 지금이면 나중에 아니 올 것이오. 나중에 아니 올 것이면 지금이겠지. 지금이 아니면 나중에 올 것이고. 받아들일 준비만 되어 있으면 되는 거야. 누구도 뒤에 무엇을 남길지 아무것도 모르는데 좀 일찍 떠나면 어때? 될 대로 되라지.[14]

"내 운명을 정해진 대로 가게 해주시오"라고 말하는 오이디푸스의 "마음의 준비"는 고통과 미래를 통제할 수 없다는 생각에 직면하여 참을성

14 『햄릿』 5막 2장, 215~220행.

있게 인내하는 행위다. 오이디푸스는 극이 시작되고 수수께끼를 풀 수 있다는 확고한 기대로부터 먼 길을 왔고, 실패를 받아들이는 그의 불굴의 용기에는 영웅적인 면모가 있다. 이오카스테가 자살한 것은 드러난 진실에 충격을 받아서이기도 하지만 오이디푸스가 우연을 받아들이지 않으려 해서일 수도 있다(977~979행). 그런데 이제 우연의 악의적인 결과가 확인되었는데도 오이디푸스는 그녀를 따라 자살하지 않는다.

앞부분에서 오이디푸스와 이오카스테 사이에 아이들이 있다는 것이 확인되었지만(261행에서는 암시적으로, 425행에서는 테이레시아스가, 1247~1251행에서는 이오카스테가, 1375~1376행에서는 오이디푸스가 언급한다), 이 순간까지 그들의 모습은 드러나지 않았다. 이제 오이디푸스는 아들들에 대해서는 짤막하게 언급하고(1459~1461행), 그의 관심은 무대에 등장한 두 딸 안티고네와 이스메네를 향한다(그들은 아마 크레온과 함께 입장했을 테지만 오이디푸스는 이제야 그들의 존재를 언급한다), 오이디푸스는 딸들과 따로 밥을 먹어본 적이 없다는 것을 강조함으로써 딸들과의 친밀함을 입증하고, 자기 죄 때문에 딸들이 결혼을 하지 못하리라고 말한다(1497~1502행). 오이디푸스는 크레온에게 딸들의 역경을 잘 보살펴달라고 부탁하지만 테베의 새 지도자는 묵묵부답이다. 확신하지 못하는 것에 대해서는 말하지 않는다는 그의 말(1520행)은 극 초반에 테이레시아스와 공모했다는 비난에 대해 자신을 변호할 때 했던 말(569행)과 아주 비슷하다. 오이디푸스는 딸들과 떨어져 왕궁 안으로 들여보내진다. 크레온은 오이디푸스에게 더 이상 지배권이 없다는 사실에 대해 아주 도덕적으로 말하는데, 코러스가 좀 더 도덕적인 판단 속에서 이 어조를 강화한다. 『햄릿』의 마지막 장면에서 포틴브라스가 그랬듯이 이 아테네 극은 관객들이 지켜본 트라우마나 소동과 확실히 선을 긋는 깔끔한 정리로 극을 끝낸다.

의견이 일치하는 것은 아니지만 일부 학자들은 이 극의 끝부분의 진위 여부에 의구심을 갖는다. 코러스의 마지막 말들(1524~1530행)이 특히 의심스럽지만 논쟁의 범위는 크레온의 입장 부분인 100행 전까지로 확대된다. R. D. 도우는 크레온이 입장하는 1424행부터 1458행까지가 삽입된 것이라는 문학적·언어적 근거를 주장한다. "극의 끝까지 모든 것이 비논리적이고 소포클레스의 목소리는 더 이상 들리지 않는다."[15] 코러스의 마지막 대사들이 너무 형편없어서 소포클레스가 쓴 것이 아니라고 생각할 만한 근거는 충분하다. R. D. 도우는 자신만만하게 그 대사들은 '미친 말더듬기'라고 규정했다. 하지만 소포클레스 극은 항상 코러스의 연설로 끝나기도 하거니와, 정서적으로 고대 그리스식 사고와 친숙하다는 것만으로 이 부분이 삽입되었다고 볼 수는 없다.

이 극의 모든 것이 관객들로 하여금 오이디푸스의 추방을 기대하게 하고, 이 끝부분의 애매모호함 때문에 예언자 테이레시아스의 예언(454~456행)이 틀렸음이 입증되는, 있음직하지 않은 일이 일어날 수 있다는 R. D. 도우의 주장은 맞다. 그런데 오이디푸스가 언제 "지팡이를 두드려 길을 찾아갈지"에 대해서는 테이레시아스가 말하지 않았기 때문에 이런 결말이 가능한 것이다. 그렇기 때문에 극이 시작될 때 오이디푸스가 도시를 삼킨 역병에 대해 델포이 신전의 신탁을 기다리듯이 크레온이 어떻게 해야 할지 결정하기 전에 델포이 신전에서 소식이 오기를 기다리면서 끝이 난다. 그런 결말은 분명 기대 밖이지만 오이디푸스가 추방될 것을 기대했던 관객에게 이 또한 극적으로 놀라운 결말이다. 극이 진행되면서 인물들은 에이소도(*eisodo*)로 입장하고, 그리로 사자들을 데려와 델포이 신전, 코린토스, 그리고 그 사이의 키타이론

---

15 R. D. Dawe(2006), 196쪽.

산 등 오이디푸스의 삶을 만들어낸 장소들에 대해 논했다. 이 극이 눈먼 전(前)왕이 테베의 왕궁을 상징하는 스케네(*skene*)로부터 내려와 키타이론 산을 향해 나 있는 통로 중 하나로 내려가면서 끝날 거라고 생각하는 것도 충분히 근거가 있다. 그런데 그 대신 오이디푸스는 개막 장면에서 왕궁에서 나왔던 것과 정반대로 왕궁 안으로 되돌아가게 된다. 그는 같은 여인이 자신을 낳아주고 자신의 자식을 낳아준 곳으로 돌아가면서 끝난다. 『오이디푸스』의 결말에 대한 여러 가지 해석들의 중요성에 대해서는 6장에서 다시 논할 것이다.

5장 비평 및 출판 역사

『오이디푸스』가 아테네에서 처음 공연되었을 때 필로클레스라는 작가에게 져서 2등을 했다는 것 빼고는 어떤 반응을 얻었는지 아무런 기록이 없다. 필로클레스에 대해서는 알려진 바가 거의 없고 그의 극은 현존하는 것이 한 편도 없다.[1] 『오이디푸스』가 2등밖에 못한 것에 대해 만족할 만한 설명은 없었다. 놀랍긴 하지만 그해 공연을 둘러싼 정황이나 환경 등이 심사위원들의 결정에 영향을 미쳤을 가능성이 높다.

또한 오이디푸스에 관한 수많은 신화에 친숙한 관객이나 아니면 오이디푸스나 테베에 관한 다른 극들에 대해 좀 알고 있는 관객에게 소포클레스의 극이 어떻게 받아들여졌을지에 대해서도 생각해볼 여지가 있다. 기원전 5세기에 『오이디푸스』라는 제목으로 쓰인 여섯 편의 극 중에서 적어도 하나는 소포클레스 극보다 훨씬 전에 공연되었다. 이것은 아이스킬로스의 『오이디푸스』인데 기원전 467년에 쓴 3부작 가운데 두 번째 극이다(아마 이 극을 어린 소포클레스가 보았을 것이다). 이 극에 대해서는 알려진 바가 거의 없는데, 일부 남아 있는 부분을 통해 볼 때 소포클레스의 극과 아주 달랐던 것 같다. 오이디푸스가 아들들이 자신을 잘 돌보지 않는다고 화를 내며 저주하는 대목이 나오는 것으로 보아, 이 극은 부친 살해와 근친상간이 밝혀져 장님이 되고 나서 한참 뒤의 이야

---

1 필로클레스는 중세 필사본 하나에 이름만 언급되어 있다.

기까지 다루었음을 알 수 있다. 그리고 라이오스에게 겁탈당해서 결국 이 가족에게 저주를 불러온 펠롭스의 아들 크리시포스의 이야기도 담겨 있다.[2] 소포클레스의 『오이디푸스』를 보러 극장에 온 첫 관객들은 아마 그 신화를 잘 알고 있어서, 이 새 극이 오이디푸스 이야기를 어떻게 다룰지 궁금해했을 것이다. 공연의 어떤 순간들이 관객에게 놀라움을 주었을지는 단지 추측할 수 있을 뿐이고, 첫 공연 날짜도, 관객이 이 극을 받아들이는 데 펠로폰네소스 전쟁이 끼쳤을 영향도 알려진 바가 없다.

확실한 것은 기원전 4세기쯤에는 『오이디푸스』가 이후 절대 내어주지 않을 고전으로서의 지위를 굳히고 있었다는 것이다. 기원전 5세기의 최고 비극으로 이 작품을 꼽았던 아리스토텔레스의 극찬을 당시 사람들이 보편적으로 받아들였는지는 알 수 없지만 말이다. 어쨌든 아리스토텔레스의 극찬이 이 극이 르네상스 시대에 명성을 얻는 데 결정적인 역할을 한 것만은 분명하다.

비극적 영웅주의

『오이디푸스』의 몇몇 해석들은 한동안 유행에서 벗어나긴 했지만 그 영향력은 여전히 느껴지는데, 특히 그 해석이 고대 그리스극에 국한되지 않고 통용될 경우 그렇다. 아리스토텔레스가 개인의 도덕적 결함을 가리키고, 그 결함이 비극적 영웅의 몰락과 불가분의 관계가 있음을 보여주기 위해 사용한 하마르티아(*hamartia*)가 그런 예다. 이 해석에 따르면 오이디푸스는 그의 성격에 결함이 있어야 하고, 이것이 그의 인생

2 Burian(2009), 101쪽; Macintosh(2009), 5쪽.

에서 벌어진 불행한 사건들에서 한몫을 한 것으로 여겨져야 한다. 고집 센 기질이 오이디푸스의 도덕적 결함이며, 삼거리에서 라이오스에게 했던 행동이 이런 성격의 증거로 여겨져 왔다. 오이디푸스는 길에서 마주친 이방인들이 길을 비키라고 오만하게 굴면서, 마치 그를 길에서 밀어낼 권리가 있는 양 행세하자 그들을 공격했다. 그것은 그저 자기의 위엄을 지킨 행동일 뿐이다. 이 때문에 오이디푸스는 머리를 맞았고 그에 대한 보복으로 싸움이 일어나서 못되게 구는 이방인들을 죽인 것이다. 그런데 다른 관점에서 보면 오이디푸스의 행동은 폭력적인 성향을 자제하지 못하고 성질을 부리는 고집쟁이의 면모를 보여준다. 그런 기질은 오이디푸스가 테이레시아스뿐만 아니라 크레온, 양치기에게 화를 내고 협박하는 데서도 볼 수 있다. 양치기의 경우는 고문까지 당할 뻔했다. 그와 마찬가지로 이성적인 방법으로 라이오스 왕의 살해자를 찾는 어려움을 이겨낼 거라고 확신하고("내 이 문제를 다시 밝혀낼 것이다." 132행), 테이레시아스에게 스핑크스의 수수께끼를 푼 것이 그 눈먼 예언자가 아니라 자신이라며 조롱조로 상기시키는 데서도 지적 오만함이 엿보인다. 같은 맥락에서 테이레시아스가 그를 왕좌에서 몰아내기 위해 크레온과 공모했다고 비난하는 대사(380ff)에서는 편집증적 기미도 엿보인다. 적어도 델포이 신전을 떠난 뒤 오이디푸스는 나이 든 사람과 폭력적으로 격돌하는 것을 아주 조심했어야 했다.

이런 해석이 직면하는 어려움은 비극적 결함이란 개념이 그리스인들의 사고에 보편적인 용어가 아니라는 것이고, 아리스토텔레스가 그 용어를 하마르티아라는 말의 어원과 동떨어지게 언급하지 않았다는 것이다.[3] 이를 통해 찰스 시걸(Charles Segal)은 "오이디푸스는 비극적 결함

---

3 아리스토텔레스는 『시학』에서 이 용어를 "판단의 실수 혹은 오류"라는 뜻으로 사용했다(옮긴이).

을 가진 게 아니다. 이런 관점은 아리스토텔레스를 잘못 읽은 데서 비롯된 것이고, 이 극이 던지고자 하는 복잡한 질문에서 벗어난 도덕적 방식이다. 소포클레스는 고통의 문제에 쉬운 답변을 하길 거부한다"[4]고 확신한다. 존 존스가 『아리스토텔레스와 그리스 비극에 대하여』(*On Aristotle and Greek Tragedy*)라는 책에서 하마르티아는 『시학』에서 빌려 쓴 개념으로, 그리스 비극이 지니고 있지 않은 해석법을 제시했다고 밝히면서, "아리스토텔레스가 비극적인 영웅 개념을 품었다는 증거는 전혀 없다"[5]라고 주장했기 때문에, 시걸은 이를 확신할 수 있었다. 운명의 급변(*peripeteia*)은 개인이 겪는 반전이 아니고, 아나그노리시스(*anagnōrisis*)[6]는 인간의 정체성을 인식하는 심리적 행위가 아니다. 두 용어 모두 상황, 즉 변화를 겪는 정세와 관련된 것이고, 중요한 것은 그런 변화의 보편성이다. 앞에서 살펴보았듯이 아리스토텔레스는 비극이 인간의 모방이 아니라 '행동(*praxis*)의 모방'이라고 정의했다. 플롯을 통해 그 행동을 분석하고, "플롯이 비극의 원천이요, (소위) 비극의 정수가 되도록"[7] 형태를 부여한 것이다. 아리스토텔레스가 볼 때 정신(*psuchē*)은 실재에 영향을 미치는 극적인 생명력을 지녔고, 플롯과 비극의 관계는 영혼과 실재의 관계와 같은 것이다. 아리스토텔레스는 낭만적으로 비극적 영웅을 정의하는 위엄이나 격정 같은 개념과는 달리, 정신 상태가 아니라 행동과 인간성 사이의 긴밀성을 인간 조건으로 제시하면서 『오이디푸스』를 비극의 최고봉으로 여긴다.

오이디푸스의 행동 양상을 성격상의 기질 탓으로 돌릴 때 시각(視

---

4 Segal(1983), 76쪽.

5 Jones(1980), 13쪽.

6 고대 그리스 비극에서 운명의 갑작스러운 변화에 선행해서 그 변화가 분명해지는 순간(옮긴이).

7 Aristotle(1996), 12쪽.

覺)의 차이가 분명해진다. 사람의 기질 자체가 상반되기 때문이다. 어떤 관점에서는 오이디푸스의 고집스럽고 완고한 성격은 폭력적인 기질로 인해 위험하게 날이 선다.[8] 그런데 다른 관점에서 보면 그는 진실을 밝히고자 밀어붙이는 불굴의 정신의 소유자이며, 알고자 하는 그의 의지는, 특히 그가 그것에 대해 무서운 대가를 치를 준비가 되어 있을 때는 찬미의 대상이 될 수 있다. 테이레시아스가 가장 먼저 그의 호기심을 막아보려 하지만 오이디푸스는 그러려고 하지 않는다(320ff, 332ff, 343행). 이오카스테도 그의 조사를 멈추기 위해 최선을 다하지만(1056ff) 오이디푸스는 듣지 않는다. 양치기도 나을 게 없어서(1114ff) 오이디푸스가 요구하는 대로 대답할 수밖에 없다. 진실이 다 밝혀지자 오이디푸스는 그 진실에 대담하게 맞서 스스로 눈을 멀게 하는 처벌을 가해, 코러스는 그가 왜 차라리 죽지 않았는지 의아해한다. 조심스러운 크레온과 달리 오이디푸스의 성격은 참담할 정도로 비참해진 자신의 처지를 공개하라고 고집을 피우는 장면(1287~1291행)에서도 볼 수 있듯이, 개인적 파멸에 직면해서도 계속 자기주장을 하는 위풍당당함을 지녔다. 오이디푸스에게 결함이 있다면 그것은 감정적 충동이나 오만함이 아니라, 그의 강직한 성격에서 비롯되어 그를 위대하게 만들어 주는 것과 떼어내어 생각할 수 없는 고결함이다. 이런 점에서 오이디푸스는 진정한 비극적 영웅이다. 고전적인 비극적 영웅의 파멸 원인은 그의 영웅적 자질과 분리할 수 없고, 그런 자의 노력에는 경이롭고도 비극적인 면모, 즉 궁극적으로 그들 존재의 핵심으로 여겨지는 것을 위해 모든 것을 거는 실존주의적 충실함이 있다.

---

8 "그 질문은 이러하다. 너와 반대편에서 오는 누군가에게 모욕당하고 공격당해서 그를 죽인다면 자신의 품위를 지키려는 혈기왕성한 청동기 시대의 특징인가, 아니면 위험스러울 정도로 폭력적이고 정신병자 같은 사람인가?" Hall(2010), 302쪽.

오이디푸스를 실존주의 영웅으로 보는 견해는 버나드 녹스가 1964년에 쓴 『영웅적 기질: 소포클레스식 기질 연구』(*The Heroic Temper: Studies in Sophoclean Temper*)라는 영향력 있는 책에서 주장했다. 비록 이 책이 『오이디푸스』보다는 『콜로노스의 오이디푸스』에 더 집중하고 있지만 소포클레스식 영웅에 대한 묘사는 두 극의 캐릭터에 모두 해당한다.

> 소포클레스식 영웅은 미래의 위안도 없고 이끌어줄 과거도 없는 현재라는 무서운 진공 속에서 행동한다. 자기 행동에 대한 책임과 결과가 전적으로 본인에게 부과되는 시공간에 고립되어 (…) 아주 깊이 내재되어 있던 자신의 성격에서 비롯된 결정을 하고, 스스로 파멸될 지경까지 맹목적으로, 사납게, 영웅적으로 그 결정에 매달린다.[9]

실존주의가 유행이 지나고 한참 뒤 구조주의 인류학과 후기 구조주의 언어 이론의 영향력이 커지면서 오이디푸스의 실존과의 비극적 투쟁에 대해 새로운 굴절이 이루어진다. 1981년에 출간된 찰스 시걸의 『비극과 문명: 소포클레스의 해석』(*Tragedy and Civilization: An Interpretation of Sophocles*)에서는 "자기가 살고 있는 세상을 통제하고, 지성으로 자기 삶을 경영하는 인간 능력의 애매모호함"[10]이라는 주장을 통해 이 그리스 극작가가 인간의 조건에 대해, 문명화된 질서 욕구와 항상 존재하는 혼돈과 잔인한 무의미함 사이에서의 갈등을 탐구하고 있다고 보았다. 그리스 극장에서는 인간을 동물과 다르게 만들어주는 위험한 축 위에 자신을 세우기 위해 노력하는 비극적 영웅의 역할 속에 이런

---

9 Knox(1983), 5쪽.

10 Segal(1999), 232쪽.

이율배반을 그려낸 반면, 그리스 사람들의 일반적인 사고방식에서는 자연(*phusis*)과 법(*nomos*), 야만과 문명의 상호 작용 속에 이런 애매모호함이 존재했다. 양극성은 삶의 본질에 내재되어 있어서 해소될 수 없고, 『오이디푸스』에서 이 대립은 후기 구조주의 용어로 규정된 의미 체계인 언어에 대한 관심 속에 반영되었다.

> 언어는 혼돈스러운 동질의 것에서 차이를 만들어내고 그 차이를 유지하기 위해, 또 전혀 다른 것에서 유사성을 주장하기 위해 애쓴다. (…) 수수께끼를 푼 오이디푸스는 스핑크스의 수수께끼의 좀 더 심오한 답을 단순히 말들 속에서가 아니라 자신의 삶 속에서 찾게 될 때까지 자기 존재에 관한 여러 수수께끼는 풀지 못한다.[11]

시걸에 따르면 오이디푸스가 겪는 외로운 고통이 불러일으키는 연민과 공포에서 카타르시스를 얻고자 하는 관객이 볼 때, 그의 자아 인식 추구에는 궁극적으로 고결한 면모가 있고, 이 고결함을 통해 오이디푸스가 가정과 사회의 문명화된 모든 것을 약화시키려는 혼돈을 이겼기 때문에 그는 비극적 영웅이 된다.[12]

---

11 Segal(1999), 242쪽.

12 비극의 중심인물이 견디는 고통에는 뭔가 희망을 주거나 왠지 모르게 아주 고상함을 고양시켜주는 면이 있다는 생각이 잘못된 것임은 테리 이글턴(2003)의 『달콤한 폭력: 비극에 대한 생각』(*Sweet Violence: The Idea of the Tragic*)의 「고통의 가치」(The Value of Agony)라는 장에서 효과적으로 입증되었다.

제례의식과 신화

더 이상 예전처럼 유명하진 않지만 주인공 개인의 심리 연구에서 벗어나 고대 연극의 기원을 제례의식과 신화에서 찾는 해석이 있었다. 이런 해석은 길버트 머리(Gilbert Murray, 1866~1957)가 1912년에 그 극을 번역하면서 쓴 표현에서 나왔다. 머리가 운문으로 번역한 아테네 비극들은 아주 인기가 많았는데, 그 극들을 낳은 문화에 대한 그의 이해는 1900년에 처음 만난 또 다른 고전주의자 제인 해리슨(Jane Harrison, 1850~1928)의 영향을 받았다. 머리, 해리슨과 비슷한 생각을 가진 동료들은 케임브리지 의식주의자(Cambridge Ritualists)로 알려지게 되었고, 그들은 인류학과 민족지학을 이용해 그리스극을 읽었다. 머리는 『오이디푸스』 번역의 서문에서 이 극이 기원전 5세기 아테네의 계몽 사상과 무관하고, 그 대신 고대 그리스 이전의 원시 시대를 배경으로 하며, 갓 태어난 아이에 대한 저주나 내다버리기 같은 관습에 의미를 부여하고 있다고 썼다. 이런 관습들은 오염이나 악의적인 신 개념과 관계가 있다.

머리는 연극이 계절 신이나 '그해의 악령'(*eniautos daimon*)을 기리는 의식에서 시작되었다고 보았다. 그래서 가을에서 겨울로 바뀔 때는 신의 죽음에 따르는 조의를 표해야 하는 반면, 봄의 도래는 신들의 결혼에서 비롯된 행복한 풍요의 시기로 기렸다.[13] 특히 『오이디푸스』의 해석과 관련 있는 것으로 여겨져 온 '그해의 악령'과 관련된 제례의식

13 그리스 비극에서 제례의식적 요소를 찾는 것에 대해 올리버 태플린은 호의적으로 보지 않았다. 그는 '그해의 악령' 개념을 비극에 적용시키지 않았다. "단 하나의 비극도 실제로 이 패턴을 따르다 보면 왜곡되지 않을 수가 없다. 특히 그리스 비극은 부활이나 회춘 같은 것에 관심이 없다." Taplin(1983), 3쪽.

은 희생양의 추방과 관련이 있다. 아테네에는 타르겔리아[14]라는 축제가 있었는데, 이 축제는 남녀를 대표하는 두 사람에게 무화과나무 화관을 씌우고 도시를 순회하게 한 뒤 그들을 추방하면서 시작됐다. 기원전 6세기부터 시작된 이 의식에서 희생양들은 상징적으로 자신들의 생식기를 야생풀로 때렸다. 그들은 도시에서 추방되면서 마을의 안녕을 해치는 모든 오염원들의 위협을 가지고 떠났다.

프란시스 퍼거슨(Francis Fergusson)이 쓴 『연극의 이념』(*The Idea of a Theatre*)과 장-피에르 베르낭의 논문 「애매성과 반전: 『오이디푸스 왕』의 수수께끼 같은 구조」는 이를 바탕으로 삼고 있다. 이 두 연구는 모두 『오이디푸스』에 관한 인류학적·사회학적 해석이 활발해지는 데 영향을 미쳤다.[15] 역병이 덮친 불모의 테베는 겨울의 황량함과 비슷하고, 봄의 재생은 사회 공동체를 위해 소멸함으로써 공동체를 정화시켜줄 대리 희생물인 희생양이 있느냐 없느냐에 달려 있다. 왕으로서 오이디푸스는 그 도시를 다시 비옥하게 만들 책임을 지고 있는데, 봄이 왔건만 기대했던 재생은 일어나지 않았다. 주인공 오이디푸스는 자기의 정체성 문제에 해답을 찾지만, 좀 더 장대하고 제의적 차원에서 공동체의 안녕을 추구하고 있는 것이다. 코러스는 그의 여정을 희생의 단계까지 끌고 가서는 결정적 순간에 해야 할 질문들을 한다. 이 코러스는 테베의 충직한 양심이다. "그들이 오이디푸스 왕궁 앞에서 하는 일은 소포클레스의 관객들이 극장에서 하는 일과 비슷하다. 그들은 지극

14 고대 아테네에서 해마다 열렸던 아폴론, 아르테미스, 호라이의 축제. 유죄를 선고받은 두 명의 죄인이 끌려 나와, 부정(不淨)을 씻는 예식에서 제물로 살해되거나 추방되었다. 제우스와 테미스의 딸들인 호라이는 계절의 여신들로 보통은 3인(봄·여름·겨울)이나, 때로는 2인·4인이 되기도 한다. 아테네에서는 탈로(Thallo: 꽃계절)·카르포(Karpo: 결실의 계절)라는 이름으로 호라이를 제사 지냈다(옮긴이).

15 Fergusson(1949); Vernant(1983).

히 중요하고 공적 이해관계가 걸린 문제를 두고 벌이는 신성한 결투를 보고 있는 것이다."[16] 퍼거슨은 『햄릿』이 근대 세계에 대해 말하고 있는 것과 같이 『오이디푸스』가 고대 그리스 문화에서 중요한 것을 말해준다고 생각한다. 그러나 소포클레스가 자신의 문화적 의식의 일부분으로 당연하게 여긴 신화와 제의는 근대인의 사고에 맞게 재서술되어야 한다.

베르낭의 논문은 오이디푸스라는 인물이 지닌 전형적인 이중성으로 극 전체를 엮어내고 있는 애매성과 반전을 추적한다. 오이디푸스 자신이 이 극의 반전 뒤에 숨어 있는 수수께끼이지만 그 퍼즐을 풀 수 있는 건 프로이트식 정신분석학은 아니다. 오이디푸스는 아버지 살해를 저지르고 테베의 미망인과 결혼해 근친상간을 저지른 것이 스핑크스에 대한 승리를 축성하는 방식이었다고 자기변호를 한다. 그러나 그와 상관없이 스탈린주의자들이 여론을 조작하기 위해 여는 공개 재판의 피고처럼 그는 '명백한 죄'를 저질렀다. 그는 의미의 상징적 양극단 사이를 오간다.

> 사실 오이디푸스라는 인물에 영향을 주는 일련의 반전들이 일어나서 그를 애매모호한 인간·비극적 인간이란 '패러다임'을 갖게 만든 것은, 그 정상에는 신성한 왕이 있고, 그 바닥에는 파르마코스(*pharmakos*)[17]가 있는 축(axis) 때문이다.[18]

---

16 Fergusson(1949), 59쪽.

17 고대 그리스에서 전염병이나 기근, 외세 침입, 내부 불안 같은 재앙이 덮쳤을 때, 재앙의 원흉으로 몰아 처형함으로써 민심을 수습하고 안정을 되찾기 위해 희생시키는 인간 제물(옮긴이).

18 Vernant(1983), 198쪽.

하지만 베르낭은 오이디푸스를 상징적으로 아무것도 아닌 존재로 축소시키기는커녕, 정해진 사회적 역할 속에 인간을 한정지으려고 하는 강제된 위계질서에 대항해 주인공이 싸우게 하여, 엄격하게 규정된 폴리스에 대해 의문을 제기하는 것으로 소포클레스의 극을 읽음으로써 휴머니즘적 어조로 결론을 내린다. 신과 같은 왕에서 파르마코스로 이동함으로써 오이디푸스는 그 사이의 공간을 횡단하여 "안정성도, 자신에게 알맞은 영역도, 정해진 관련성도, 규정된 본질도 없는 수수께끼 같은 자신을 발견한다."[19]

마지막 장면의 해석

오이디푸스를 도시의 오염을 가지고 떠나는 희생양으로 보는 해석이 곤란한 것은 극의 말미에서 그가 궁에 연금되어 도시를 떠나는 것이 허용되지 않는다는 점 때문이다. 테이레시아스는 그가 도시에서 쫓겨나(417~418행), "거지가 되어 지팡이로 길을 더듬어서 낯선 나라로 갈 것"이라고 예언했지만(454~456행, 버그·클레이 역), 언제 이런 일이 일어날 것이라고는 말하지 않았다. 사실 이 극의 결말은 해석자들에게 여러 가지 의문을 불러일으켰는데, 그들의 이 극에 대한 전반적인 해석은 다른 결말을 원하거나 적어도 기대하게 만들었다. 오이디푸스는 테베를 떠나고 싶어 하지만, 크레온은 당장은 그의 소망을 들어주지 않는다.

크레온: 그걸 허락하는 건 내가 아니라 신이오.

---

19 Vernant(1983), 208쪽.

> 오이디푸스: 신들은 그 누구보다 나를 증오하오!
>
> 크레온: 그렇다면 그들은 왕께서 원하는 걸 곧 허락하실 것이오. (1518~1519행)

키토(H. D. F. Kitto)의 이 번역에서는 오이디푸스가 계속해서 "약속하시겠소?"라고 확약을 요구하고, 크레온은 "오, 아니오! 난 모르면 말하지 않소"라고 대답한다(1520행). "난 그렇게 할 의사가 없으면 말하지 않소"라는 그린의 번역은 훨씬 더 얼버무리는 대답으로 여겨진다. "난 뜻하는 바만 말하려고 하오. 그게 내 습관이오"라는 페이글스의 번역처럼, "난 한 입으로 두말하지 않소. 난 뜻한 바만 말하오"라는 페인라이트와 리트먼(Fainlight&Littman)의 번역은 오이디푸스의 요구에 대한 크레온의 긍정적인 답변을 암시한다. 반면 돈 테일러(Don Taylor)는 "아니오. 난 내가 할 거라고 말하는 바를 행할 것이오"라고 단호한 부정적 답변으로 번역했다. 문제는 이 다섯 가지 번역이 애매한 그리스어의 번역으로 모두 가능하다는 것이다(*ha mē phronō gar ou philō legein matēn*, 1520행).

분명한 것은 이 극이 오이디푸스에게 어떤 일이 일어날 것이냐는 물음에 답을 하지 않고, 사람들이 델포이 신전으로부터 소식이 오기를 기다리는 개막 장면으로 되돌아가서 끝나지 않은 채 끝난다는 것이다. 관객은 분명 오이디푸스가 테베를 떠날 것으로 기대했기 때문에 이런 무결정에 전혀 준비가 되어 있지 않다. 프롤로그에서 크레온은 라이오스 왕을 죽인 자를 죽이거나 추방하라는 신탁을 전한다(100~101행). 오이디푸스는 추방을 선언했고(236~245행), 자신이 살인자일지도 모른다는 사실을 깨달으면서 이에 따라 자기 자신을 추방해야 한다는 것도 인식하게 된다. 그래서 크레온에게 자신을 추방하라고 요구하는 것이다. 피터 부리안(Peter Burian)이 이 극의 결말에 대해 한 논문에서 잘 표현했듯이 "상복이 엘렉트라에게 잘 어울리는 것처럼 추방이 오이디푸스에게 잘 어울린다."[20] 이 논문에서 부리안은 어떻게 비평가들이 이 결말에서 이 극이 말하고자 하는 좀 더 포괄적인 이해와 어울리는 결말을 발견할 수 있는지를 보여준다. 오이디푸스가 파멸되어 기가 꺾인 채 무대에서 비틀거리며 사라지지 않고 크레온에게 요구하게 함으로써, 그의 특징이던 힘찬 모습을 유지하는 방식을 통해 뭔가 영웅적이고 긍정적인 면모를 발견할 수 있게 된다. 버나드 녹스는 『테베의 오이디푸스』라는 책의 5장 '영웅'에서 이 극의 결말에 대한 이와 같은 해석의 근거를 댄다.[21]

그렇지만 부리안이 볼 때는 종결도, 최종 판결도 없고, 만연한 불확실성만이 이 극의 결론이다.

> 이 결론 없는 결론은 미래가 품고 있는 것에 대해 여러 가지 시그널을 보여준다. 그가 희망하는 추방을 얻어내지 못한 오이디푸스는 자기 운명을 통제할 수 없는 처지라는 것을 보여주기도 하지만, 동시에 그의 새로운 자기주장은 엄청난 운명의 급변 속에서도 그의 운명을 가두어둘 수 없고, 그의 자기 인식과 자기 처벌 속에 운명의 의미가 가두어질 수 없다는 것을 보여준다. 이 극은 그 이상의 것을 말하길 거부한다.[22]

---

20 Burian(2009), 103쪽.

21 "이 극의 마지막 장면에서 그가 살아 있는 것은 패배한 아테네가 승리했을 때 성취한 것보다 더 위대해질 것이라는 예언적 비전이요, 그의 행동의 비극적 반전이나 무서운 진실 탐구의 성공보다 더 위대한 인간에 대한 비전으로 이번에는 인간의 삶을 주조하는 힘들에 반항하는 것이 아니라 그 힘들과 조화를 이루는 방식으로 그의 위대함을 재확인한다." Knox(1957), 266쪽.

22 Burian(2009), 115쪽.

『오이디푸스』의 해석이 자유로운 것은 스스로 의미를 만들도록 남겨진 관객/독자에게 일종의 안전지대를 제공하고, 오이디푸스에게 어떤 일이 일어날 것인가 하는 질문에 답이 정해지지 않은 것도 "모든 것을 다 안다고 생각했지만 사실은 아무것도 몰랐음을 보여준 사람에 관한 극에 너무 잘 어울리는"[23] 대사들과 함께 편히 관찰을 보류할 수 있게 해준다. 이것도 아주 괜찮기는 하지만 『오이디푸스』의 결말은 쉽게 수용할 수 없는 해석학적 문제들을 던져준다. 극의 '결말'에서 오이디푸스의 불안정한 위치로 인해 야기된 해석의 곤란함은 하나의 텍스트를 읽는 다른 접근법들이 어떻게 헤겔의 정립적 반성, 외적 반성, 규정적 반성의 세 움직임의 예가 될 수 있는지에 대한 지젝의 예시와 어느 정도 연관 지어 볼 수 있다[24](지젝은 그의 주장을 위해 소포클레스의 『안티고네』를 사용하지만 『오이디푸스』에도 잘 적용된다). 정립적 반성은 텍스트의 내적 진실에 접근하려는 해석학적 읽기에 상응하는 것으로 볼 수 있다. 이것들은 '『오이디푸스』는 …한 극이다'(예를 들어 운명의 비극, 지식의 불확실성, 존재의 나약함, 기원전 5세기 아테네의 갈등 등)라는 문장으로 시작되는 서술이 가능한 단정적 언어로 글을 쓰는 접근법들이다. 외적 반성은 하나의 진실된 본질에 고정될 만큼 단순하지 않아서 서로 조화를 이룰 수 없는 다양한 읽기를 인정한다. 『오이디푸스』는 고대 그리스인들, 프로이트, 실존주의자들에게 각기 다른 의미를 지니는데, 앞으로 또 어떤 의미들이 나올지는 아무도 모른다. 규정적 반성은 추정상의 본질을 찾아내는 게 불가능함을 받아들이고 텍스트의 '진실'은 이런 다른 독해 방식에 있음을 인정한다. 중요한 것은 소포클레스가 정말 무슨 말을 했느냐가 아니라 이후에 나온 해석들이

---

23 Sommerstein(2010), 223쪽.

24 Žižek(1989), 213~214쪽.

다. 그리고 우리가 이런 의미 지연이 텍스트 자체에 내재되어 있다는 사실을 인지할 때 규정적 반성에 도달하게 된다. 외적 반성에 문제가 되는 것, 즉 고정된 하나의 해석에 도달할 수 없다는 것은 역설적이게도 진실이라고 여겨지는 것의 긍정적 토대가 된다. "어떤 것의 진짜 진실은 그것이 우리에게 있는 그대로 다가올 수 없기 때문에 드러난다."[25] 지젝에게 있어서 상호 배타적인 읽기가 가능한 틈새, 미완결성이 텍스트에 내재되어 있는 것이 바로 헤겔 철학이 말하는 것의 한 예다. 다시 말해 다양한 결론들이 현상 자체의 무효함을 보여주기 위해서 필요한 것이다. 이것이 『오이디푸스』로부터 우리를 떼어놓지만, '정립적 반성'의 개념과 관련해 소포클레스의 극은 '정말 무엇에 관한' 것인지를 찾아내려는 헛된 희망으로 연구되어서는 안 된다. 애초에 그런 본질이 존재하지 않기 때문이다.

실증주의적 해석들

소포클레스의 극을 탐정 이야기와 비교하는 것은 흔한 일이고, 오이디푸스는 숨겨진 암살자 혹은 암살자들을 추적하는 일을 수행하면서 혐의자를 찾아내어 재판에 회부할 때까지 증거를 분석하고, 실마리를 찾고, 선포를 하고, 대중에게 도움을 호소하고, 관련자들과 면담을 하고, 중요한 증인들을 소환하고, 추론하고, 결론을 내리는 전문 수사관처럼 일을 진행한다. 수사관인 오이디푸스가 예상하지 못한 결말은 모든 해석이 오이디푸스 주위로 모여든다는 것이다.

---

25 Žižek(1989), 214쪽.

크레온이 보고한 신탁에 의해 단서가 가까이 있다는 것(111행)을 알게 된 오이디푸스는 이 단서를 찾아야 한다고 선언하고, 코러스는 이 추적 명령에 대해 상상력을 동원해 노래한다.

테베인들에게 그를 찾아내라는
명령이 떨어졌다.
그 숨은 살인자를. (475~477행)

코러스는 그 살인자는 도주 중이고 숲이나 동굴에 숨었다고 말한다(479~480행). 그는 결국 발견되어 사냥당할 것이다.

신중한 수사관의 조사 추진력, 실마리를 찾아내려고 증거가 될 만한 대사들을 추적하려는 충동은 수수께끼 같은 증거들을 찾아내는 용감무쌍한 이 극 해석자들의 특징이기도 하다. 크레온은 신탁으로부터 들은 내용을 보고할 때 먼저 "한 사람, 살인자 한 명을 추방"해야 한다고 말한다(100행). 그런데 몇 행 뒤에서는 "누군가가 이 죽은 자를 살해한 사람들을 처벌해야 한다"고 신이 "분명히" 명했다고 말하면서(107행) 복수형을 사용한다. 크레온은 양치기가 강도떼가 죽였다고 주장했노라고 말하고(122행), 코러스도 그리 들었다고 기억한다("그분은 분명 여행자들에게 살해당하셨다고 했습니다." 292행). 오이디푸스는 테이레시아스에게 신탁에 대해 다음과 같이 말한다.

라이오스 왕을 죽인 자들의 이름을 알아내서
그들을 죽이거나 이 나라에서 쫓아내야만
이 질병으로부터 우리가 자유로워진다는 신탁 (304~309행)

이오카스테도 한 무리의 살인자들에 대해 언급하고(715~716행), 그녀뿐만 아니라 온 도시 사람들이 늘 그걸 진실로 받아들여왔다. 라이오스가 당한 공격에서 유일하게 살아 돌아온 양치기를 면밀히 살펴보면, 소포클레스가 언급하지는 않았지만 그가 단 한 사람과의 시비에서 도망쳐온 자신의 비겁함을 감추기 위해 여러 명의 살인자를 만들어냈거나, 그 시비 뒤에 양치기가 도시로 돌아왔는데 그 살인자가 왕이 되어 있는 것을 알고 테베를 떠나게 해달라고 빌었을 가능성이 있다(758ff).

스스로 또 다른 『오이디푸스』를 쓰고 거기에 '오이디푸스에 관한 편지들'을 덧붙인 볼테르는 소포클레스의 극이 라이오스를 죽인 사람의 숫자에 대해 일관성이 없다는 사실에 놀랐다고 표현한 첫 작가다.[26] 그러나 이 극에 대한 실증주의적 해석법의 극치는 그가 범인이라고 하기에는 증거가 너무 약하고 정황적이기 때문에 오이디푸스가 그 죄를 짓지 않았거나, 적어도 그에게 유죄를 선고할 수 없다는 주장이다. 프레더릭 알(Frederick Ahl)은 『소포클레스의 오이디푸스: 증거와 자기 확신』(*Sophocles' Oedipus: Evidence&Self-Conviction*)이란 책에서 "오이디푸스가 아버지를 죽이고 어머니와 결혼했다는 결정적인 증거가 제시되지 않았다"고 주장한다.[27] 크레온은 극 초반에 그가 보고한 신탁의 '증거'를 조작했다고 비난받고, 테이레시아스는 그 음모의 공모자이고, 오이디푸스는 자신이 진짜 범인이라고 확신한다. 독자들도 그들의 판단력을 흐리는 신화 지식을 이 극에 끌어들여 속아 왔다. "모든 그리스 비극 중에서 『오이디푸스』를 가장 놀라운 작품으로 만드는 것은, 그 모든 장애에도 불구하고 독자들이 자신이 "부친 살해자이고 라이오스와 이오카스테 사이에서 태어나 근친상간을 저지른 자식"임을 스스로 입

26 Voltaire(1877), 1~58쪽.
27 Ahl(1991), x쪽.

증한 오이디푸스의 선고를 공유하는 것이다."[28]

오이디푸스가 자신이 그 살인자일지도 모른다고 의심하기 시작할 때, 그는 대질 심문을 하기 위해 삼거리에서 사건을 목격한 유일한 증인을 테베로 소환한다. 그는 자신이 삼거리에서 이방인들을 죽일 때 혼자였다는 것을 알고 있다. 따라서 만약 그 증인이 라이오스를 죽인 자들이 여러 사람이라는 것을 증언해주면 자신의 결백이 입증될 것이다. 이 중요한 문제가 명료해지기 전에 코린토스의 사자가 도착한다. 그는 오이디푸스에게 더 중요한 문제인 그의 부모와 정체에 관한 문제를 제기한다. 마침내 증인인 양치기가 도착하고, 그는 코린토스 사자가 오이디푸스의 출생에 대해 말한 내용이 맞는지 답하라는 요청을 받음으로써 다른 문제는 뒷전으로 밀려나 해결되지 않는다. 소포클레스가 오이디푸스로 하여금 그 문제와 관련된 질문을 양치기에게 해서 이 문제를 잘 처리하거나 그들의 대화 중에 그 문제에 대한 답이 나오게 할 수도 있었기 때문에 이는 좀 이상해 보일 수도 있다. 오이디푸스가 유죄냐 무죄냐에 대한 증거는 밝혀지지 않았으므로 오이디푸스가 정말 부친 살해를 저지르지 않았을 수도 있다. 만약 이게 사실이라면, 이 극을 관통하는 '인식'의 주제, 즉 우리가 안다고 생각하는 것이 진짜 아는 게 아니라는 주제는 더욱더 놀라운 차원이 된다. 이것이 이 극 읽기에서 지니고 있는 더 골치 아픈 암시를 고사하고 말이다. "오이디푸스가 라이오스를 죽이지 않았을 수도 있다고 주장하는 것은 신기하게도 2800년 동안 변함없었던 전설에 대혼란을 일으킬 것이다."[29]

불안정한 결론과 이 극에 대한 지나친 실증주의적 해석법의 치명적인 약점은, 오이디푸스가 부친 살해와 근친상간에 죄책감을 느끼므로

---

28 Ahl(1991), 264쪽.

29 Goodhart(1978), 61쪽.

그가 내내 이 사실을 알고 있었다고 결론을 내리는 합리적 추정에 근거한 그럴싸한 일련의 주장에서 볼 수 있는 것처럼 아주 모순적인 결과들을 가져올 수 있다는 것이다. 벨라코트(J. P. Vellacott)가 펼친 이런 주장은 "오이디푸스가 결혼할 때부터 라이오스와 이오카스테와의 진정한 관계를 알고 있었음에도" 여러 해가 지나 이 극에서 다루고 있는 사건을 통해 알게 된 것처럼 가장하는 것뿐이라고 본다.[30] 또 탐정 같은 비평가들은 오이디푸스가 이방인을 죽이고 이틀 뒤에 테베에 도착할 수 있었을까, 그리고 자신의 살해 행위를 테베 왕의 갑작스러운 죽음과 관련짓지 않을 수 있었을까라는 질문들을 던지고 의구심을 불러일으키는 작업들을 한다. 지적인 사람으로 유명한 오이디푸스가 아버지를 죽이고 어머니와 결혼할 것이라는 신탁과 예언을 잊거나 무시하고, 아버지뻘 되는 노인을 죽이고 자기보다 두 배가 나이 많은 여자와 결혼을 할 정도로 부주의하고 무모할 수 있다는 것은 도저히 설명하기 어려워 보인다. 크레온이 방금 그 현장을 목격한 사람을 언급하면서 "그들이 마주친 강도는 여러 명이었고 살인을 저지른 손도 여럿이었다"(122~123행)라고 말했는데, 오이디푸스가 라이오스 왕의 죽음을 말하면서 단수형을 사용하고(138~140행), 당장 그 증인을 소환해야 마땅한데 그렇게 하지 않은 점이 의구심을 불러일으킬 수도 있다. 오이디푸스가 테베로 와서 이오카스테와 결혼했을 때 그녀의 전남편이 어떻게 죽었는지 물어볼 필요를 느끼지 않았다는 것과 이오카스테가 두 번째 남편의 과거에 대해 전혀 모르는 점(774ff) 등 그 외에도 퍼즐이 맞춰지지 않는 부분들이 있다.

---

30 Vellacott(1971), 104쪽. 벨라코트는 오이디푸스가 라이오스를 죽였을 때 그의 나이가 열여덟 살 혹은 열아홉 살이고, 극의 개막 장면에서는 서른여섯 살이었을 것으로 추정한다(107쪽).

벨라코트에 따르면 오이디푸스는 진실을 알고 있었지만 그걸 숨기고 테베 시민들의 신뢰를 유지하기 위해 그런 식으로 행동한 것이다. 벨라코트는 자신의 수사의문문에 이렇게 답한다. "이 이야기에서 벗어나는 게 어려웠을까? 그렇지 않다는 걸 알지만 우린 그 이야기를 너무 무비판적으로 받아들여왔다."[31] 오이디푸스는 흥분해서 라이오스 왕을 죽이고 이오카스테가 자기 어머니일 가능성이 아주 높은데도 그녀와 결혼했다. 세월이 많이 흘렀으니 그는 자기 비밀을 지키고 싶었을 수 있다. 오이디푸스는 어떻게 그런 비밀을 간직하고 살 수 있었을까? 벨라코트는 "소포클레스는 많은 구절에서 우리에게 오이디푸스가 자신을 위해 구축한 일종의 방어기제를 보여준다. 그건 자기 자신과 다른 사람들이 받아들이도록 그럴싸하게 꾸민 가짜 이야기다"라고 생각한다.

『오이디푸스』에 대한 이런 해석들은 브래들리(A. C. Bradley)의 셰익스피어 읽기나 「맥베스 부인의 자식은 몇 명인가」(How Many Children had Lady Macbeth)라는 에세이에서 나이츠(L. C. Knights)가 브래들리를 비난한 것을 떠올리게 한다.[32] 사실 맥베스와 그의 자식들에 대해 쓴 것은 『오이디푸스』에 대한 일부 생각들에 비하면 그리 터무니없어 보이지는 않는다. 그러나 브래들리의 주장은 문학 속 인물들을 실존하는 사람처럼 다루는 비평적 해석의 전형적인 예가 되었다. 하지만 존 굴드(John Gould)가 잘 관찰했듯이

> 우리는 일상적인 사람은 제대로 따라갈 수 있지만 극중 인물은 그러지 못한다. 극중 인물이 무대 위에서 우리 눈앞에서 하는 것만이 '사건'이 아니고, 우리도 절대 그렇다고 생각하지 않는다. 극적 행위의 공간적 '틀'은 우

---

31 Vellacott(1971), 119쪽.

32 Bradley(1941), 488~492쪽; Knights(1979).

리가 접근 가능한가의 문제가 아니라 실제 벌어진 일이냐의 문제다. 극적 행위는 우리가 보고 듣는 것인데, 우리는 실재하는 것만 보는 건 아니다.[33]

E. R. 도즈와 존 굴드

도즈(E. R. Dodds)의 「『오이디푸스 왕』에 대한 오해」("On Misunderstanding the *Oedipus Rex*")는 1966년에 처음 발표되어 지금까지도 소포클레스 극에 대한 영향력 있는 에세이로 남아 있다. 도즈는 이 에세이에서 마찬가지로 중요한 에세이인 「『오이디푸스』의 언어」("The Language of *Oedipus*")에서 존 굴드가 펼친 연구 경향을 선호하여 이 극에 대한 일부 접근법을 반대했다. 굴드의 에세이는 20년 후에 처음 출간되었다.

도즈는 아리스토텔레스가 언급한 하마르티아를 근거로 오이디푸스가 도덕적 결함에 대해 죄책감을 느껴야 한다고 생각하는 사람들을 비롯해 자신이 오독이라고 여기는 해석들의 가치를 일축했다. 도즈는 또한 그 극을 현대 탐정 이야기처럼 취급해 극의 행위를 넘어서는 해석도 경계한다. "『오이디푸스 왕』은 탐정 이야기가 아니라 민담을 극화한 것이다. 만약 이 극을 법률 기록처럼 읽으려 하면 핵심을 놓칠 수밖에 없다."[34] "오이디푸스의 일부 과거 행위들은 운명적인 것이지만 그가 처음부터 끝까지 무대 위에서 하는 행위는 모두 자유로운 존재로서 하는 것이다"[35]라는 주장처럼 자유의지와 결정론으로 이 극을 읽는 것도 핵심

---

33 Gould(2001), 80쪽.

34 Dodds(1968), 21쪽.

35 Dodds(1968), 22~23쪽.

을 놓치는 것이다. 오독은 고대 그리스 사람들은 신의 정의를 믿을 필요성을 느끼지 않았다는 것을 인정하지 못하는 기독교적 시각에서 기인한다. 오이디푸스는 고의로 그런 것이 아니기 때문에 자기 아버지 살해에 책임이 없지만, 그렇다고 누군가의 아버지를 죽인 행위에 필연적으로 따르는 오염의 책임까지 무죄는 아니다. 그는 바로 그런 책임을 받아들였고, 그렇게 함으로써 보통 사람의 수준을 넘어선 것이다. 그는 "주관적으로 볼 때는 죄가 없지만" "객관적으로 볼 때는 아주 끔찍한" 짓을 저지른 책임에 직면해 그 책임을 받아들이는 것이다.[36]

도즈의 이 유명한 에세이는 그런 평판을 받아 마땅한데, 짧지만 아주 중요한 에세이로 소포클레스 극의 핵심인 존재의 형이상학적 미스터리를 지적한다. 오이디푸스가 객관적으로는 유죄이나 주관적으로는 무죄라는 것은 흔히 '인간 조건'이라고 불리는 존재의 불확정성을 보여준다. 우리는 세상 속 우리의 위치에 관한 질문과 우리 삶에 대한 이해에 쉽게 답하지 못한다. 존 굴드는 계속 이 주제를 이어나가 더욱 증폭시켰는데 『리어 왕』에 나오는 다음 대사들로 논문을 시작했다.

> 세상아, 세상아, 아, 이놈의 세상아!
> 너의 그 이상한 변덕 때문에 우리가 너를 증오하지 않는다면
> 아무도 늙어 죽으려 하지 않겠지.[37]

변화는 우리에게서 확실성을 빼앗고, 도즈의 표현대로 우리 모두를 "오이디푸스처럼 내가 누군지, 어떤 고통을 겪어야 할지 모른 채 어둠 속

---

36 Dodds(1968), 28쪽.

37 Gould(2001), 244쪽에서 재인용.

에서 더듬거리게 만드는"[38] 존재론적 불안정성 속에서 사는 한 가지 방식은 분명 진실처럼 보이는 것과 확신으로부터 아이러니한 거리를 유지하는 것이다. 이것이 바로 굴드가 이해한 소포클레스식 아이러니로, 그는 극을 구성하는 일련의 사건들을 통해 그 아이러니한 여정과 중요한 극적 순간들에 담긴 세심하게 계획된 양면적 가치를 추적한다. 예를 들어 걱정에 휩싸인 이오카스테가 왕궁에서 나와 아폴론 신에게 제정신이 아닌 남편을 보살펴달라고 기도하는 장면(911~923행) 바로 뒤에 코린토스 사자가 폴리부스 왕의 죽음 소식을 가지고 등장한다. 그건 마치 아폴론 신이 그녀의 기도에 응답한 것 같지만, 그 사자는 그들을 더 심한 근심걱정으로 몰아넣는 정보도 가지고 온다. 이 모든 일에서 아폴론 신의 역할은 불확실성에 가려져 있지만, 이 이상한 우연 뒤에 숨은 의미에 대한 불안감에 관객들은 동요하게 된다.

굴드는 우선 오이디푸스와 크레온의 세속적인 언어와 테이레시아스의 수수께끼 같은 말을, 그다음에는 공동체 공간인 두 개의 폴리스, 테베·코린토스와, 오이디푸스의 타 세계인 산기슭과 삼거리 너머에 존재하는 '외부' 공간을 대비시키면서 그의 관심사를 풀어나간다. 오이디푸스는 자신에게 익숙한 세계에서 시민이자 정치인이었기에, 자신이 도시의 오염원이자 라이오스 왕의 살해자라는 테이레시아스의 주장에 대해 그렇게 반응했던 것이다. 이 예언자의 거친 주장은 테베의 세속적 지도자인 오이디푸스에게는 정치적 목적을 지닌 계략의 증거로 이해될 뿐이다. 크레온도 정치적 사고방식을 지녔기에 그가 음모에 관여했다는 비난에 그런 식으로 자기변호를 한다. "크레온과 오이디푸스는 똑같은 언어를 사용하는데, 이 언어는 두 사람 모두 자기들과는 다른 세상

---

38 Dodds(1968), 28쪽.

에 속해 있는 테이레시아스의 언어를 이해하지 못하게 한다."[39] 테이레시아스는 다른 언어를 사용하는데 불투명하고, 괴상하고, 알쏭달쏭해서 불확실한 언어다. 그리고 비극적 아이러니는 오이디푸스가 이 언어에 제대로 응대할 수 없을 뿐만 아니라 마찬가지로 이상하고 묘한 자신의 본질이 지닌 그런 속성에 대해서도 알지 못한다는 것이다.

오이디푸스가 스스로에게 부과하는 고립은, 이오카스테가 크레온과 오이디푸스 사이의 논쟁에 개입한 뒤에 이어지는 장면에서 전면에 등장하는 장소들 사이의 대립과 관계가 있다. 삼거리에 대한 이오카스테의 언급은 우리를 테베 밖으로 데려가고, 자신이 라이오스 왕을 죽였을지도 모른다는 오이디푸스의 깨달음과 함께 그에게 내려진 저주 때문에 그가 고국이라 부르던 곳을 떠났을 가능성이 대두된다. 코린토스 사자와 양치기의 대질 심문을 통해 오이디푸스는 산기슭, 동굴, 숲 등으로 특징지어진 폴리스 바깥세상을 마주하게 된다. 표면에 드러난 이 새로운 영역에 반응해 코러스는 오이디푸스가 신이나 산의 님프의 자식이고 키타이론 산이 그의 유모였다고 상상한다.

> 이는 오이디푸스가 인간 사회로부터 단절된 이미지다. 오이디푸스는 자신이 인간 사회에 속해 있다고 확신하지만, 그는 가장 기본적인 인간관계와 사회 존재의 기본법을 조롱하듯이 전복시키는 역할을 해왔다. 자기도 모른 채 아버지를 죽이고, 어머니와 자식을 낳아, 자식들의 형제가 되고, 어머니의 남편이 됨으로써 친족 용어를 무의미하게 만들었다.[40]

극의 말미에 왕궁에서 나온 오이디푸스는 극 초반에 왕궁에서 나왔던

---

39 Gould(2001), 252쪽.
40 Gould(2001), 258쪽.

정치적으로 명민하고 사회적으로 저명한 그 테베 시민이 아니다. 굴드는 코러스 대사에서 이것이 어떻게 느껴지는지 보여준다. 오이디푸스가 키타이론 산에서 갓난아기였던 자신을 구해준 사람에 대해 저주를 하자, 코러스는 그가 차라리 그때 살아나지 못했더라면 좋았을 거라고 맞장구친다. "나도 그랬기를 기원할 수 있었더라면 좋았을걸"(1356행).

오이디푸스와 실재계

굴드는 오이디푸스가 테베의 시민에서 스스로 고립자가 된 것을 설명하면서 그가 "거짓 상상계에서 실재계로 이동"한 것이라고 말했다.[41] 굴드가 의식적으로 표현한 것이건 아니건 '실재'라는 단어를 언급함으로써, 상징 질서 안에서 나타낼 수 없는 것을 표현하기 위해 라캉이 사용한 심리학 용어를 떠올리게 한다. 라캉의 상징계란 복잡한 언어적·문화적 기호들의 체계로서 우리에게 주체성을 부여하고 우리가 세상을 이해하고, 그 안에서 우리의 위치를 알게 해주는 일련의 의미들을 제공해준다. 반면 실재계는 상징계의 구조와 대립하면서 한계, 부정의 역할을 한다. 실재계는 현실을 지칭하는 것이 아니라 괴리나 차이인데 그 괴리나 차이에 상징계가 형성된다. 실재계는 존재론적 풍광에 담긴 미완결성 때문에 생긴 것으로, 언어계로 진입할 때의 정신적 외상이나 말로는 표현할 수 없지만 우리의 주체성에 뭔가 부족한 점이 있고, 우리의 정체성의 핵심에 뭔가 이상한데 제거할 수 없는 것이 있는 듯한 집

41 Gould(2001), 258쪽.

요한 느낌과 관련이 있다. 실재계와 가까워지는 것은 불편한 경험이다. 그건 이해할 수 없는 무언가와 너무 가까워지는 느낌이고, 그 결과 상징계와 그것이 우리가 누구인지 인지하게 함으로써 제공하는 안정성까지 집어삼켜 버려서 심한 외상이 될 수 있다.

오이디푸스는 그의 인생에서 단 한두 시간 만에 그의 존재에 의미를 부여했던 상징계가 무너지는 경험을 하고, 그 과정에서 실재계를 맞닥뜨리게 된다. 그는 세상에서 자신의 위치가 확고하고 변함없으리라고 생각했다. 그래서 그는 테베의 통치자이자 공동체의 수호자로서 확신과 결단력을 갖고 행동할 수 있었다. 그러나 일련의 사건들이 일어나면서 그는 방향을 잃고 소외된다. 그는 더 이상 인간 사회의 일원이 아니며, 코러스가 대변하는 테베 사회는 그를 받아들이지 못한다. 오이디푸스는 하이데거가 "존재의 베일을 벗기고자 하는 열정"[42]이라고 표현한 것 때문에 실재계를 만나 치명적인 상처를 입는다. 그가 스스로 장님이 된 것은 고집스레 자기의 정체를 알고 싶어 한 데 대한 대가로 자신을 파괴한 것이다.

굴드가 『오이디푸스』 해석에서 보여준 통찰력은 신, 그리고 델포이 신전에서의 아폴론의 신탁과 테이레시아스의 예언의 언어를 상징계 너머 실재계에 가깝게 둔 점이다. 이는 역설이고 이 극에서 아폴론 존재의 신비로움이다. 어떤 면에서 그는 부정할 수 없을 정도로 일련의 사건에 연루되어 있지만 동시에 그는 인간의 행동을 직접 지휘하지는 않는다. 마치 라캉이 말한 실재계가 독자적인 것은 아니지만 그것 때문에 변위된 방식으로 결과들이 발생하듯이 말이다. 오이디푸스는 상징적인 의미의 세계를 넘어서 존재의 일면, 라캉의 표현으로는 물자체

42 Gould(2001), 258쪽.

(the Thing)와 마주치는데, 그것은 날것의 존재와 존재의 심연에 너무 근접한 데서 오는 참을 수 없이 강렬한 공포가 된다. 상징계와 우리의 자아의식에 의미를 부여하는 허약한 정체성에서 발가벗겨지고 남은 것은 완전한 공허이고, 언어와 문화의 상징 질서에 지배당한 적이 없는 것을 상기시켜주는 것인데, 바로 이것이 오이디푸스가 극의 말미에서 경험하는 것이다.

> 소포클레스 극의 중심 이미지는 오이디푸스가 인간 세상에 완전히 속하지 못하고, 우리가 이해할 수 없고 인간 세계의 질서, 규칙, 가치를 조롱하지만 일관성과 아이러니와 우연이라는 나름의 논리를 지닌 낯선 세계에 속해 있다는 느낌이다. 그 세계는 주변부 사람들, 양치기, 목격자들에 의해 침범당하는, 폴리스의 경계 밖 세상이다. 운명이나 인간의 행동, 신의 정의가 아니라 이것이 『오이디푸스 왕』에서 소포클레스가 관심을 갖고 있는 것이자 그가 종교에 대해 말하는 진정한 핵심이다.[43]

여기서 굴드가 주목하는 것은 인간 지성의 패턴들에 한정지어 생각할 수 없는 세상, 버나드 윌리엄스가 볼 때 투키디데스와 소포클레스처럼 고대 그리스 사람들에게도 다르다고 인식되었을 세상, 즉 "우연에 의해 위기에 처한 합리적 정신"의 세상이자, 우리 이성이 인간의 관심사들을 이해할 수 있다는 믿음 덕분에 우리가 안전하다고 생각하지 못하게 하는 세상이다.[44] 극에서 오이디푸스가 하는 마지막 생각 중 하나는 그의 끔찍한 일탈 행위 때문에 자신이 "신들이 가장 미워하는 존재"가 되었다는 확신(1519행)이다. 만약 이게 사실이어서 테베를 짓밟은 역병이

---

43 Gould(2001), 262쪽.

44 Williams(1994), 164쪽.

그가 한 짓에 대해 신들이 화가 나서 그런 거라면 왜 하필 그가, 오이디푸스가 그런 일들을 겪는 대상으로 선택되었는가 하는 의문만 키울 뿐이다. 오이디푸스가 신들의 불쾌감이라고 언급한 것은 일어난 일들의 우연성에 대한 충격을 표현한 것이다. 운명은 (어떤 일이 일어나게 만드는) '원동력'이 아니라 원인과 결과가 서로 얽혀 어떤 일이 왜, 어떻게 해서 그런 식으로 벌어졌는지를 논리적으로 설명해주는 과거로 거슬러 올라가야만 그 모습이 드러나는 무자비하고 비인간적인 필연성이다. 오이디푸스는 이 필연성 앞에서 아무런 힘도 없이 노출되어 있는 자신을 발견한다. 그는 신들에 의한, 자기 염색체에 의한, 혹은 자기 문화에 의한 희생물이 아니라 우연에 의한, 지독한 불운에 의한 희생물인 것이다. 소포클레스의 극은 그들로부터 2500년이나 떨어져 있는 우리에게도 아직 설명할 수 없는 인간 존재의 일면에 대한 그리스 사람들의 당혹스러움을 보여준다.

출판 역사

『오이디푸스』 같은 아테네 비극들의 가장 오래된 판본들은 현재 하나도 남아 있지 않지만 기원전 4세기로 거슬러 올라간다. 그런데 기원전 5세기 후반부터 파피루스에 필사본들을 썼던 것 같다. 그때쯤에 아테네에서 유명 비극들이 지역 축제의 일환으로 부활하여 아티카의 소극장들에서 공연되었던 것 같다. 아테네 원정대가 기원전 415년에 시칠리아의 시라쿠사 공격에 실패한 뒤에, 그곳 채석장에 잡혀 있던 포로들이 에우리피데스 극의 대사들을 암송하는 대가로 법집행이 유예되었다는 것으로 볼 때, 적어도 몇몇 극들은 이탈리아 남부에 있는 그리스 식민지에 알려졌을 것이다. 이를 통해 시칠리아뿐만 아니라 이탈리아 남부나 마케도니아와 같이 아티카 이외의 극장에서도 인기 있는 극들이 다시 유행했었음을 알 수 있다.

플루타르코스에 따르면 기원전 340년이 조금 지나서 소포클레스(아이스킬로스, 에우리피데스)의 비극 판본들을 시(市)가 안전하게 보관하고, 향후 공연을 위한 공식 자료로 사용하라는 아테네 법이 도입되었다. 기원전 300년경 아테네 극들은 그리스 도시 대부분의 극장에서 공연되었고, 특히 『오이디푸스』가 인기 있었다는 사실은 기원전 330년대 시칠리아산(産) 그릇에 그려진, 이 극의 한 장면을 묘사한 것으로 여겨지는 그림으로 추정할 수 있다. 아마도 코린토스 사자가 어떻게 자기가 라이오스 왕의 양치기로부터 오이디푸스를 건네받았는지 밝힌 뒤(924ff), 이오카스테가 진실을 깨달은 장면을 묘사한 그림인 것 같다. 그림에서 이오카스테는 왼손을 뺨 위에 갖다대 얼굴의 절반을 가렸고(그리스 예술에서 슬픔을 표현하는 몸짓), 오이디푸스는 당황한 듯 수염을 만지고 있고, 사자는 관객을 보듯 정면을 바라보고 있다.[45]

아리스토텔레스가 기원전 4세기에 아테네 비극에 관한 생각들을 정립하기 전까지 그 극들에 대한 비평적 반응에 대한 설명은 남아 있지 않다. 그가 『오이디푸스』를 비극의 표본으로 삼으며 극찬한 것으로 보아 당시 이 극은 널리 알려졌음을 알 수 있는데, 희극 작가 안티파네스는 소포클레스 극이 처음 공연된 뒤 수백 년이 지난 후 다음과 같이 말해 이를 뒷받침해준다.

45 그 그림에는 다른 여자 두 명이 더 있는데 이 장면이 아니라 극의 끝에 등장하는 오이디푸스와 이오카스테의 두 딸로 추정된다. 따라서 그 그림은 극의 한 장면을 정밀하게 묘사한 것은 아니다. Taplin(1997), 84~88쪽 참조.

> 비극은 모든 면에서 운이 좋은 장르다. 우선 대사 한마디도 하기 전에 이미 독자들은 그 플롯을 잘 알고 있다. 시인들은 그저 그 이야기들을 상기시켜주기만 하면 된다. 내가 '오이디푸스'라고 말하면 그들은 나머지를 다 안다. 아버지-라이오스, 어머니-이오카스테, 오이디푸스의 딸들과 아들들, 오이디푸스가 한 행동과 그가 장차 어떤 일을 겪을지를.[46]

알렉산드로스 대왕이 기원전 323년에 죽은 뒤의 고대 그리스 역사기인 헬레니즘 시대 동안, 알렉산드리아에서는 시(市)의 대형 도서관에 보관되어 있는 문학 판본들에 대해 비평적 서술을 하는 관습이 시작되었다. 갈레노스[47]에 따르면 이집트의 왕이 소포클레스, 아이스킬로스, 에우리피데스의 극의 공식 판본들을 필사한 뒤 돌려주는 조건으로 많은 예치금을 걸고 아테네에서 가져갔는데, 새 필사본만 돌려주고 원본은 알렉산드리아의 도서관과 학자들을 위해 보관했다.

그 덕분에 알렉산드리아의 학자들은 파피루스 두루마리에 쓰인 『오이디푸스』를 포함해 많은 아테네 극들을 접할 수 있었는데, 이것들이 아테네에서 가져간 원본인지 아닌지는 정확히 알 수 없다. 학자들은 목록 작업을 하며 원본 텍스트와 배우들이 첨가한 부분을 구분해 주석을 달았다. 신경 쓸 가치가 있다고 여겨지는 비극들에는 즉석에서 쓴 비평적 서술뿐만 아니라 문헌학적 정보와 기타 정보를 덧붙였다. 알렉산드리아의 학자들이 어떤 방식으로 작업을 했는지에 대해서는 잘 알려지지 않았지만, 하나의 정전이 아니라 특정 판본들에도 관심을 갖기 시작했고, 기원전 195년부터 알렉산드리아 도서관의 그리스인 사서인 비잔티움의 아리스토파네스(기원전 275~180)가 소포클레스, 아이스킬로

---

46 Easterling and Knox(2003), 412쪽에서 재인용

47 기원전 129~199/217, 고대 로마 시대의 의사이자 해부학자(옮긴이).

스, 에우리피데스 극들의 최종 판을 정하는 데 중요한 역할을 한 것으로 여겨진다. 헬레니즘 시대 동안 이 극들의 부흥이 그리스 전역에서 일어났고, 『오이디푸스』와 다른 극들의 대사들이 적힌 파피루스가 이집트 모래에서 발견되었다. 그런 파피루스가 가장 많이 나온 곳은 현재 카이로 지역인 고대 옥시링쿠스의 쓰레기 더미였다. 『파피루스 옥시링쿠스』(*Papyrus Oxyrhynchus*)의 한 부분(XVIII. 2180행)은 그곳에서 발견된 방대한 파피루스 텍스트 중에서 가장 중요한 것은 아니지만, 현대 학자들이 불확실한 부분들을 확인하는 데 도움이 되는 『오이디푸스』의 시행들이 수록되어 있다.

우리에게 전해진 『오이디푸스』와 기타 고대 비극들의 보존과 전달에 더 중요한 것은, 로마군이 그리스에 결정적 승리를 거둔 기원전 146년보다 훨씬 전인 기원전 3세기 초반부터 이 문학들이 로마 문화에 미친 영향이었다. 그리스 비극을 잘 알지는 못하더라도 어느 정도 친숙한 것이 로마 엘리트 교육의 전통이 되었다. 율리우스 카이사르도 젊었을 때 새로운 『오이디푸스』를 썼다고 하며,[48] 더 중요한 것은 세네카(기원전 1년~기원후 65)가 아주 영향력 있는 새 버전을 쓴 것이다(178쪽 참조). 기원후 3세기 초쯤 『오이디푸스』를 포함한 소포클레스 극 일곱 편, 아이스킬로스 극 일곱 편, 에우리피데스 극 열 편이 특히 연구할 가치가 있다는 공감대가 형성되었다. 이렇게 하여 다른 극들은 서서히 읽히지 않게 되었다. 필사본을 보관하는 두 가지 방법이 개발되어 아테네 비극의 고전으로 알려진 이 24개 극이 현존할 수 있게 되었다. 첫 번째는 종이들을 책 등에서 묶은 뒤 나무 표지로 보호한 고문서 필사본이 등장해 파피루스 두루마리를 대체한 것이다. 다음으로는 파피루스보다

---

48 Suetonius, 『율리우스 카이사르』(*Divus Julius*, 56.7. www.perseus.tufts.edu/hopper/text?doc=Perseus:text:1999.02.0061(2011년 10월 1일 접속).

훨씬 영구적인 필기 소재로 양, 염소, 소의 가죽을 처리한 양피지를 사용한 것이다.

기원전 4세기에 고트족과 반달족의 침입으로 로마의 도서관들이 파괴되었지만, 동로마 제국의 수도였던 비잔티움의 도서관들은 무사하여 『오이디푸스』와 기타 아테네 비극들의 필사본들도 보존되었다. 하지만 6~9세기까지는 어떻게 보존되었는지에 대해서 알려진 바가 없다. 그리스에 대한 지식은 서로마 제국에서는 거의 소멸되었고, 1453년 콘스탄티노플(비잔티움)이 오스만족에게 점령당할 때까지 『오이디푸스』를 포함한 고문서들은 비잔티움, 수도원, 동쪽 지역의 교회 도서관 등에서 먼지를 뒤집어쓰고 있었다. 9세기 중엽쯤 문화 부흥이 일어나 이교도 문학의 필사본을 만드는 작업이 부유한 후원자들의 도움으로 수도원에서 이루어졌던 것 같다. 10세기에는 고대 자료들에서 발췌한 수천 개의 항목을 지닌 그리스어 백과사전인 『수다』(*Suda*)가 편찬되었다. 이 백과사전에는 『오이디푸스』와 관련된 100여 개의 항목이 들어 있을 뿐만 아니라 소포클레스의 생애에 관한 정보도 수록되어 있었다.[49]

현존하는 가장 오래된 『오이디푸스』 필사본은 10세기 후반부나 11세기 초반에 비잔티움에 있는 필경실에서 양피지에 필사한 것으로 *Mediceus Laurentianus 32.9*라고 알려진 필사본의 일부분이다.[50] 이것은 이탈리아에서 헬레니즘 문화에 대한 새로운 관심이 싹튼 1423년경에 이탈리아로 옮겨져, 니콜로 니콜리(Niccolo Niccoli)의 개인 도서관(현재 피렌체에 있는 라우렌치아나 도서관)에 소장되었다. 그것은 키오스섬에서 그리스어를 배운 학자인 조반니 아우리스파(Giovanni Au-

49 www.stoa.org/sol(2011년 10월 1일 접속).

50 "이 책은 30×20cm로 264장(528쪽)인데, 그중 소포클레스가 118장(236쪽)을 차지한다." Jebb(2004), iiii.

rispa)가 콘스탄티노플에서 발견했다. 그는 10여 년 전에도 그곳에서 『오이디푸스』가 수록된 필사본을 발견해 니콜로 니콜리에게 팔았다. 지금의 레이던(네덜란드의 대학 도시)에 10세기 중반의 필사본 두 개가 있는데, 원래 있던 글을 지우고 다시 쓴 글이어서 거의 읽을 수가 없다. 현존하는 것 중 두 번째로 오래된 『오이디푸스』 필사본은 12세기 후반에 쓰인 *Laurentianus 31.10* 판본이다. 그외 13~15세기의 중세 필사본들은 베네치아의 마르코 도서관, 바티칸, 프랑스 국립도서관, 옥스퍼드와 케임브리지대학 도서관에 소장 중이다. 16세기 전반부터 그리스 비극 필사본들을 이탈리아가 아닌 다른 나라의 대학 도서관들에서 구입하기 시작했고, 인쇄본이 나오자 『오이디푸스』는 곧 서유럽 다른 곳의 훨씬 더 많은 관객들이 접할 수 있게 되었다.

15세기 말 알두스 마누티우스(Aldus Manutius)는 베네치아에 알딘 인쇄소를 차려서 최초로 『오이디푸스』를 인쇄 출판했다. 이것은 1502년 그리스어판 소포클레스 극 모음집에 수록되었다. 14년 뒤 토머스 모어(Thomas More)의 『유토피아』가 출간되었을 즈음, 라파엘 히슬로다에우스(Raphael Hythlodaeus)[51]라는 여행자가 영국으로 네 번째 여행을 떠날 때 알딘 인쇄소에서 출간한 소포클레스 책을 가지고 갔다.[52] 『오이디푸스』는 아리스토텔레스가 『시학』에서 부여한 권위 덕분에 르네상스기에 최고의 그리스 비극이 되었다. 르네상스 학자들의 연구 동기는 주로 그리스 문화가 라틴 문학에 미친 영향을 추적하는 것이었지만 말이다. 이것이 그들의 주요 관심사였고 1558년에 『오이디푸스』의

---

51 『유토피아』는 토머스 모어가 이 인물과 대화를 나눈 뒤 기록한 것으로 되어 있다(옮긴이).

52 More, Thomas. *Utopia*. Great Literature Online. 1997-2011. http://moore.classicauthors.net/Utopia5.html(2011년 10월 1일 접속).

첫 라틴어 번역본이 파리에서 출간되었다.

『오이디푸스』가 정전의 위치에 있었다는 증거는 고대 이후로 베네치아에서 첫 대중 공연을 한 1585년에 나왔다. 이 공연은 팔라디오가 디자인한 올림피코 극장의 개관 기념 공연으로, 이후 200년 동안 유일한 전문 공연이었다. 이 극장은 현존하는 세계에서 가장 오래된 실내 극장으로, 실내 장식은 팔라디오 사망 후 작업을 이어받은 또 다른 베네치아의 건축가 스카모치가 했다. 그의 무대 장치는 수 세기 동안 보존되어 지금도 볼 수 있는데, 고대 테베의 팔라디오풍 거리들을 아주 사실적으로 재현하고 있다. 그 극장의 개관 기념작으로 『오이디푸스』를 선정했다는 것은 당시 이 극이 지닌 독보적 위치를 입증하는 것으로, 공연을 위해 이탈리아어로 번역되었다.

『오이디푸스』의 유명한 프랑스어 번역은 앙드레 다시에르(André Dacier)가 1692년에 했고, 토머스 프랭클린(Thomas Franklin)이 1754년에 영향력 있는 영어 번역을 했다(최초의 완역본이기는 하지만 유려함이 덜한 영어 번역은 25년 전에 조지 애덤스(George Adams)가 했다). 횔덜린(Friedrich Hölderlin)의 대단한 독일어 번역은 1804년에 나왔다. 소포클레스는 독일과 영국에서 19세기 내내 아주 인기가 많아서 조지 엘리엇(George Eliot)은 그를 셰익스피어와 동급으로 여겼고, 고전학자 R. C. 젭에게 그녀가 "아주 원초적인 감정을 서술하는 데" 소포클레스의 영향을 많이 받았다고 말했다.[53] 하지만 『오이디푸스』의 주제를 기독교 기관들은 받아들이지 못해서, 1886~1912년 사이에 풍기문란의 이유로 영국 무대에서 상연이 금지되었다.

『오이디푸스』의 텍스트 비평은 알렉산드리아의 익명의 학자로부터

---

53 Sophocles, Meineck and Woodruff(2003), xxxx에서 재인용.

시작되었다. 필사본이 새로 만들어질 때마다 텍스트 오류도 더 많아졌을 가능성을 감안할 때, 르네상스 시대부터 인쇄되어 출간되기 시작한 편집본들에 대한 학자들의 관심이 절실했다. 그런 작업은 일찌감치 16세기 중반에 이탈리아 학자인 빅토리우스(Victorius)가 새 편집본을 출간하기 위해 서로 다른 『오이디푸스』 필사본을 찾아보는 과정에서 시작됐지만, 19세기 독일에서 절정에 달했다. 독일 학자들은 열정을 갖고 헬레니즘 시대의 작품을 복원하려 했고, 고전 텍스트에 주석을 달고 교정하는 수고는 독일 학자들의 보증 마크가 되었다. 문법과 구문상의 중요한 점과 추론 등을 철저히 탐구하는 이 대단히 전문화된 전통에서 간과된 점은, 순수 언어학적 분석이나 사소한 부분을 따지는 언어학상의 구별의 수준을 넘어서는, 문학 작품으로서 그리스 텍스트에 대한 미학적 접근이다. 영국 학자 R. C. 젭(1841~1905)이 그런 접근을 했다. 그가 1883~1896년 사이에 출간한 일곱 권짜리 소포클레스 극 선집의 하나로 1893년에 출간한 판본은, 지금도 가장 훌륭한 번역본 중 하나로 여겨진다. 그 책의 가치는 금방 인정받아서 한 세대 넘게 영어 사용자들은 소포클레스 극을 젭의 번역본으로 읽었다. 그의 번역은 그리스어 판본을 빼고는 그리스 문학 선집에서 개관과 해설로 가장 널리 사용되었다. 그 번역본은 젭의 개괄 설명을 실어 2004년에 재발행되었는데 한쪽 면에는 그리스어 텍스트를, 맞은편 면에는 산문으로 번역된 영어 번역을 나란히 싣고 페이지 하단에 젭의 설명을 달았다. 그리스어를 아는 독자든 모르는 독자든 모두에게 가치 있는 젭의 번역의 뛰어난 점은, 그리스어 구절의 순서를 재배치하고 그리스어 보조사들까지 세심하게 신경 쓴 점이다. 언어학적 문제에 대해 조예 깊은 토론과 관련해 젭은 "정확한 비판적 관심을 가진 이공계식 읽기"에만 치우치는 것도 절제하고, "고생물학 학생들"의 관심만 끌도록 내용을 생략하는 것도

절제하겠다고 선언했다.[54]

예이츠(W. B. Yeats)가 이 극의 번역가를 찾고 있을 때(195쪽 참조), 그는 우선 고전주의자인 길버트 머리에게 요청했다. 그런데 1905년 초 머리는 이 극에 대한 자신의 감정을 담은 편지를 보내 그의 제안을 거절했다.

> 소포클레스는 분명 살아생전 나쁜 짓을 많이 했을 것입니다. 나는 그가 받는 비난을 변호하고 싶지는 않습니다. 그러나 나는 그가 분명 심신미약 상태에 있었고 여러 악마들에 씌었다고 확신합니다. (…) 나는 당신이 오이디푸스를 하지 않으셨으면 합니다. 그 극은 당신의 운명을 걸 만한 것이 못 됩니다.[55]

머리는 이미 에우리피데스의 작품들을 2행씩 각운을 맞춰 번역해 명성을 얻고 있었다. 그러나 마침내 그는 소포클레스 극에 대한 반감을 극복하고, 1911년에 『오이디푸스』 번역본을 출간하여 수차례 재판을 찍었다.[56] 그의 번역은 에우리피데스 번역만큼 영향력을 발휘해 소포클레스를 1920년대와 1930년대에 아주 많은 독자에게 소개했다. 1912년 막스 라인하르트(Max Reinhardt) 감독이 머리의 번역본으로 〈오이디푸스〉를 런던 무대에 처음 올려 큰 성공을 거두면서 머리의 번역에 대한 관심도 높아졌다. 라인하르트는 이미 베를린에서 휴고 폰 호프만슈탈(Hugo von Hofmannsthal)의 번역본으로 〈오이디푸스〉를 성황리에 공연한 바 있다. 라인하르트는 영국 공연을 기획하기 전에 대부분의 유

54 Jebb(2004), lvii.
55 Clark and McGuire(1989), 9쪽에서 재인용.
56 www.gutenberg.org/files/27673/27673-h/27673-h.htm(2011년 10월 1일 접속).

럽 도시들에서 이 공연을 올렸다.

라인하르트는 머리의 영어 번역을 사용하기 2년 전에 이미 독일에서 〈오이디푸스〉를 처음 공연한 후 명성을 얻었다. 그는 그리스 극장에 대한 독일 고고학자들의 연구에 영향을 받아, 고대 아테네 사람들이 즐겼던 극장에 대한 경험을 관객들에게 제공하려고 했다. 이후 유럽 순회공연을 했고, 영국 코번트가든에서 공연하기 위해 극장을 자신의 필요에 맞게 고쳤다. 애초에는 극장 형태나 거대한 규모 때문에 앨버트홀에서 공연하려고 했다. 과감하게 당대 관습에서 벗어나 1등석의 앞 몇 줄을 없애고, 프로시니엄 무대와 오케스트라 석을 객석으로 바꾸어, 관객과 배우들을 더 가깝게 만들었다(배우들은 객석을 통해 등장하고 퇴장했다). 그 결과 영국 관객들에게 새로운 극장 형태를 소개했고, 소포클레스 극에 다시 감탄하게 만들었다.

> 가장 예술적인 효과는 군중과 오이디푸스를 통해 얻은 것 같다. 오이디푸스는 차분하고 침착하게 연단에 서 있다. 그 밑에서 성난 군중이 팔을 뻗치고 마치 화난 감정의 바다처럼 그에게 밀려들었다. 그러다 코러스 장이 부르면 다시 그에게 몰려갔다. 수많은 사람들의 물결 속 동떨어진 지성의 섬처럼 오이디푸스가 한쪽에 서 있고, 반대쪽에는 광포한 격정들에 의해 이리저리 흔들리는 무한한 신처럼 코러스 장이 서 있다.[57]

그 공연을 보고 아주 마음에 들어한 길버트 머리는 『타임스』지에서 다음과 같이 호평을 했다. "허리에 천을 두르고 검은 머리를 길게 늘어뜨린 반나(半裸)의 횃불잡이들이 내 마음을 기쁨으로 뛰게 만들었다. 그

---

57 Carter(1964), 218~219쪽(www.archive.org에서 이용 가능. 2011년 10월 1일 접속).

들에게는 교실이나 전통적인 미술 스튜디오의 그리스가 아니라 진짜 옛 그리스다운 점이 있었다."[58] 하지만 그것은 소포클레스의 그리스도 아니었다.[59]

젭과 머리 이후에 그리스어판 『오이디푸스』와 많은 번역본들이 나왔다(221~223쪽 참조). 앤서니 버지스(Anthony Burgess)는 자신의 『소포클레스의 오이디푸스 왕』(*Sophocles Oedipus the King*)에 대해 "소포클레스가 쓴 것을 하나도 빼지 않고 거기에 뭔가를 덧붙여서" 번역이자 각색이라고 할 수 있는 희귀한 혼종이라고 인정한다.[60] 첨가한 부분에 대해서는 자신이 스핑크스와 오이디푸스의 관계에 사로잡혀 수수께끼와 근친상간 사이의 관계를 드러낸 점이라고 설명한다. 원시 사회에서 근친상간의 위험한 위협이 키메라 같은 수수께끼 출제자의 미스터리 속에 구현되어 있다는 레비-스트로스(Lévi-Strauss)의 입증에서 버지스는 그런 관련성을 발견하고, 그런 수수께끼 출제자는 반드시 피해야 함을 알게 된다. 반인반수인 스핑크스는 자연의 섭리에서 끔찍하게 일탈한 존재로 그녀의 존재 자체가 조심해야 할 터부인 것이다. 버지스에게 "스핑크스의 간단한 수수께끼가 절대 어려운 문제도 아닌데 풀지 못한 사람들에게 닥치는 치명적인 결과를 생각해볼 때, 왜 그렇게 오랫동안 풀지 않았는가"는, 분명 이 그리스 신화에서 부정할 수 없는 이상한 면을 설명해준다. 그가 내린 해답은 그걸 푸는 것이 안 푸는 것보다 더 위험하기에 일부러 풀지 않은 채 두었다는 것이다. 그 수수께끼는 사회 질서에 안정감을 주는 매듭이어서, 그걸 푸는 것은 폴리스의 생존을 위

---

58 Carter(1964), 221~222쪽.

59 Arnott(1959), 220쪽. "사람들을 흥분시킨 이 공연에 대해서 정말 장엄하다고 말할 수는 있지만, 그것이 소포클레스의 장면은 아니다."

60 Burgess(2001), 4쪽.

협한다. 그 수수께끼에 답하는 게 쉬운 것은 늘 존재하는 근친상간의 가능성과 유사하므로 계속해서 저항해야만 한다. 이 극은 오이디푸스가 어떻게 "그 도시의 질병과 혼란의 원인이 되고, 동시에 죄를 찾아내고 속죄함으로써 어떻게 건강 회복의 원인도 되는지를 보여준다. 그는 범죄자이면서 동시에 성인(聖人)인 것이다. 다시 말해 그는 비극적 영웅이다."[61]

버지스의 『오이디푸스』는 1972년에 처음 발간되었고, 이후 그가 쓴 소설 『지상의 권력들』(*Earthly Powers*)의 등장인물 케네스 투미(Kenneth Toomey)는 극작가인데 소포클레스의 극을 자기 버전으로 다시 쓴다. 투미에 따르면 그건 "번역이라기보다 각색"이다. 투미의 매형이 자신이 사생아이고 아버지가 누군지 모른다는 것을 알아낸 뒤, 그 극에 나오는 대사 중 자기 상황에 딱 맞는 대사를 인용한다. 이 대사는 버지스가 쓴 『오이디푸스』에 나오는 것이 아니다.

> 나는 마지막 방의 마지막 문을 열어야 한다.
> 내가 머물게 될. 나는 나 자신을 바라보아야 한다.
> 최악의 경우에 난 운명의 여신의 아들이겠지.
> 그런 어미를 두지 않은 자 어디 있겠는가? 나는
> 계절과 친척이지—네 발의 봄,
> 자만심에 꼿꼿이 선 여름, 비틀거리는 겨울.
> 나는 일어섰다 쓰러지고 다시 일어섰다 쓰러지곤 하지.
> 차고 기우는 한 해와 함께. 그게 내 태생이야.
> 다른 무얼 바라겠어.[62]

---

61 Burgess(2001), 6쪽.
62 Burgess(1981), 390쪽.

6장
각색, 해석 및 영향

1773년에 출간된 셰익스피어에 관한 에세이에서 허더(J. G. Herder)는 프랑스 신고전주의 극작가들이 그리스 비극에 대한 아리스토텔레스의 설명에 맹종에 가까운 집착을 보인다고 비판했다.[1] 허더가 말하는 그들의 실수는 특정한 역사적 시기에 속한 예술 형태를 하나의 보편적이고 규정된 기준으로 끌어올린 점이다. 그렇게 함으로써 그들은 한 시대의 특정한 예술이 그대로 다른 시대의 예술로 옮겨질 수 없다는 사실을 무시했다. 예를 들면 이전 시대에 그 예술이 지닌 본질적 의미를 훼손하지 않고 17세기 프랑스 예술로 옮길 수 없다는 사실을 말이다. 셰익스피어는 이런 실수를 저지르지 않은 것으로 여겨지는데, 역설적이게도 그는 아리스토텔레스의 시간, 장소, 행위의 일치를 지키지 않음으로써, 오히려 그리스 정신에 더 가까우면서도 자기 시대에 의미 있는 것을 표현할 수 있었다고 보았다. 『오이디푸스』의 각색과 번역에 있어서 허더의 이런 구분을, 다양한 자기 인식의 차이 속에서 기원전 5세기 아테네 극장에서 표현된 그리스 사람들의 삶의 경험을 충실하게 담아내는 사람들과, 그 배경을 채택하지는 않지만 그리스의 소재를 세상에 대한 다른 관점들을 표현하기 위해 사용하는 사람들로 분류하는 기준으로 삼을 수 있다. 이런 관점에서 허더는 다양한 종류의 소포클레스 각색과

---

1 Herder(1985), 161~176쪽.

번역을 생각할 때 발생하는 중요한 해석학적 문제를 강조한다.

세네카와 테드 휴스

아테네 비극이 로마 문화에 미친 영향은 대단한데, 시칠리아나 이탈리아 남부의 그리스 식민지들에 있던 극장의 공연에서 그 흔적을 찾아볼 수 있다. 현존하는 로마 비극의 유일한 예인 세네카(Seneca)의 비극 중에 오이디푸스 이야기가 있는데, 르네상스 시대 이전부터 18세기 말까지 세네카의 『오이디푸스』가 그 바탕이 된 소포클레스의 극보다 더 영향력이 있었다.[2]

세네카의 『오이디푸스』는 죄책감에 사로잡힌 오이디푸스가 자신을 코린토스에서 내몬 예언과 자신이 저지른 '살인'이 테베를 덮친 전염병의 원인이라는 확신에 시달리면서 시작된다. "죽음이 이렇게 가까이 있는데 나 혼자 거부할 수 있을까?"[3] 전염병이 불러온 황폐함에 대한 생생한 묘사, 테이레시아스가 주도하는 희생제, 테이레시아스 딸의 동물 내장에 대한 생생한 묘사가 나온다. 자신이 들은 내용에 동요하는 테이레시아스는 라이오스 왕의 망령을 불러내고, 크레온이 이런 테이레시아스의 희생제를 생생하게 묘사한다. 그다음부터는 소포클레스의 플롯을 거의 그대로 따라간다. 즉 오이디푸스가 처남인 크레온이 자신의 왕위를 뺏으려고 음모를 꾸몄다고 비난하고, 폴리부스 왕의 사망 소식을 가지고 온 코린토스 사자가 오이디푸스의 출생에 대해 폭로한다. 양치

2 첫 인쇄본은 1474년에 나왔지만 그 영향은 1세기 전 공연으로 거슬러 올라간다. Seneca(1966), 26ff 참조.

3 Seneca(1966), 78행(212쪽), 76~77행(211쪽).

기를 심문하여 진실이 드러나고, 오이디푸스가 스스로 장님이 된 장면을 사자가 끔찍할 정도로 자세하게 묘사한다. 소포클레스와 달리 세네카의 극에서는 이오카스테가 이 행동이 끝날 때까지 살아 있다가, 오이디푸스가 자신을 어머니라고 부르자 오이디푸스 앞에서 그들의 비극을 운명 탓으로 돌리며 자살한다. 오이디푸스도 그에 전적으로 동의하지만 자신이 희생양이라는 데서 얼마간의 위안을 찾는다.

> 나 가져가리.
> 이 땅을 집어삼킨 치명적인
> 이 역병들을 모조리. 끔찍한 운명이여, 가자.
> 가자, 무서운 모든 질병의 망령, 흑사병,
> 타락, 참을 수 없는 고통!
> 나와 함께 가자! 내게는 이보다 더 좋은 길잡이가 없으리니.[4]

엘리엇(T. S. Eliot)은 세네카 극의 힘을 칭송하면서도 그의 극이 낭송용이기에 한계가 있었다고 본다.

> 그리스극에 나오는 대사를 들으면 우리는 늘 구체적이고 시각적인 현실감을 느끼고, 그 뒤에 깔린 특정 감정도 실제적으로 느낀다. (…) 세네카 극에는 오직 단어뿐이고 그 단어들 뒤에는 현실감이 없다.[5]

이건 좀 야박한 평가이긴 하지만 세네카의 드라마투르기(dramaturgie)를 폄하하는 현대의 경향을 대표하는 것이다. 현대의 평가는 형식과 내

---

4 Seneca(1966), 1056~1061행(251쪽).

5 Eliot(1956), 6~7쪽.

용의 차이, 독자(세네카 극은 자주 공연되지 않았기 때문에 관객은 별로 없었다)들이 소포클레스의 원작을 어느 정도 알고 있기 때문에 여전히 그걸 읽었다는 사실을 고려하지 않고, 세네카의 드라마투르기를 그리스 사람들이 이룬 것을 졸렬히 모방한 작품이라고 평가했다. 그래서 세네카 극을 공연하려면 실험 정신이 강한 감독이 그 운명적이고 결정론적인 세계에 만연한 몽환적인 면에 미적 정의를 부여해줄 혁신이 필요하다.[6] 엘리엇은 부활 가능성에 대한 그의 기독교적 믿음 때문에 세네카의 극들을 이렇게 다루기 힘들어했지만, 세네카 극을 번역하고 자기 버전으로 다시 쓴 테드 휴스(Ted Hughes)는 그걸 해냈다. 그가 세네카의 『오이디푸스』를 바탕으로 쓴 『오이디푸스』는 1968년 런던 올드빅 극장에서 성공적으로 공연되었다. 피터 브룩스(Peter Brooks)가 감독을 맡고 존 길구드(John Gielgud)가 오이디푸스로 출연했다. 이런 성공 덕에 테드 휴스는, 세네카가 소포클레스 극에 담긴 거친 날것의 이교도적인 면모를 잘 담아냈다는 자신의 신념을 주장할 수 있었다.

> 그리스 세계는 소포클레스에 푹 젖어 있었다. 그의 극은 완벽하게 진화해서 유혈적 뿌리에도 불구하고 아주 고상해졌다. 세네카의 『오이디푸스』에 등장하는 인물들은 관습 면에서만 그리스 사람이고 성정 면에서는 원주민들보다 더 원시적이다.[7]

휴스는 19세기 세네카의 『오이디푸스』 번역에서 화려하고 장식적인 빅토리아 시대의 언어를 빼고, 자신이 본 의미의 핵심만 남겼다. 결과적으로 다음 오이디푸스의 첫 대사처럼 세네카의 언어와 별 관련이 없게

---

6 Harrison(2000).

7 Hughes(1969), 8쪽.

되었다.

> 나는 지금도 어둠 속의 장님처럼 그것(두려움) 안에 서 있다. 운명이 나를 위해 마련한 것이 무엇인지 분명히 아는 지금도. 이 전염병이 살아 있는 모든 것을 죽이리란 걸 어찌 모를 수 있겠는가. 그것이 사람이든 나무든 파리든. 비록 지금 나를 살려두더라도 어떤 최후의 재앙을 내게 남겨두었는지를. 온 나라가 생명의 마지막 찌꺼기들을 태우고 있고 그 어떤 질서도 남아 있지 않다. 추악하고 끔찍한 죽음이 집집마다 거리마다. 어디를 바라봐도 꼬리에 꼬리를 무는 장례식과 끝없는 두려움과 흐느낌. 그 모든 것 가운데 나는 여기 멀쩡히 서 있다. 신들로부터 모든 인간들 중에 최악의 운명을 점지받은 자. 신들의 증오와 비난을 받았으나 여전히 형을 선고받지는 않은 채.[8]

오이디푸스는 휴스가 세네카의 『오이디푸스』를 자신의 버전으로 작업하던 바로 그 시기에 쓰고 있던 시집인 『까마귀』(*Crow*)에도 등장한다. 「팔루스를 위한 노래」라는 시에서 오이디푸스는 어머니와 스핑크스를 도끼로 죽인다. 자장가처럼 각운을 맞추고 프로이트를 풍자적으로 사용한 조롱조이기는 하지만, 그 시에는 대단히 여성 혐오적이고 억압적인 면이 있다. 그것은 소포클레스나 세네카에게서 발견되는 것이 아니라 휴스 내면의 악마와 더 관련이 있을 수 있다. 휴스의 시에서 오이디푸스가 스핑크스를 죽일 때, "만 명의 유령들이" 그는 "신이 얼마나 잔인한 몹쓸 존재인지 절대 모르리라"고 소리치며 나온다. 그러고 나서 오이디푸스는 "자기 엄마의 배를 찌르고/ 그녀의 얼굴에 대고 미소 짓는다."

---

8 Hughes(1969), 8쪽.

그는 엄마를 멜론 자르듯 벤다.
끈적끈적한 피에 흠뻑 젖는다.
그 안에 자신이 동그랗게 말려 있는 걸 본다.
그가 태어난 적 없었던 듯.
엄마 엄마[9]

코르네유, 드라이든, 볼테르

17세기 중엽부터 18세기 초까지 『오이디푸스』의 신고전주의적 개작 세 편에 대한 관심과 공연은 분명 소포클레스로부터도 동떨어진 것이었고, 현대 관객의 관심에서도 동떨어진 것이었다. 그 작품들은 거의 다시 무대에 오르지도 않았고 영어로 번역되지도 않았다.

1659년에 출간된 코르네유의 『오이디푸스』(*Oedipe*)는 코메디프랑세즈 극장이 1680년에 개관했을 때 공연되어 대단한 성공을 거두었고, 1729년까지 그 극장의 레퍼토리 중 하나였다. 이 극은 코르네유가 극 초반에 이오카스테·라이오스 왕의 딸인 디르케(Dircé)와 테세우스(아테네 왕)와의 정치적 사랑 이야기를 플롯에 첨가해 고대 그리스극과는 공통점이 거의 없다. 오이디푸스는 테베 왕좌의 계승자인 디르케가 테세우스 왕과 결혼하면 자신의 통치에 위협이 될까 봐 두려워 그 연인들의 결혼을 반대한다. 연극의 마지막 3분의 1 지점에서 방향 전환이 일어나서, 라이오스 유령이 나타나 자기 죽음에 대한 보상을 요구한 뒤로 소포클레스에서 본 오이디푸스의 모습이 나온다. 진실이 밝혀지고 오

9 Hughes(1972), 77쪽.

이디푸스는 자기 운명을 받아들여 스스로 장님이 되고, 오만하지만 비극적인 영웅의 지위를 차지한다. 구원은 기적처럼 역병이 사라지는 형태로 나타나고, 오이디푸스의 자기 처벌로 아버지에 대한 정리가 된 것처럼 보인다. 극의 말미에 디르케의 연인인 테세우스가 "라이오스 왕의 피는 그 의무를 다했고, 그의 망령은 만족했다"라고 말한다.[10]

코르네유가 『오이디푸스』를 쓴 지 20년 뒤에 존 드라이든(John Dryden)과 너새니얼 리(Nathaniel Lee)가 소포클레스 극을 각색해, 코르네유가 프랑스에서 그랬던 것처럼 영국에서 인기를 얻고, 코르네유만큼이나 오랫동안 무대에서 성공을 거두었다. 드라이든과 리의 작업이 정확히 어떻게 나뉘었는지는 알려진 바 없으나 대부분 드라이든이 썼다. 프랑스의 경우처럼 이 극도 무대에서 성공하려면 뭔가 덧붙여야 한다고 느낀 드라이든이 코르네유의 사랑 서브플롯의 아이디어를 모방했다. 이번에는 라이오스의 딸이자 오이디푸스의 의붓딸인 에우리디케가 아르고스 왕인 아드라스투스와 사랑에 빠진다. 이 서브플롯은 사악한 곱사등이 크레온이 에우리디케를 탐해서, 그녀를 죽이고 아드라스투스와 싸우다 죽음으로써(아드라스투스도 죽는다) 더 정교해진다. 자코비언 시대[11]의 스타일인 유혈 대학살은 이오카스테가 자신뿐만 아니라 자식들도 죽이고, 오이디푸스가 테베 왕궁의 성벽에서 뛰어내리면서 완결된다. 호색적인 에로티시즘이 더해져 비극적 파국이라기보다 멜로드라마 같은 것에 양념을 더했다. 드라이든이 소포클레스를 공공연히 칭송했음에도 불구하고, 전반적으로 이 극은 아테네 극보다는 세네카나 코르네유에 가깝다는 것이 입증되었다.

볼테르의 『오이디푸스』(*Oedipe*)는 감옥에서 1817년에 쓴 그의 첫

---

10 Corneille(1980~1987), V, 9(2004~2005행).

11 영국 스튜어트 왕조의 제임스 왕들 재위 시대(옮긴이).

희곡이다. 이미 앞에서 언급했듯이 그는 '오이디푸스에 관한 편지'라는 글에서 이 극의 플롯에는 신빙성이 떨어지는 면이 있다고 썼다.[12] 그는 라이오스 왕이 죽은 지 20여 년 만에 누가 살인자인지 조사하는 것을 받아들이기 어렵다고 생각했다. 볼테르의 각색에서는 그 기간을 4년으로 줄이는데, 그중 2년은 살인 후 오이디푸스가 테베로 오는 데 걸린 시간이다. 역시 합리성을 고려하여 볼테르는 오이디푸스를 단서들을 빠르고 분별력 있게 이해해서 자신이 아버지를 죽였다는 것을 깨닫는 계몽적인 통치자로 묘사했다. 근친상간에 대해서는 나중에 밝혀지는데 그 부분은 극 전개상 덜 중요하다. 늘 이오카스테를 사랑했던 필록테테스(Philoctetes)가 테베에 나타나서, 시민들에 의해 라이오스 왕의 살인자로 기소되는 장면에 낭만적 서브플롯이 도입된다. 하지만 이 이야기는 성공적이지 못해 막간극 정도이지, 코르네유나 드라이든의 서브플롯처럼 주플롯에 통합되지 못한다. 극은 오이디푸스가 장님이 된 뒤 이오카스테가 칼로 자살하면서 끝난다.

어느 비평가는 코르네유, 드라이든, 볼테르의 각색들을 보고 왜 그들의 버전이 소포클레스의 극보다 질적으로 열등해 보이는지 묻는다.

> 그것들은 파생물이라기보다 어떤 의미에서 축소판이다. 그들은 소포클레스 극에서 합리성보다 더 중요해서 결국 설명이 필요 없는 것을 의지니 열정이니 도덕성이니 하는 용어들로 설명하고 있다.[13]

---

12 Voltaire(1877).

13 Burian(1997), 247쪽.

횔덜린, 니체, 하이데거

횔덜린은 1802년에 독일어 번역을 마쳤으나 2년 후에 출간할 때까지 재작업을 계속 이어갔다. 데이비드 콘스탄틴(David Constantine)의 영어 번역은 횔덜린 번역이 이탈리아어로 번역된 지 10년 후, 그리고 프랑스어 번역이 나온 지 3년 후인 2001년에 출간되었다. 횔덜린의 번역과 그것이 세 개 언어로 번역된 덕분에 소포클레스 극의 가장 시적인 버전들을 읽을 수 있게 되었고, 시적인 면에 있어서는 더 나은 것을 상상하기 어렵게 되었다. 독일어 판이 출간되고 나서 비평가들은 실망했다. 그들은 독일어를 희화화한 것 같은 점에 놀랐고, 왜 그렇게 언어를 한계점 너머까지 끌고 가야 하는지 이해할 수 없었다(1921년에야 무대용 버전이 나왔다). 횔덜린이 그리스어 구문과 개별 단어의 자구적 의미에 해당하는 표현을 되살리려고 노력하면서 언어를 혹사한 것이 바로 그의 번역을 그리도 빛나게 만들었고, 콘스탄틴은 그걸 영어로 잘 살려냈다.

횔덜린은 그리스어 학자가 아니었기 때문에 그의 번역에는 수백 개의 언어학적 오류가 있다. 그중 상당수는 그가 16세기 중반의 그리스어 판본을 사용한 탓이다. 하지만 그것은 앞서 언급한 비평가들이 코르네유, 드라이든, 볼테르의 번역에서는 볼 수 없었던 용기 있고, 감동적이고, 정확한 번역으로 자리매김했다. 그건 '합리성보다 더 중요한' 것인데 시적 표현의 독창성을 잃지 않았다는 점이다. 예를 들어 오이디푸스와 테이레시아스 장면에서 젭이 아주 자구적으로 번역했지만 시행의 구분을 없앤 7행이 있다.

그리고 폐하의 비명이 머물지 않는 항구가 어디 있으리오, 키타이론 산의

> 어느 곳이 곧 그 비명으로 울리지 않으리오. 폐하가 그렇게 아름다운 여행을 마치고 치명적인 안식처로 삼은, 그 집안에서, 그 결혼의 의미를 알았을 때? 또한 폐하가 상상하지 못한 수많은 다른 잘못들은 폐하와 폐하 자식들을 동급으로 만들어줄 것이오. (419~425행)

횔덜린은 젭과 똑같은 행수로 그리스어에 놀랄 정도로 충실하면서도 자신의 시적 힘을 살리는 번역을 했다. 그의 시적 힘을 아주 간결하지만 난해한 "거기에는 해안이 없소"라는 표현 속에 응축해냈다.

> 그리고 어느 항구가 폐하의 비명으로
> 가득치 않고, 키타이론 산 어느 곳이 폐하의 비명을 메아리치지 않으리오?
> 그 결혼을 폐하 여행의 좋은 정박지라고
> 생각하십니까? 거기엔 해안이 없소. 폐하가
> 저질렀다고 생각지 않는 다른 악행들도
> 폐하와 폐하 자식들을 똑같이 파멸시킬 것입니다.[14]

횔덜린은 『오이디푸스』에 관한 글도 썼는데 아주 난해하지만 매우 흥미로운 글이다. 그는 비극이란 "외양이라는 수단을 통해 사물들의 특이성에 주목하는" 것이라고 말했다. 그래서 비극에는 "중간 휴지"(caesura), 즉 사물의 유한성에 주목하게 만드는 중단 혹은 분열 상태가 필요한데, 소포클레스의 극에서는 오이디푸스와 테이레시아스의 만남에서 이것이 발생한다고 말한다. 그는 오이디푸스가 사제가 와서 적절한 정화 의식을 수행하기를 기다리는 대신 크레온의 보고에 너무 빨리 반응

14 Hölderlin(2001), 28쪽.

했다고 생각한다. 그는 크레온에게 계속 질문을 해서 꼭 필요하지 않은 조사를 하게 된다. 횔덜린은 오이디푸스가 크레온이 보고한 신탁을 신의 명령이라고 생각해 '지나치게' 반응함으로써, 사제의 역할을 가로챘다고 생각한다. 그래서 그 의지력 때문에 스스로를 통념에 어긋나는 영역으로 밀어 넣어, 오로지 신에게만 허락된 완벽한 명료함을 요구한다. 그는 현재의 진실, 그리고 밝혀질 미래를 자신의 출생의 비밀과 통합해 자신에게 허락된 것 이상의 지식 상태에 이르고자 한다.[15] 오이디푸스의 주이상스(*Jouissance*)[16]는 그의 일탈이 인간의 영역을 넘어 신에게만 어울리는 영역, 즉 횔덜린이 말하길 "죽은 자들의 영역"이라고 하는 곳까지 이르러서야 끝난다. 그렇게 다른 영역과의 융합은 역설적이게도 비극을 규정하는 '분열', 즉 성숙되지 못한 천성과 의식 사이의 변증법적 분열을 초래한다.

> 비극은 주로 이런 점에 있다. 신과 인간의 기괴한 짝짓기, 자연의 힘과 인간의 깊은 내면에 대한 분노에서 발생한 무한 융합을 철저하게 분열시킴으로서 그런 무한 융합에 대해 불러일으키는 카타르시스에서 포착되는 것이다.[17]

너무 압축된 스타일의 글쓰기로 인해 횔덜린이 말하는 바를 따라잡기란 어렵지만 분열을 초래하는 짝짓기에 대한 말은 오이디푸스에 대한 그의 견해를 보여준다. 오이디푸스는 자기주장이 지나치게 강하고 광적인 기질 때문에, 라이오스 왕의 피를 흘린 자를 처벌하라는 신탁의

15 Fóti(2006), 107쪽.
16 고통스러운 쾌락(옮긴이).
17 Fóti(2006), 67쪽.

요구를 수행하도록 자신을 밀어붙인다. 횔덜린이 말하는 "인간의 가장 깊은 내면"은, 이오카스테가 오이디푸스에게 "목숨이 아깝거든/ 조사를 그만두세요"라고 말하지만 오이디푸스가 조금도 위축되지 않을 때 드러난다.

> 깨질 것은 깨지게 하시오. 나는 내 혈통을
> 알아야겠소. 아무리 천한 혈통이라 하더라도 알고 싶소. (…)
> 나와 같은 시간에 태어난 달들도 커졌다 작아졌다 하며
> 내 주위를 돌고 있소.
> 나도 그리 태어났으니 벗어나지 못할 거요.
> 그렇지만 내가 누구인지는 제대로 밝혀내겠소.[18]

그의 글에서 횔덜린은 마침내 오이디푸스의 완고한 지성주의와 진실 사이의 '철저한 결렬'이 그를 덮칠 때까지 어떻게 오이디푸스의 호기심이 고집을 꺾지 않는지를 설명하기 위해 위 대사에 대해 다음과 같이 언급한다.

> 바로 이 모든 것에 대한 의문, 모든 것에 대한 해석 때문에 결국 그의 정신은 거칠고 단순한 하인들의 말에 패배당하는 것이다.[19]

지나친 지식 추구는 비극으로 끝날 수 있다는 생각은, 첫 행에서 따와 "사랑스러운 푸르름 속에서"('In lieblicher Bläue')라고 불리는 산문시의 시행들과 일치한다. 이 시는 횔덜린이 썼다고 알려져 있으나 분명하

18 Fóti(2006), 49쪽.
19 Fóti(2006), 67쪽.

지는 않다. "인간은 빛을 지닌 달과는 다른 눈을 지녔네. 오이디푸스는 너무 많은 눈을 지녔는지도 모르네. 그의 고통은 형언할 수도, 말할 수도, 표현할 수도 없네."[20]

니체는 횔덜린을 존경하고 칭송하며 읽었고 그리스 비극, 특히 『오이디푸스』에 대한 자신의 관점 때문에 횔덜린이 소포클레스 극에 대한 글에서 표현하고자 애썼던 바를 이해할 수 있었다. 바젤대학교에서 그리스학과 교수로 10년간 재직했던 니체는 그리스 비극을 가르쳤는데 자필 강의 개요가 많이 남아 있다. 그것들은 그가 그리스인들의 이원적인 사고방식, 즉 질서와 자기 통제를 대표하는 아폴론적 성향과 그 반대로 그가 디오니소스적이라고 부른 과도하고 파괴적인 충동을 어떻게 소개했는지 보여준다. 이런 생각은 1872년에 출간된 지적인 역작 『비극의 탄생』으로 발전했고, 니체의 인습 타파적인 사상을 받아들이지 않는 학계에 엄청난 실망을 안겨주었다.

니체는 소포클레스의 오이디푸스를 "죄가 없는데" 받아 마땅하지 않은 고통을 당한 인물로 생각했고, 그런 그에게 마음이 끌렸다.[21] 그는 오이디푸스를 금단의 영역에 자기도 모르게 들어갔다가 실재계를 직면하게 된 사람이라고 썼다. "어떻게 자연은 아주 패륜적인 위반에 의해서만 밝혀질 수 있는 비밀스러운 일들을 하지 말라고 강요할 수 있는가?" 천륜을 전멸의 심연 속으로 내던진 사람은 개인적으로 그 영향을 받으면서 천륜의 파괴를 경험해야만 한다.[22] 이것이 디오니소스적 지혜, 즉 인생의 무의미함이라는 심연에 대한 통찰력의 바탕이다. 그리고

---

20 Fynsk(1993), 257쪽에서 재인용. http://glennwallis.com/blog/tag/friedrich-holderlin(2011년 10월 1일 접속)도 참조할 것.

21 Nietzsche(2000), 54쪽(9장).

22 Nietzsche(2000), 55쪽.

거기에 뒤따라오는 염세주의는, 소포클레스의 비극이 현상계와 자기 확신에 대한 믿음을 지탱해주는 환상에 대한 존경을 고이 간직한 아폴론적인 미학도 품고 있기 때문에 견딜 만하다. "그리스 극에서 가장 고통스러운 인물"인 오이디푸스는 디오니소스적인 면과 아폴론적인 면의 독특한 혼성을 구현한다.

> 감히 태양을 응시하려고 시도한 뒤에 소위 그 처방으로 우리 눈앞에 검은 점들이 생겨 앞이 안 보인 채 시선을 돌려야 한다면, 소포클레스 영웅에 투사된 이미지는 이와 반대다. 즉 그 가면극의 아폴론적인 면은 자연의 끔찍한 내면을 들여다봄으로써 생기는 필연적 결과, 즉 끔찍하게 어두운 것을 봐서 손상된 눈을 치유하기 위한 밝은 반점이다.[23]

하이데거도 아테네 극에 형이상학적 무게를 불어넣었는데, 비록 자신의 철학적 용어들로 표현하긴 하지만 니체와 아주 다른 것은 아니다. 그는 1930년대 중반에 쓴 『형이상학 입문』(*Introduction to Metaphysics*)이란 책에서 "오이디푸스 왕은 어쩌면 너무 많은 눈을 가진 것 같다"라는 횔덜린의 글을 긍정적으로 언급한다. 하이데거는 고대 그리스 비극의 성취는 존재(Being)를 드러낸 점에 있다고 보았고, 오이디푸스에 대해서는 '외견'(seeming, 겉에 드러난 모습)에서 내동댕이쳐진 자라고 썼다.

> 이 '외견'은 오이디푸스가 주관적으로 자신을 바라보는 것일 뿐만 아니라 그의 존재가 드러나는 것이기도 하다. 결국 그의 존재에서 아버지 살해자

23 Nietzsche(2000), 53쪽.

> 요 어머니를 범한 자라는 것이 드러난다. (…) 오이디푸스는 숨겨진 것을 밝히려고 나아간다. 그렇게 함으로써 그는 결국 자신의 눈을 도려내야만 견딜 수 있는 폭로 속으로 한 발 한 발 자신을 밀어 넣는다.[24]

하이데거에게 오이디푸스는 "존재의 베일을 벗기고자 하는 열정"의 본보기다. 이것이 그가 횔덜린의 시에서 다음 시행을 이해하는 방식이다. "이렇게 많은 눈이야말로 그들의 유일한 형이상학적 토대일 뿐만 아니라 모든 위대한 질문과 인지를 위한 기본 조건이다. 그리스인들의 지식과 과학은 이런 열정의 산물이다."[25]

정신분석학과 『오이디푸스』

코르네유와 볼테르의 『오이디푸스』를 공연했던 파리 코메디프랑세즈 극장에서 1881년에 시작된 〈오이디푸스〉 공연은 거의 30여 년 전에 출간된, 2행씩 각운을 맞춘 운문 번역을 사용했다. 주인공 역은 이미 프랑스의 최고 배우 중 한 명이었던 장 무네-술리(Jean Mounet-Sully)가 맡았다. 무네-술리의 명성은 오이디푸스 역으로 한층 더 치솟아서 공연이 전 유럽에서 대성공을 거두는 데 한몫을 했다.[26] 이 공연을 본

24 Heidegger(2000), 112쪽.

25 Heidegger(2000), 112~113쪽.

26 무네-술리는 회고록에서 자기가 했던 역에 대한 소감을 말했다. "나는 오이디푸스에게서 자신의 운명에 저항하는 인물을 보았다. 그는 자신의 능력에 대해 자만했다. 그는 신들의 명령에 따르지 않고 예언에 복종하지 않았다. 예언을 피하려다가 그것들이 실현되게 만든다. 그는 권위를 시샘하는 신들이 놓은 덫에 걸린다. 이 강인한 남자는 오만하여 신을 거역하려는 인간성의 진수를 지니고 있다. 그는 절대 독수리를 보지 못하는 프로메테우스다. 그의 비명은 보이지 않는 쇠사슬을 흔드는 소리 같다. 오이디

지그문트 프로이트는 1873년에 소포클레스의 극을 처음 읽었고, 그의 전기작가에 따르면 그 공연은 "그에게 아주 깊은 인상을 주었다."[27]

프로이트가 본 오이디푸스는 리비도적으로 볼 때 죄가 없다. 프로이트는 『꿈의 해석』에서 아버지를 죽이고 어머니와 자고 싶은 욕망에 대해 쓸 때 이 극을 언급하지만, 오이디푸스에 대해 정신분석학적 설명을 하지는 않는다. 그는 『오이디푸스』가 흔히 운명에 관한 비극, 신의 의지의 냉혹함 vs 그에 저항하는 인간의 무모한 노력으로 이해되지만, 이런 점이 이 극의 매력일 수는 없는데, 그 이유는 다른 극작가들도 같은 주제의 스토리를 썼지만 『오이디푸스』처럼 심기를 건드리지는 않기 때문이라고 설명했다.

> 그의 운명이 우리를 사로잡는 유일한 이유는 그것이 우리 운명일 수도 있고, 우리가 출생하기 전에 똑같은 저주를 담은 신탁이 그에게처럼 우리에게도 내려졌기 때문이다. 우리는 모두 어머니에게 처음 성적 충동을 느끼고 아버지에게 가장 먼저 증오를 느끼고 폭력을 행사하고 싶은 욕망을 느낀다. 우리가 꾸는 꿈이 그걸 수긍하게 해준다.[28]

푸스는 맹목적인 운명에 대한 본능과 지성의 저항과 궁극적인 인간의 패배를 상징한다." Armstrong(1999)에서 재인용.

27 Jones(1953), 177쪽.

28 Freud(2006), 276쪽. 『정신분석학 입문』에서 프로이트는 이 극이 호소력을 지닌 그 '비밀스러운' 성격을 강조했다. "소포클레스의 비극이 관객들로부터 성난 불평을 야기하지 않은 것은 놀랍다. (…) 그것은 기본적으로 이 극이 비도덕적이지만 사회법에 대한 개인의 책임을 제쳐두고, 그런 범죄를 점지한 신들의 강제를 보여주어, 그 범죄를 피하려는 인간의 도덕적 본능을 무기력하게 만들었기 때문이다. 이 신화 이야기가 운명과 신들을 비난하려는 것이라고 믿기 쉽다. (…) 그러나 경건한 소포클레스에게는 그런 의도가 없었다는 것은 분명하다. 비록 신들이 범죄를 점지한 것이라 해도 신들의 의지에 머리를 조아리는 것이 최고의 도덕이라고 선언하는 종교적 섬세함이 소포클레스가 그런 어려운 문제에서 벗어나게 해준다. 나는 이런 도덕적인 면이 이 극

프로이트에 따르면 우리가 그런 욕망의 주체이기 때문에 소포클레스 극이 우리를 감동시키는 것이다. 프로이트는 이오카스테가 어머니와 성관계를 하게 될까 봐 두려워하는 오이디푸스를 안심시키기 위해, "사람들은 흔히 그런 행동을 꿈속에서 하지요"(981~984행)라고 말한 것을 상기시킨다. 그리고 (남성) 관객은 자신 안에서 억압되어온 욕망을 인정하지 않을 수 없다. 또한 오이디푸스가 경험한 탐색 과정은 정신분석에서 분석 대상자들이 수행하는 자기 발견 과정과 동일하다.

프로이트는 『꿈의 해석』(1899)에서 소포클레스의 『오이디푸스』가 관객들에게 왜 그렇게 깊은 인상을 주는지를 설명하고, 많은 세월이 지난 1910년에 오이디푸스 콤플렉스라는 용어를 처음 사용했다. 그 용어는 오이디푸스적인(Oedipal)이라는 말만으로도 떠오르는 친숙한 개념이 되었다. 정신분석학에서 사용되는 것 말고도 여러 버전이 생겨나고 재해석 과정을 겪으면서, 요즘엔 오이디푸스 콤플렉스라는 말이 어떤 사람의 행동이나 동기를 이해하기 위한 진지한 시도라기보다는 농담처럼 사용된다. 그러나 무의식의 힘에 대한 믿음만은 줄어들지 않았다. 『프로이트와 오이디푸스』라는 책에서 피터 루드니츠키(Peter Rudnytsky)는 이 극에서 공개적으로 인정할 수 없는 것을 인지하지 않으려고 억압하면서 갈등을 겪는 오이디푸스를 보았다. 벨라코트는 오이디푸스가 자신이 진실이라고 알고 있는 것을 몰래 감추고 있다고 본 반면, 루드니츠키는 그가 그 비밀을 무의식에 묻어두고 있다고 보았다. 오이디푸스가 테이레시아스에게 화를 내는 이유는 그 예언자가 오이디

이 지닌 미덕 중 하나라고 믿지는 않지만 그것이 주는 효과는 부정하지 않는다. 그 효과란 관객이 그것에 무관심하게 만드는 것이다. 관객은 그 도덕적 가르침에 반응하는 것이 아니라 그 신화 자체의 비밀스러운 의미와 내용에 반응한다. 그들은 마치 자아분석을 통해 자신에게서 오이디푸스 콤플렉스를 발견하고, 신들의 의지와 신탁이 미화시킨 자신의 무의식임을 인식한 것처럼 반응한다." Dawe(2006), 2쪽에서 재인용.

푸스가 억압해온 것에 대한 관심을 끌어내기 때문이다. 오이디푸스와 테이레시아스는 "한 영혼의 반쪽들"이다.[29] 마찬가지로 델포이 신탁은 오이디푸스가 자신의 부정과 싸우게 만드는 정신적 강박관념을 구현한 것이다. 또 다른 정신분석학적 해석은 그의 오이디푸스 콤플렉스 경향을 인정하면서도, "날 때부터 부모에 의해 신체가 훼손되고 버림받은 것에 대해 오이디푸스가 느끼는 나르시시스트적 분노"도 발견한다.[30]

아일랜드의 『오이디푸스』

1904년 애비 극장 설립에 기여한 W. B.예이츠는 『오이디푸스』가 영국 대중 극장에서는 금지되었으나 아일랜드에서는 그렇지 않았던 때에 이 극을 공연하고 싶어 했다.[31] 그 극은 1887년에 케임브리지에서 그리스어 원전으로 공연되었으나, 기득권층인 엘리트 대학 관객들에게 이런 식으로 공연하는 것은 6년 전 매사추세츠주 케임브리지에 있는 하버드 대학교 학생들이 역시 그리스어로 공연했을 때처럼 당국을 곤혹스럽게 하지는 않았다. 하버드 공연은 대성공을 거두어 6천 명이 관람했고 연출에 대한 상세한 설명이 1882년에 출간되기도 했다.[32]

---

29 Rudnytsky(1987), 269쪽.

30 Lee Miller(2007), 229쪽.

31 이것은 길버트 머리가 예이츠에게 소포클레스는 아일랜드에 잘 어울리지 않으니 그 대신 아이스킬로스를 찾아보라고 권하기 전의 일이다(머리는 『페르시아 사람들』과 『결박된 프로메테우스』를 권했다).

32 "잠시 휴지(休止)가 있은 뒤 왕궁의 거대한 문들이 활짝 열리고 오이디푸스의 시종들이 들어와 양쪽에 자리를 잡는다. 그들은 거의 무릎까지 내려오는 얇은 연보라색 튜닉을 입었다. 그들의 시선은 왕궁 안을 향하고, 거기서 잠시 뒤 오이디푸스가 들어온다. 그의 왕복은 자줏빛 실크로 번쩍였다가 붉은 황금으로 번쩍였다가 한다. 그의

대중 극장에 대한 검열(당시 영국에서는 근친상간을 범죄로 규정했다)은 분노를 야기할 수 있었고, 극작가 헨리 아서 존스(Henry Arthur Jones)는 다음과 같이 당국을 위축시키는 말을 했다.

> 물론 지금 상당히 많은 영국 사람들이 우연이든 고의로든 자기 어머니와 결혼을 하려고 한다면 당장 공연을 금지해야 한다. 그러나 그런 일은 영국 사회의 어떤 계층에서도 흔히 일어나지 않는다. 내 평생 동안 그런 욕망을 지닌 사람을 여섯 명 이상 만나지 못했다.[33]

그래서 예이츠는 아일랜드 무대에 『오이디푸스』를 올려 자기 나라를 지배하는 영국 기득권층의 속물근성을 폭로하고 싶었다. 예이츠는 길버트 머리를 포함해 번역 가능한 사람들과 접촉했으나 별 소득이 없었다. 예이츠가 『오이디푸스』나 기타 소포클레스의 극을 올리고 싶어 했던 1907년에 애비 극장에 오른 공연은 그 유명한 폭동을 불러일으킨 싱(John Millington Synge)의 『서구 세계의 플레이보이』(*The Playboy of the Western World*)였다. 이 극도 아버지 살해에 관한 극으로 싱이 『오이디푸스』를 읽으면서 공연에 대해 생각하다가 쓴 것이다. 예이츠는 주로 젭의 번역과 1911년에 나온 길버트 머리의 번역을 바탕으로 한 자기 버전의 『오이디푸스』를 올려야겠다고 결심했다. 이때쯤에는 영국에서 그 극의 공연 금지가 철회되어, 예이츠는 1912년 런던에서 막스 라인하르트의 〈오이디푸스〉 공연을 보았다. 그러나 관심이 사라져서 그가 다시 이 프로젝트를 시작하기까지 14년이 흘렀다. 마침내 예

진홍색 튜닉과 하얀 샌들 위에 달린 금장식들이 반짝인다. 그의 긴 겉옷은 그에게 위엄을 부여하고 키가 커 보이게 한다." Norman(2010), 68~69쪽.

33 Clark and McGuire(1989), 3쪽에서 재인용.

이츠 버전은 1926년 애비 극장에 올랐다. 그리스어 원전으로 작업하지 않았던 예이츠는 1928년에 출간하기 전에 번역본을 수정해 최종 번역본은 좀 더 시적인 『오이디푸스』 각색 중 하나가 되었다.[34]

예이츠는 그 극의 운명적 요소를 간결하게 응축해 에센스만 남겨서 당시 어떤 편지에서 썼듯이 "한 편의 영웅전설처럼 건조하고 딱딱하고 자연주의적으로" 만들었다.[35] 그는 시적 효과를 높여줄 어휘들을 반복해서 근원적이고 엄숙하고 숭고한 극을 만들고자 했다. 그래서 극 초반에 "이제 죽음은 대유행이어서 죽음의 신조차 죽었다"는 그리스어 원전에 없는 대사를 코러스 장이 하게 한다.[36] 이 극이 1926년에 공연되었을 때 예이츠는 코러스를 오케스트라 석에 있게 하고 코러스 장만 무대 위에 올라가게 해서, 테베의 폴리스에서 근친상간을 저지른 고대 그리스인이라기보다 만인(萬人)을 대표하는 원형적 인물이 등장하는 실존주의 극을 만들고 싶었음을 보여주었다. 테베의 슬픔을 노래하는 제2대조악절(179～202행)을 죽음에 반대하는 탄원을 넣기 위해 통째로 삭제했고, 제1정립가(463～512행)도 일부 삭제한 반면 젭이 충실하게 번역한 '눈 덮인 파르나소스 산'(475행) 행과 '세상의 중심 신전'(480행) 행은 더 늘렸다.

산맥들이 교차하는 신성한 파르나소스 산의 봉우리
남북으로, 동서로 뻗어나가는
산맥들

---

34 예이츠의 극과 그가 저본으로 삼은 젭의 번역과의 비교는 Grab(1972)과 Macintosh(2008)를 참조할 것.

35 Foster(2003), 338쪽.

36 Yeats(1967), 480쪽.

그것이 세상의 배꼽이기에 모든 이들이 이 산을 찾게 된다.[37]

이것은 그리스 원전보다 뉴에이지 신비주의나 예이츠의 나선형과 더 관련이 있다. 그리고 그는 근친상간을 언급하는 소포클레스의 대사들(420~425, 457~461, 821~822, 976행)을 상당 부분 삭제했다. 예이츠는 코러스가 "어떻게 아버지가 갈아놓은 이랑이 당신을 받아들이는 걸 견뎠을까"(1212행)라고 묻는 대목에 뜻밖에도 신체적 묘사를 첨가했다.

그러나 혼인 침대를 찾던 그는 자기가 탄생한 침대를 찾아
아버지가 경작한 밭을 경작하며, 그 풍성한 땅에
씨를 뿌렸다.
그가 울면서 나온 문 안으로 들어갔다.[38]

소포클레스의 스토리는 변하지 않았지만 젭의 번역에 불어넣은 예이츠만의 시적인 어조가 그의 극을 개작으로 만들었다. 그럼에도 불구하고 그것은 개작보다는 번역으로 여겨졌고, 그것도 아주 영향력 있는 번역으로 여겨졌다. 왜냐하면 그 극이 로렌스 올리비에(Laurence Olivier)가 오이디푸스 역을 맡은 1946년 런던 올드빅 극장의 전설적인 공연,[39]

---

37 Yeats(1967), 488쪽.

38 Yeats(1967), 511쪽.

39 "눈먼 오이디푸스 왕으로서 그는 끔찍하고 외로운 고통의 비명을 질렀는데 나는 그걸 잊지 못할 것이다. 나는 그가 어떻게 그렇게 연기했는지 말한 것을 기억한다. '우선 나는 여우를 생각했어요. 발이 덫에 걸린 여우들.' 그러면서 그는 무기력하게 자기 손목을 내밀었다. '그리고 나는 사람들이 족제비를 어떻게 잡는지 들은 적이 있어요. 그 얘길 들은 게 아주 도움이 되었어요. 북극에서는 소금을 놓아두면 족제비가 그걸 핥으러 와요. 족제비들은 혀가 얼어 얼음에 달라붙어서 잡히지요. 내가 오이디푸스 역

1950년대에 캐나다에서 타이론 거스리(Tyrone Guthrie)가 연출한 공연, 그리고 1972년 더블린의 애비 극장 공연을 포함해 많은 〈오이디푸스〉 공연의 저본으로 사용됐기 때문이다.[40] 캐나다 온타리오주 스트랫퍼드에 있는 극장에서 타이론 거스리가 연출한 공연은 곧 영화로 제작되어, 1957년 〈오이디푸스 왕〉(*Odeipus Rex*)이란 제목으로 개봉되었다. 소포클레스 극에 대한 거스리의 시각은 1950년대에 계속 영향력을 발휘한 아테네 극 인류학적으로 읽기의 표본이 되었다. 그 영화는 한 왕의 희생에 대한 내레이션으로 시작하는데 그의 저서 『극장에서의 삶』(*A Life in the Theatre*)(1960)에서 거스리는 "『오이디푸스 왕』이라는 신성한 극에서 배우는 희생물을 상징하는 연기를 했다"[41]라고 썼다. 『오이디푸스』를 연출하면서 그는 사실적 효과를 추구하지 않고 배우들이 커다란 가면을 쓰게 함으로써 심리적으로 납득이 가는 공연을 추구하지 않았다.

아일랜드 작가인 데릭 머혼(Derek Mahon)과 프랭크 맥기네스(Frank McGuinness)도 『오이디푸스』를 썼다. 머혼은 『오이디푸스』와 『콜로노스의 오이디푸스』를 합쳐서 하나의 극으로 만들었다. 그는 이 두 작품을 "오이디푸스의 운명이라는 큰 테두리로 엮을 수 있는 하나의 극"[42]으로 보고, 이 통합적 접근에 맞는 텍스트로 변형시켰다. 예를 들

을 하며 비명을 지를 때 나는 그 갑작스러운 고통을 생각했어요.'" 로렌스 올리비에가 오이디푸스 연기에 대해 말한 것에 대한 존 모티머(John Mortimer)의 회상. http://www.nationaltheatre.org.uk/11553/laurence-olivier/john-mortimer-remembers-sir-laurence-olivier.html(2011년 10월 1일 접속).

40 에이츠 버전은 뉴욕에 있는 액터스 스튜디오에서 알 파치노(Al Pacino)가 오이디푸스 역을 맡은 공연에서도 사용될 예정이었다. 2000년에 공연될 예정이었으나 실현되지 않았다.

41 Macintosh(2008), 541쪽에서 재인용.

42 Mahon(2005), 9쪽.

어 오이디푸스가 그의 부모 얘기를 하는 눈먼 예언자의 말(435ff)에 당황하는 장면에서 페이글스(Robert Fagles)는 더 많은 정보를 요구하는 오이디푸스에게 하는 대답을 "오늘 당신의 출생과 파멸이 올 겁니다"라고 아주 자구적으로 번역했다. 몇 년 후 콜로노스에서 벌어진 사건들까지 아우르는 극을 쓰면서 머혼은 그 대답을 "당신은 오늘 태어나 낯선 새 삶을 시작할 것이다"라고 해서 좀 더 긴 시간 간극을 제시했다.[43]

프랭크 맥기네스는 조너선 켄트(Jonathan Kent)가 감독을 맡고, 랠프 파인즈(Ralph Fiennes)가 오이디푸스 역을 맡아 현대 의상을 입고 등장하는 국립극장 공연을 위한 텍스트를 만들었다. 그 공연은 2008년에 개막되어 일부 연극 비평가들의 호평을 받았지만, 모두가 그렇게 생각한 것은 아니었다. 일부 비평가들에게는 밋밋하고 별 감동이 없었는데, 이는 연기 탓이 아니라 연출과 전통적이고 고르지 못한 텍스트 때문이었다.[44] 1996년에 피터 홀(Peter Hall)이 같은 극장에 올린 〈오이디푸스〉는 감동적이었다. 이때는 가면을 쓴 배우들이 대단히 의례적인 동작들을 했다. 그런데 회색 현대 양복을 입은 열네 명의 남성이 코러스로 등장한 2008년의 연출은 전혀 그리스극 같지 않았다. 맥기네스는 소포클레스 극에 대해서는 "대단히 남성적이고, 철저하게 남자의" 극이라고 하고, 자신의 국립극장 공연용 버전에 대해서는 아버지의 죽음에 대해 "고통스레 울부짖는 한 인물"의 이야기라고 말했다.[45]

43 Mahon(2005), 25쪽.

44 다른 종류의 오염 때문에 야기된 생태계 파괴와 관련 있는 다국적 석유회사인 쉘(Shell)사의 후원을 받는 테베 땅이 생태계 파괴를 겪는 스토리에도 아이러니가 있다. www.indymedia.org.uk/en/2008/10/411200.html(2011년 10월 1일 접속).

45 http://podcasts.ox.ac.uk(2011년 10월 1일 접속)에서 볼 수 있는 인터뷰에서 재인용.

구어체로 쓴 오이디푸스

1980년에 초연된 스티븐 버코프(Stephen Berkoff)의 『그리스인』(*Greek*)에서 고대 테베의 비극적 영웅은 1980년대 런던에서는 더 이상 비극적 영웅이 아니다. 여기에는 프로이트가 들어설 여지가 없으나 딱 한 가지 아주 중요한 예외가 있다. 소포클레스 극의 필수 요소들 대부분이 현대적 대응물로 대체되었다. 어떤 아이의 아버지가 맞이할 죽음과 "죽음보다 더 끔찍한 것은 자기 어머니와 성관계를 갖는 것"이라고 예언하는 집시 점쟁이가 나온다. 역병은 에디(Eddy)의 박탈당하고 가난한 환경으로 바뀌었다. 에디는 가출을 하고 어느 날 카페의 매니저와 언쟁 끝에 그를 죽이게 되고 나중에 그의 아내와 결혼한다. 그리고 그녀에게 "우리 사랑은 운명 같아, 안 그래?"라고 말한다. 에디를 입양했다는 사실을 어떻게 말해야 할지 걱정하는 양부모에 의해 운명이라는 단어도 환기된다. "지금 말해서 끝장낼 수는 없어./ 운명이 알아서 우리에게 던져준 역할을 하게 만들겠지." 에디는 스핑크스의 수수께끼를 풀어서 성공하고, 행복하게 결혼을 한다. 그 수수께끼의 마지막 부분에는 성행위를 비꼬는 내용이 담겨 있다(저녁에는 여자 때문에 발기해서 세 번째 다리가 나온다). 에디의 부모가 그가 어떻게 입양되었는지를 말하고, 이 이야기를 들은 에디의 아내가 수년 전에 잃어버린 아들의 정황과 일치한다는 것을 깨닫는 장면이 나온다. 에디는 충격을 받아 "도시를 정화하고 싶어/ 스핑크스를 죽여 역병을 막은 내가/ 그런 내가 모든 악취의 원인이었다니./ 원칙적인 사람이 어머니와 성관계를 한 사람이라니"라고 말하지만, 그는 자기 아내이자 엄마 곁에 머물기로 결심한다. "우린 그저 사랑할 뿐이에요. 그게 뭐가 잘못된 건가요, 엄마—. 뭐가 잘못됐냐고요. 왜 내가 그리스 스타일로 눈을 찔러야 해요? 왜 엄마가 목을 매야 해요?" 버코프는 이에 대해 다음과 같이 설명한다.

> 오이디푸스는 역병에 걸린 도시를 발견하고는 스핑크스로 대변되는 악의 중심을 그 도시에서 제거하고자 했다. 에디는 자기 신념을 재확인하고 자신의 생각과 삶을 긍정하는 에너지로 사물의 새로운 질서를 세우고자 한다. 삶에 대한 그의 열정은 자기 여자에 대한 사랑과 자신이 물려받은 모멸적인 환경에 대한 증오에서 나온다. 만약 에디가 자기가 가는 길에 오염된 것들을 발견할 때마다 공격하는 스모킹 건을 든 전사라면, 그는 동시에 마음속으로는 정체성을 찾는, 내가 흔히 알고 있는 평범한 젊은이다.[46]

버코프는 소포클레스의 극을 자기만의 버전으로 쓴 〈오이디푸스〉 공연을 2011년 리버풀 플레이하우스에서 연출했다. 이번에 버코프는 약강5보격(iambic pentameter)[47]을 사용하지만 구어체 사용이 이 극의 두드러진 특징이다. 델포이에서 가져온 소식을 사람들 앞에서 말하기를 원하는 오이디푸스에게 크레온은 다음과 같이 대답한다.

> 오케이 — 문제없어요. — 당장 말씀드리죠.
> 신탁은 우리 안에 괴물처럼 자라고 있는 것을 잘라내라네요.[48]

이런 스타일을 가차 없이 추구하다 보면 극에서 극적인 목소리들을 구별하기가 어렵다. 테이레시아스와 오이디푸스의 언쟁에 반응하는 버코프의 코러스도 다른 캐릭터들과 별로 다르게 들리지 않는다.

---

46 Berkoff(1994), 97쪽.
47 약강조를 한 행에 다섯 번씩 쓰는 것(옮긴이).
48 Berkoff(2000), 162쪽.

누구나 소리치고 내뱉을 수 있지.
허나 난 불안해.
난 오이디푸스에게 유죄 판결을
내리지 않을 거야! 유죄라니
그건 맞지 않아.[49]

그렇게 간단명료하게 말하는 스타일은 버코프가 오이디푸스를 이해하는 방식뿐만 아니라 오이디푸스의 삶에 대한 태도도 잘 보여준다.

난 오이디푸스가 자수성가한, 거칠고, 대범하고, 언어 비만과 애매한 어법을 잘라내기 위한 무기로 언어를 사용하는 근대적 인간이라고 본다. 그는 자기를 패배시키기로 작정한 어떤 힘들에 대항해 늘 싸워야 한다는 입장을 취하는 아주 활기찬 자다.[50]

버코프의 극에서 진실이 밝혀지고 오이디푸스가 운명의 힘에 단호히 대항하고 자신의 삶을 스스로 통제하고자 할 때 일종의 비극적 위치를 차지한다. 벌어진 일들에 대해서는 신들이 비난을 받아야 하고 그는 스스로 장님이 됨으로써 독립을 주장한다.

난 이제 내 운명의 주인이 될 거야.
더 이상 당신들이 한 짓의 증인이 되지 않고.
당신들의 세계는 치워버릴 거야.[51]

---

49 Berkoff(2000), 180쪽.
50 Berkoff(2000), 155쪽.
51 Berkoff(2000), 209쪽.

블레이크 모리슨(Blake Morrison)이 노던 브로드사이즈 시어터 극단을 위해 쓴 또 다른 『오이디푸스』는 2001년 할리팩스[52]에서 초연되었는데, 배경을 영국 북부 지방으로 옮겨놓았다. 모리슨은 자기가 어떻게 학술적 자세로 번역한 작품들의 "죽은 나무들을 잘라내고", "생명력이 용솟음치고, 뭔가로 자라날 수 있는 묘목"을 찾고 싶었는지를 설명한다.[53] 그렇게 과격한 줄기세포 수술이 그 자체로는 매우 충격적으로 들리고, 고대의 고전을 현대적으로 재현한 것이 아니라 프랑켄슈타인을 창조한 것처럼 들리지만, 이디스 홀은 공연 평에서 "모리슨의 남성적이고, 신랄하고, 다 아는 듯한 시적인 방언들"을 칭송해야 할 이유들을 제시한다. 그리고 "원작의 비극적 힘을 관객이 즐거운 언어 경험을 통해 느낄 것"이라고 생각해서, 그 극이 원작에 어느 정도 정의를 구현했다고 느꼈다.[54] 예를 들자면 진실을 깨닫고 오이디푸스까지 그 사실을 아는 것을 필사적으로 막으려고 제정신이 아닌 이오카스테에게 오이디푸스가 하는 말을 젭은 이렇게 번역했다. "걱정 마시오. 내가 굽실거리는 어머니의 아들임이 밝혀지더라도—그래, 3대째 노예인—당신까지 천한 출신임이 입증되는 건 아닐 테니"('Be of good courage; though I be found the son of servile mother,—aye, a slave by three descents,—*thou* wilt not be proved base-born', 1060~1062행). 이 번역은 원전에 아주 가깝고 젭이 거기에 약간 고어투를 사용한 반면, 루스 페인라이트(Ruth Fainlight)의 아래 번역처럼 그걸 현대 영어로 옮기는 게 어렵지는 않다.

---

52 캐나다 노바스코샤주의 주도(옮긴이).

53 노던 브로드사이즈 극단의 공연에 대한 교육용 패키지에서 재인용. www.northern-broadsides.co.uk(2011년 10월 1일 접속).

54 위의 글.

> 용기 내요! 비록 내가 3대째 노예라는 것이 밝혀지더라도
> 그게 당신을 천한 태생으로 만들지는 않을 테니.
> (Be brave woman! Even if I am proved three times a slave, from three generations of slaves, that will not make you base-born.)

모리슨은 이 대사를 그리스어 의미에서 벗어나지 않는 구어체로 번역했다.

> 당신이 왜 걱정을 해요? 당신네 조상들은 안전해요.
> 당신네 가문은 수 세기 동안 뼈대 있는 집안이잖아요.
> 만약 우리 엄마, 유모, 할머니가
> 모두 노예라 해도 그건 당신하고는 아무 상관없으니,
> 그게 당신 정맥의 피를 덜 파랗게 만들지는 않을 거예요.
> (Why should you suffer? Your ancestry's secure.
> The lines in your brow run back centuries.
> If it turns out my mum, nan and great-gran
> Were all slaves, it won't be any skin off your nose,
> It won't make the blood in your veins any less blue.)

이런 번역은 모리슨이 했던 "고전은 항상 적응을 한다. 그래서 고전인 것이다. 그러나 원작의 정신을 존중하지 않는 개작자는 무책임하고 자멸하는 것이다"[55]라는 말과 잘 어울린다고 볼 수 있다. 그리고 이런 의도의 언급은 (오이디푸스가 크레온에게 하는) "그대는 목구멍에 연어

---

55 Morrison(2010), 256쪽.

를 문 수달처럼 조심스럽군"(You're as dainty as an otter with a salmon in its maw.) 같은 대사에도 해당된다. 그렇지만 모리슨의 극을 번역이 아니라 각색으로 만드는 것은 오이디푸스를 허세 있고 격식을 차리지 않는 요크셔 지방 사람으로 만들어서가 아니라, 이런 인물 묘사를 통해 작품에 심리적 요소를 부여했기 때문이다. 오이디푸스가 삼거리에서 라이오스 왕을 만난 것을 설명할 때 원작의 분위기와 다른 것은, 덧붙인 세부 설명이나 언어 때문이 아니라, 소포클레스 극에는 없는 내면화, 즉 싸움의 동기와 계급의식에 대한 '목소리' 때문이다.

(…) 거기에 내가 있었소.
내리쬐는 햇볕, 하늘엔 구름 조각들
어느 길로 갈지 고민하며 생각에 잠긴 채.
그때 마차 일행이 왔는데, 그대가 말한 대로
마차몰이꾼, 말을 탄 두 남자,
앞서 달려온 어린 사자(使者), 마차 안의 남자였소.
지나갈 길이 넉넉했는데
마차몰이꾼과 마차 안에 탄 거물이
빌어먹을 길에서 비키라고 고함을 쳐댔소.
그들이 좋은 말로 요구했다면 나도 신경 쓰지 않았을 거요.
그런데 마차몰이꾼이 억지로 나를 길에서 밀어내려 하자
나는 너무 화가 나서 그의 얼굴을 힘껏 쳤소.
그러자 마차 안에 있던 늙은이가
밖으로 몸을 내밀고는 징 박힌 몽둥이 같은 걸로
날 끌어당겨 머리를 계속 쳤소.
결국 난 인내심이 바닥나서 본때를 보여줬소.

내 주먹질은 장난삼아 화풀이 좀 한 것뿐이오.
그런데 나도 모르는 사이 그 늙은이가 비틀거리며
마차에서 굴러 떨어지더니
등을 바닥에 대고 하늘을 바라보며 누워 있었고
내가 두들겨 패고 있는 것은 죽은 시체였소.

나이지리아의 극작가 올라 로티미(Ola Rotimi)가 1971년에 출간한 『신들은 비난받지 않는다』(*The Gods Are Not to Blame*)의 스토리는 소포클레스 극에 놀라울 정도로 충실하면서도 전혀 다른 토착적 내용이다. 그것은 아데투사(Adetusa) 왕과 오주올라(Ojuola) 왕비의 아들 오데왈레(Odewale)의 이야기다. 그의 인생 이야기는 많은 중요한 점에서 오이디푸스의 인생과 병렬 관계를 이룬다. 오데왈레는 쿠투제(Kutuje) 사람들이 부족의 적을 물리치는 것을 도와준다. 그래서 그들의 관습에 따라 오주올라 왕비가 어머니인 줄 모르고 그녀와 결혼하게 된다. 몇 년 후 이상한 병들이 그 마을을 괴롭히자 오데왈레는 전왕의 살해자를 찾겠다고 맹세한다. 이 사건들이 벌어지기 훨씬 전에 그는 자신이 아버지라고 알았던 사람의 친아들이 아니라는 말을 듣고, 그 집을 떠나 다른 곳으로 가서 농부로 정착했다. 그곳에서 땅을 두고 벌어진 부족 내 싸움에서 한 남자를 죽였는데, 그가 아버지였음이 밝혀진다. 예언자들이 오데왈레에게 그의 운명에 대해 알려주고, 그의 부모에게는 라이오스 왕과 이오카스테가 비슷한 소식을 들었을 때 했던 것처럼 똑같이 행동하게 만든 예언을 했다. 진실이 하나씩 밝혀지자 오주올라가 자살하고, 오데왈레는 스스로 장님이 되고, 자신을 막으려 하는 자들에게 저주를 내리면서 자식들과 함께 마을을 떠나면서 극이 끝난다.

『신들은 비난받지 않는다』는 전통적으로 부족 간의 전쟁, 그중에서도 특히 1966년의 나이지리아 내전을 은유한 극이라고 해석된다.[56] 이 극의 이런 차원을 무시하지는 않지만 오데왈레가 비극의 원인을 부족에 대한 충성심 때문으로 보는 마지막 대사를 통해 볼 때, 로티미 극은 탈식민주의적인 요소도 있어 또 다른 정치적 입장을 취하고 있다.[57]

리타 도브(Rita Dove)의 『지구의 더 검은 얼굴』(*The Darker Face of the Earth*)은 아프리카계 미국인 극작가가 쓴 또 다른 소포클레스의 『오이디푸스』다. 1996년에 초연된 이 극은 남북전쟁 전 사우스캐롤라이나를 배경으로 한다. 대농장 소유주의 아내인 아말리아(Amalia)는 자신이 낳은 흑인 아기를 어쩔 수 없이 입양 보낸다. 그 아들 어거스터스(Agustus)는 몇 년 후 노예가 되어 나타난다. 두 사람 다 친족이라는 사실을 모른 채 아말리아가 그를 유혹한다. 진실이 밝혀지자 어거스터스는 아버지를 죽이고 아말리아는 자살한다. 실라(Scylla)라는 예언자 노예가 어거스터스의 출생에는 저주가 깃들어 있음을 알아내서 어거스터스와 갈등을 빚는데, 이는 테이레시아스와 오이디푸스의 불편한 관계를 반영한다. 이성적인 오이디푸스가 스핑크스의 수수께끼를 푸는 것처럼 어거스터스는 동료 노예들의 두려움과 미신을 보고는, "그들 노래 좀 들어봐. 뭔 놈의 신이 그렇게 비참함을 설교하느냐?"라며 그들의 기독교 숭배도, 실라의 수수께끼 같은 경고도 조롱한다.

그런 여자가, 하!
그들은 아침에 냉정을 되찾아
부엉이 소리를 듣고는 확!
'권능'을 받지!

---

56 Wetmore(2002).

57 Simpson(2010); Goff and Simpson(2007), 78~134쪽.

그러고는 오래된 뼈들을 모으고
약초를 말려 작업을 하지.[58]

어거스터스는 노예 반란을 계획하는 반면, 요루바어[59]로 주문을 외우는 실라는 아프리카의 정신적 가치관과 남성의 폭력을 반대하는 모성적 연민의 상징이 된다. "네가 약속한 대로 그들을 해방시킨 다음에 이 사람들이 네 증오와 무슨 관계가 있을까?"[60] 이런 실라의 통찰력은 이 극의 중심 진실에서 벗어나지 않는다. 노예제는 테베 사람들을 괴롭히는 역병에 상응하는 것이고, 그것이 좀먹는 결과가 바로 비극의 원인인 것이다.[61]

다른 허구 문학 속 『오이디푸스』

『오이디푸스』는 다양한 허구 문학으로 탄생했다. 그중 하나인 플래너리 오코너(Flannery O'Connor)의 소설 『현명한 피』(*Wise Blood*)는 미국 남부 시골의 약간 정신 나가고 이상한 전도사의 이야기다. 그는 '그리스도 없는 교회'(Church Without Christ)라는 자기 종파로 개종할 사람들을 찾지만 별 성과를 거두지 못한다.[62] 그 전도사 헤이즐 모츠(Hazel Motes)는 결국 자기 눈을 멀게 하는데, 그 이유가 오이디푸스처럼 자신의 정체에 대해 뭔가 중요한 것을 깨달아서인지는 확실하지 않다. 오코너는 이 소설을 당시 소포클레스 극을 번역하고 있던 시인

58 Dove(1999), 40쪽.
59 아프리카 요루바족 언어로 나이지리아의 공식어(옮긴이).
60 Dove(1999), 93쪽.
61 Carlisle(2000), 176쪽; Goff and Simpson(2007), 135~177쪽.
62 Moddelmog (1993), 90~94쪽.

로버트 스튜어트 피츠제럴드(Robert Stewart Fitzgerald)의 집에 살 때 완성했기 때문에, 그 그리스 고전에 영향을 많이 받았을 것이다. 『오이디푸스』와의 유사성은 막스 프리슈(Max Frisch)의 『호모 파버』(*Homo Faber*) 같은 작품에서 더 직접적으로 느껴진다. 이 소설의 주인공 발터(Walter)는 그가 관계를 맺고 성관계를 한 여자가 자기 딸이라는 것을 알게 된다. 발터는 최신 과학기술 전문가인데 여러 상황들이 자기 정체성과 세상에 대한 견해에 의문을 갖도록 몰아가자, 자신과 세계를 바라보는 시각이 점점 날카로워진다. 소설에서 펼쳐지는 여러 사건들 속에서 자기 딸의 어머니라는 여자를 다시 만나면서, 그는 자기 자신에 대해 재정의를 하게 된다.

하인리히 폰 클라이스트(Heinrich von Kleist)의 희극 『깨진 항아리』(*The Broken Jug*)에서는 주인이 아주 소중히 여기는 항아리를 깨뜨리고, 그 주인의 딸의 정조까지 시험대에 오르게 만든 죄로 기소된 사람에 대해 판결을 내리게 된 판사가 나오는데, 그 자신이 바로 그 죄를 저지른 자다. 관객과 마찬가지로 판사도 이를 잘 알고 있고, 감추려 하지만 점점 진실이 드러난다. 클라이스트는 이 극에 대한 메모에서 소포클레스 극을 참조했음을 분명히 밝히고 있고, 극에서 『오이디푸스』의 반향들을 찾아볼 수 있는데, 그중 하나가 발에 중요한 의미를 부여한 것이다. 클라이스트의 이 극을 존 밴빌(John Banville)이 각색했는데, 독일 마을에서 일어난 사건을 아일랜드의 사건으로 바꾸고 가벼운 인종 차별에 빠져, 자기 나라를 깎아내리면서 식민지 배경을 웃음거리로 제공한다. 블레이크 모리슨도 이 극을 각색했는데, 그는 배경을 19세기 초 스킵톤[63]으로 바꾸었고 저속한 요크셔 방언으로 웃음을 유발한다.[64]

---

63 영국 노스요크셔에 있는 타운(옮긴이).

64 Morissette(1960).

『오이디푸스』와의 병렬 관계가 암시적이지 않고 확연하게 드러나는 또 다른 소설은 『현명한 피』와 『호모 파버』처럼 1950년대에 출간된 알랭 로브-그리예(Alain Robbe-Grillet)의 『고무지우개』(*Les Gommes*)다. 이 이야기에서 다니엘 뒤퐁(Daniel Dupont)은 침입자의 총에 맞았지만 죽지는 않았는데, 의사와 짜고 죽었다고 발표한다. 뒤퐁의 살인자를 조사하는 경찰 왈라스(Wallas)가 하루 종일 단서를 찾다가, 저녁에는 뒤퐁의 집으로 간다. 바로 그때 뒤퐁도 어떤 문서들을 가지러 집으로 돌아왔는데, 왈라스가 총을 꺼내 오후 7시 30분에 그를 쏴서 죽인다. 이건 바로 24시간 전 그의 시계가 멈추었던 시각인데, 이제 그 시계가 다시 작동해 시간이 딱 맞게 된다. 왈라스는 자기가 수사하고 있던 사건의 아주 중요한 정보를 모르고 있었는데, 그건 뒤퐁이 죽지 않았다는 사실이다. 그리고 자신이 찾는 살인자가 다름 아닌 자기가 된 순간에야 그 진실을 알게 된다. 이런 식의 놀라운 결말은 탐정 이야기에서 친숙한 것이다. 애거사 크리스티(Agatha Christie)의 『애크로이드 살인 사건』(*The Murder of Roger Ackroyd*)에서 탐정 에르퀼 푸아로(Hercule Poirot)는 자신의 조수이자 이야기의 화자인 셰퍼드 박사가 범인임을 밝힌다. 그렇다고 해서 로브-그리예의 소설이 소포클레스 극의 각색이 아닌 건 아니다. 이 소설은 『오이디푸스』에서 경구를 가져오고 소포클레스 이야기와의 관련성이 명백하게 드러나는 내용도 많다. 예를 들어 왈라스는 거리를 하루 종일 걸어 다니느라 발이 부어 고생한다. 그리고 코린스(코린토스)가(街)에는 수수께끼 같은 소리를 하는 술주정뱅이가 있고, 고대 그리스를 묘사한 유리창 진열대도 있다. 그 외에도 이 소설가가 의식적으로 『오이디푸스』를 변주하고 있음을 명시하는 여러 가지 언급들이 있다. 『고무지우개』는 어떤 면에서는 소포클레스의 『오이디푸스』를 거꾸로 뒤집었다. 소포클레스의 『오이디푸스』에서는 라이오스 왕이 강도나 강도떼에게 살해되었다는 허구 뒤의 진실을 발견하는데, 이 소설에서는 허구(뒤퐁의 가짜 죽음)를 현실로 만든다.

『고무지우개』 같은 소설은 독자들의 마음에 오이디푸스 이야기를 고대 신화에서 말하듯이 일깨워주지만, 고대 그리스 세계를 환기시키거나 소포클레스 극이 지닌 관심사에 감정이입하게 하지는 않는다. 샐리 비커스(Salley Vickers)의 『세 길이 만나는 곳』(*Where Three Roads Meet*)은 이런 점에서 다르다. 그녀의 소설은 아주 확실하고도 신중하게 『오이디푸스』와 맞물려 있다. 이야기는 1938년 9월 런던을 배경으로 한다. 이때 나치 점령하의 유럽에서 망명 온 프로이트가 죽어가는데 테이레시아스가 가끔 방문한다. 두 사람이 대화하는 과정에서 테이레시아스는 심리학의 유명한 이론에 영감을 준 이상한 사건에 대해 이야기한다. 점술을 믿지 않는 20세기 사람인 프로이트는 그답게 임상학적으로 똑 부러지는 관찰력으로 말참견을 한다. 그 정신분석학자와 예언자는 오이디푸스가 자기 눈을 멀게 만든 것에 대해 각기 다른 설명을 한다.

—그건 물론 거세였소. 눈과 남근, 꿈에 관한 연구에서 이 두 가지는 동일한 것이라는 사실이 잘 입증되었소.
—아니, 프로이트 박사. 만약 오이디푸스가 자신을 거세하는 게 맞다고 생각했다면 그는 분명 그리 했을 거요. 부끄러웠던 거요. 자기 손을 숨기는 아이처럼 그는 자기가 세상을 보지 못하면 세상도 자기를 보지 못할 거라고 생각한 거요. 그는 보고 싶지 않았던 게 아니라 인식에 대한 두려움, 즉 남들이 자기를 알아볼까 두려웠던 거요.[65]

---

65 Vickers(2008), 176쪽.

오페라와 발레

텍스트와 음악이 결합된 예술 형태인 오페라는 그리스극을 염두에 두고 개발된 것이었다. 오페라 형식에 영감을 준 피렌체 사람들은 아테네 비극에서 코러스가 대사를 노래로 불렀다는 사실을 의식했을 뿐만 아니라, 전체 대사를 이런 식으로 하면 어떨까 생각했다. 최초의 오페라로 알려진 것은 1597년에 작곡된 〈다프네〉(*Dafne*)로, 아폴론이 님프 다프네를 사랑하게 된 이야기를 다룬 것이다. 그리고 현존하는 가장 오래된 오페라 〈에우리디케〉(*Eurydice*)는 3년 뒤에 작곡되었는데, 이것도 역시 그리스 신화를 바탕으로 한 것이다.

가장 유명한 〈오이디푸스〉 오페라 버전은 스트라빈스키가 작곡한 것으로, 1927년 오라토리오로 파리에서 초연되었는데 오페라 공연용으로도 작곡되었다. 이 오페라는 레너드 번스타인(Leonard Bernstein)이 1973년 런던에서 지휘한 공연이 처음 영화로 만들어졌고, 1992년 일본 공연이 다시 영화화되었다. 오페라 대본은 스트라빈스키의 요청으로 장 콕토(Jean Cocteau)가 썼는데, 대본이 맘에 들지 않았던 스트라빈스키는 라틴어로 옮기기 전에 직접 줄였다. "사멸하지는 않았으나 화석화되어서 아주 기념비적인 수단이 된 라틴어를 선택한 것이 저속해지는 걸 막아주었다."[66] 스트라빈스키가 자기 음악과 아테네 극을 제대로 살리기 위해 추구한 몰개성화[67]는, 그의 오페라와 오라토리오에서 코러스가 수도승처럼 고깔을 쓰고 조용히 앉아 두루마리에 쓰인 것을 읽게 하고, 오이디푸스를 포함한 배우들 대부분이 손과 머리만 움직이게 하

---

66 White(1966), 290쪽에서 재인용.

67 "고전극을 재현하는 방법은 그것들을 냉정히 다루는 것, 즉 좀 더 거리를 둠으로써 더 가까워지는 것이다." Arnott(1959), 231쪽에서 재인용.

는 방식으로 시각화되었다. 이것은 스트라빈스키가 의식적으로 니체의 용어를 빌려 표현한 디오니소스적인 음악과 결합된 아폴론적인 질서다.

> 이 작품의 명료한 질서를 위해 중요한 것은, 소포클레스의 상상력에 시동을 걸고 활력을 샘솟게 만든 모든 디오니소스적 요소들이 우리를 중독시키기 전에 적절히 통제되어야 하고, 결국 아폴론이 요구하는 규범에 복종하게 만들어야 한다는 것이다.[68]

콕토는 계속해서 오이디푸스 신화를 자기 버전으로 써나갔다. 대단히 연극적이고 프로이트에게서 영감을 받은 『지옥의 기계』(*The Infernal Machine*)는 『햄릿』처럼 라이오스 왕의 유령이 테베 성벽에 나타나는 장면으로 시작한다. 그리고 그 장면은 스트라빈스키와 콕토 사이의 미학적 괴리감을 분명히 보여준다.

> 스트라빈스키는 본능적으로 인물들의 운명에 대한 복종이라는 소포클레스 극의 기념비적 성격을 감지했다. 반면 콕토는 그가 삽입한 '그는 전락한다, 높은 곳에서 그는 전락한다'(*Il tombe, Il tombe de haut*)라는 대사 속에, 자신이 오염원이라는 오이디푸스의 비극적 깨달음의 비애를 최대한 짜내려고 한다. 스트라빈스키의 음악은 이것이 오이디푸스에게는 재앙이지만 테베시에는 구원이라는 소포클레스의 생각을 놀랄 정도로 생생하게 전한다.[69]

---

68 Stravinsky(1974), 80~81쪽.

69 Josipovici(2010), 160쪽. 소포클레스 극을 따른 행위인 오이디푸스의 탐색 작업과 스스로 눈을 멀게 한 행위는 콕토 극의 마지막 부분만 차지한다. 그 나머지 부분은

스트라빈스키의 작품만큼 유명하지도 않고 거의 연주되지도 않는 제오르제 에네스쿠(George Enescu)의 오페라 〈오이디푸스〉는 "소포클레스의 『오이디푸스』를 바탕으로 하고 있고, 그 극의 이해를 돕는 유일한 주요 재현"[70]으로 평가받아왔다. 이 오페라는 에네스쿠가 〈오이디푸스〉 공연을 보고 1910년에 시작하여 12년 후에 완성했지만, 1936년에야 공연되었다. 이 공연에는 350명의 배우들이 출연했는데 제3막은 소포클레스의 『오이디푸스』 이야기를 그대로 살렸다. 작곡가 해리 파치(Harry Partch, 1901~1974)가 쓴 또 다른 〈오이디푸스〉는 예이츠의 텍스트에서 영감을 받았지만, 파치는 예이츠의 대사를 오페라 대본으로 사용하지 못하게 되자, 새로운 대본을 직접 써서 공연에 사용했다. 『오이디푸스』에 영감을 받은 가장 최근의 오페라는, 우회적이긴 하지만 스티븐 버코프의 극을 바탕으로 한 마크-앤서니 터니지(Mark-Anthony Turnage)의 〈그리스인〉(*Greek*)인데, 버코프의 『그리스인』의 대사를 터니지와 조너선 무어(Jonathan Moore)가 오페라 대본으로 각색했다. 터니지는 1988년 제1회 뮌헨 비엔날레를 위해 작곡을 의뢰받아 거기서 초연한 뒤, 최고 오페라상과 최고 대본상을 수상했다. 나중에는 BBC에서 영화로 제작했다. 버코프의 『그리스인』의 성격상 이 오페라도 기괴하다고 여겨질 수밖에 없었고 터니지의 명성을 확고히 해주었다. 오이디푸스가 스스로 장님이 되는 장면이 버코프의 극에서는 나오지 않는데, 오페라에서는 자기 정체성에 대한 진실을 알게 된 오이디푸스에 해당하는 에디가 자기 눈을 멀게 하고 죽는 마임 장면을 통해, 이를 좀 더 명료하게 암시했다. 버코프의 『그리스인』의 분위기는 유지하면서도,

---

라이오스 유령의 출몰, 스핑크스의 패배, 오이디푸스와 이오카스테의 결혼 등에 할애되었다.

70 Ewans(2007), 106쪽.

장례식 행렬은 "모두에게 그걸 소리쳐 알려라"라는 에디의 노래와 아내이자 어머니를 계속 사랑하겠다는 결심에 의해 약화된다.[71]

1947년에 초연된 마사 그레이엄(Martha Graham)의 〈밤의 여로〉(*Night Journey*)는 『오이디푸스』를 소포클레스 극에는 거의 없는 에로스적인 면을 탐구하고 표현하는 댄스극으로 바꾸었다. 그레이엄은 이오카스테를 중심인물로 만들어 그녀가 무대 중앙에서, 나중에 자살할 때 사용하는 끈을 들고 춤을 추는 모습으로 시작함으로써 이런 효과를 낸다. 이 장면 전에 그녀는 오이디푸스가 위풍당당하게 등장해 여성 코러스의 영접을 받고, 두 사람이 남편/아내, 어머니/아들 관계를 결합하길 열망하는 일련의 동작으로 사랑을 나누던 욕망과 꿈의 세계로 되돌아간다. 에네스쿠의 〈오이디푸스〉보다는 훨씬 덜 알려진 앙드레 부쿠레슐리에프(André Boucourechliev)의 오페라 〈오이디푸스의 이름〉(*Le Nom d'Oedipe*)은 비록 에로스적인 요소를 전면에 내세운 것은 아니지만 역시 에로스적이다. 엘렌 식수(Hélène Cixous)가 대본을 써서 1978년에 초연된 〈오이디푸스의 이름〉은 그레이엄의 〈밤의 여로〉처럼, 소포클레스 극에서 표면화되지는 않았으나 오이디푸스 이야기에 대입해 읽을 수 있는 페미니스트, 정신분석학적 흐름에 대한 관심을 담고 있다. 다음과 같은 체험을 하는 이오카스테는 이 작품에서도 주인공이 된다.

> 오이디푸스 콤플렉스 형성기 전에 그녀가 아들과 즐겼던 금지된 육체의 상실은 (…) 이 작품에서는 금기된 근친상간이 아니다. 그보다 부쿠레슐

---

71 뮤직 시어터 웨일스가 새로 올린 터니지의 〈그리스인〉은 2011년 7~11월 사이에 영국 순회공연을 했다. 스티븐 버코프는 리버풀 플레이하우스와 2011년 에든버러 페스티벌 프린지 공연에서 새로 쓴 『그리스인』을 연출했다.

리에프와 식수가 조롱하는 것은 데카르트식 정신과 육체의 분리다.[72]

영화와 TV

오이디푸스 이야기를 소재로 한 최초의 영화는 〈오이디푸스 전설〉(*The Legend of Oedipus*)이란 제목으로 1912년 프랑스에서 제작되었다. 그런데 이 무성영화는 소실되었고 프로덕션 스틸만 조금 남아 있다. 이 영화가 독일에서 상영되었을 때 검열을 통과하기 위해 라이오스와 스핑크스 살해, 이오카스테의 자살, 오이디푸스의 눈 찌르기 등 여섯 장면을 삭제해야 했다고 한다.[73]

타이론 거스리의 〈오이디푸스〉 공연을 영화화한 것이 1957년 〈오이디푸스 왕〉(*Oedipus Rex*)이라는 제목으로 개봉되었다는 것은 앞에서 이미 언급했다. 필립 새빌(Philip Saville) 감독이 1967년에 제작한 세 번째 영화는 그리스 도도니 마을에 있는 고대 원형경기장에서 촬영했다. 오손 웰스(Orson Welles)가 테이레시아스로 출연하고, 도널드 서덜랜드(Donald Sutherland)가 (비록 목소리를 더빙한 것이기는 해도) 코러스 장으로 출연했다.

가장 기억할 만한 『오이디푸스』 영화는 1967년에 개봉한 파솔리니(Pier Paolo Pasolini)의 〈에디푸스 왕〉(*Edipo Re*)이다. 이 영화의 배경은 1930~1960년대 20세기 이탈리아와 고대 원시 신화의 세계를 교묘히 섞었다. 고대 원시 세계는 북아프리카 사막에서 촬영하고, 이상한 의상과 아름답지 않은 음악을 사용하여 표현했다. 기본 스토리는 소포

---

72 Macintosh(2009), 185쪽.

73 Hall and Harrop(2010), 99~101쪽.

클레스 극에 충실하지만 오이디푸스의 묘사에서는 크게 변형을 주어, 수수께끼를 풀기로 결심하는 사려 깊고 이성적인 캐릭터에서 충동과 우연에 지배당하는 인물로 바뀌었다. 오이디푸스가 델포이 신전을 방문한 뒤 코린토스로 돌아가지 않기로 결심하고서는 어디로 갈지에 대한 선택을 눈을 감고 빙글빙글 돈 뒤 눈을 떴을 때 향하고 있는 방향으로 가기로 결정한다. 라이오스와의 조우도 마치 두 적대자가 알 수 없는 어떤 힘의 손아귀에 잡혀 있는 것처럼 괜히 서로에게 폭력을 행사한다. 스핑크스는 "네 인생에는 수수께끼가 숨어 있다. 그것이 무엇이냐?"라는 사적인 질문을 하고, 이에 대해 오이디푸스는 "난 알고 싶지 않아"라고 격하게 대답을 거부한다.

이 영화는 사람들의 행동을 지배하는 태곳적 원시성을 강하게 표현하고, 초반에 나오는 갓난아기 오이디푸스 장면에서처럼 가끔 프로이트적 기미를 강하게 풍긴다. 영화는 오이디푸스의 탄생과, 신중하면서도 살짝 불안해 보이는 엄마의 젖을 빠는 장면과 유아 때 아버지와 눈길을 주고받는 장면을 보여주는데, 스크린에 "너는 내 자리를 차지하고 내 것을 다 빼앗아 아무것도 남기지 않으려고 왔다"라는 문구가 뜬다. 카메라가 괴로워하는 아버지에게 초점을 맞추면, 다시 "네 엄마가 네가 내게서 앗아가는 첫 번째 것이 되리라"라는 말이 화면에 뜨고, 이어서 아내와 애정을 나눈 뒤 아버지는 아이의 발목을 잡고 들어올린다. 다음 장면에서는 어린 오이디푸스가 사막에 버려졌는데 지나가던 양치기가 발견한다.

파솔리니가 『오이디푸스』를 명료하고 직설적으로 영화화한 데 반해 박찬욱은 소포클레스를 자기 영화에 영향을 준 것들 중 하나로만 언급한다. 하지만 그의 영화 〈올드보이〉는 파솔리니의 〈에디푸스 왕〉보다 더 깊이 공명하는 방식으로 『오이디푸스』를 차용하고 있다. 〈올드보이〉에서 오대수는 거리에서 납치되어 누가, 왜 그를 거기에 가두었는지 듣지도 못한 채 독방에 15년 동안 갇혀 지낸다. 그가 탈출하기로 결심하고 세운 탈출 계획은 소용없게 된다. 모르는 적에게 복수의 추격을 하도록 갑자기 풀려났기 때문이다. 그는 미도라는 젊은 여자를 만나 사랑에 빠진다. 대수가 왜 자기가 갇혀 있어야 했는지를 알아내려 하지 않았다면, 그를 가둬두었던 우진을 죽일 수 있는 순간이 왔을 때까지는 『오이디푸스』와의 연관성은 전혀 제시되지 않는다. 하지만 진실을 밝히려는 대수의 욕망이 너무 강해서 미도의 목숨을 위태롭게 하면서까지 계속 조사를 한다. 『오이디푸스』에서처럼 그런 그의 고집이 파멸을 초래한다. 결국 그로 인해 비극적이게도 그가 알지 못했던 과거 사건들과 자신을 포함해 사람들의 정체가 밝혀진다. 아리스토텔레스가 '운명의 급변'이라고 인식했던 바로 그 순간에, 그는 어린 시절의 오판으로 그렇게 긴 시간 감금되었다는 사실과 함께 미도가 자기 딸임을 알게 됨으로써 그의 근친상간이 드러난다. 오이디푸스는 "그들은 절대 내가 저지른 범죄도, 내게 가해진 범죄도 보지 않게 되리라"(1271~1272행)라고 말하면서 자기 눈을 찌르는데, 대수는 다시는 말을 할 수 없도록 자기 혀를 자른다(우진의 누나가 자살하게 만든 것은 대수의 부정확한 말 때문이었다). 오이디푸스가 자신의 비극이 아폴론 신과 자신이 무지한 가운데 저지른 행동 때문에 야기됐음을 깨닫듯이(1329~1333행), 대수도 그의 거세가 자신의 통제 너머에 있는 외적 힘(우진은 최면을 이용해 미도와 대수가 사랑에 빠지게 했다)과 젊었을 때 무지로 인해 저지른 자신의 행동 때문임을 깨닫는다.

〈올드보이〉는 소포클레스 극의 박찬욱 버전으로 출발한 것도 아니고 『오이디푸스』와 관계없는 중요한 요소도 많다. 그럼에도 불구하고 두 작품은 자아 인식, 비고의성, 우연 등의 문제에 관한 관심을 공유한다.

그리고 두 작품 모두 그런 문제들이 비극을 야기하는 방식을 표현하고 탐구한다. 〈올드보이〉는 대수가 최면술사에게 모든 걸 잊게 해달라고 부탁하고, 그녀가 그렇게 해주겠다고 대답하면서 끝난다. 그러나 대수가 미도를 안으면서 아주 고통스러운 표정을 짓는 마지막 샷을 통해 과연 최면이 효과가 있었는지는 의문으로 남긴 채 끝난다. 관객은 아리스토텔레스가 비극의 정서적·인지적 기본이라고 말한 동정과 연민의 감정을 갖고 극장을 나서게 된다.

텔레비전용으로 제작된 유명한 〈오이디푸스〉가 두 편 있는데, 앨런 브리지스(Alan Bridges)가 감독을 맡은 BBC판 〈오이디푸스 왕〉(*King Oedipus*, 1972)과 돈 테일러(Don Taylor)가 번역·감독하고 마이클 페닝턴(Michael Pennington)이 오이디푸스 역을 맡은 〈오이디푸스 왕〉(*Oedipus the King*, 1984)이다. 클로드 베리(Claude Berri)가 마르셀 파뇰(Marcel Pagnol)의 소설을 바탕으로 만든 두 영화 〈마농의 샘〉(*Jean De Florette*)과 〈마농의 샘 2〉(*Manon Des Sources*)도 오이디푸스 이야기의 여러 요소들을 반향하고 있다.[74]

---

74 Rabel(2009).

7장 더 읽어볼 책들

『오이디푸스』 편집본들

데이비드 그린(David Grene)과 리치몬드 래티모어(Richmond Lattimore)가 편집한 『소포클레스 I』(*Sophocles I*)에 수록된 그린의 『오이디푸스』 번역은 코러스 대사들에서 악절과 대조악절을 명시한다. 별도의 언급이 없는 한 이 책에서 사용한 영어판본은 이 편집본이다.

스티븐 버그(Stephen Berg)와 디스킨 클레이(Diskin Clay)의 번역본은 피터 부리안(Peter Burian)과 앨런 샤피로(Alan Shapiro)가 편집한 두 권짜리 『소포클레스 전집』(*The Complete Sophocles*)에 수록되어 있다. 이 판본은 그린의 번역과 달리 한 줄 띄어서 악절과 대조악절을 구별하지만, 1208행부터 시작하는 오이디푸스의 대사가 코러스에 대한 응답으로 부르는 노래임을 명시한다.

이디스 홀(Edith Hall)이 편집한 옥스퍼드 세계 고전 시리즈의 『소포클레스: 안티고네, 오이디푸스 왕, 엘렉트라』(*Sophocles: Antigone; Oedipus the King; Electra*)에 수록된 키토(H. D. F. Kitto)의 번역은 코러스의 대사의 악절과 대조악절을 제목을 붙여 구분하고, 대사가 노래인지 그냥 대사인지도 명시한다.

기타 『오이디푸스』 번역본 중에서 로버트 페이글스(Robert Fagles)의 펭귄 클래식 시리즈 『세 편의 테베 극들』(*The Three Theban Plays*)

(1984)은 같은 펭귄 출판사에서 출간된 워틀링(E. F. Watling)의 『테베 극 선집』(*The Theban Plays*)과 혼동해서는 안 된다. 좀 더 최근의 주목할 만한 번역은 마이클 월튼(J. Michael Walton)이 매듄(Methuen) 출판사를 위해 편집한 『소포클레스 극』 1권(*Sophocles Plays: One*)에 수록된 돈 테일러(Don Taylor)의 번역인데, 이 번역에서는 행수를 표기하지 않았다. 케임브리지대학교 출판부에서 그리스극 번역 시리즈로 나온 이언 맥오슬란(Ian McAuslan)과 주디스 애플렉(Judith Affleck)의 『오이디푸스』 번역본은 행수가 표기되어 있고, 페이지마다 유용한 주석이 달려 있다.

그 외 번역으로는 데이비드 멀로이(David Mulroy)의 번역(위스콘신대학교 출판부), 루스 페인라이트(Ruth Fainlight)와 로버트 리트먼(Robert Littman)의 번역(존스홉킨스대학교 출판부), 세네카의 『오이디푸스』와 영어 번역을 같이 수록한 프레더릭 알(Frederick Ahl)의 번역본(코넬대학교 출판부)이 있다. 알의 방대한 서문에서는 「소포클레스의 오이디푸스: 증거와 자기 확신」이란 논문에서 전개했던 오이디푸스의 무고(誣告)에 관한 주제를 좀 더 간결하게 다루고 있다.

『오이디푸스』의 그리스어-영어 대역본이 두 개 있다. 그중 하나는 1994년에 출간된 로엡(Loeb) 고전문헌 시리즈의 하나로 휴 로이드-존스(Hugh Lloyd-Jones)가 번역 편집한 텍스트다(1997년 수정본 출간). 또 하나는 젭이 번역하여 19세기 말에 처음 출간한 것인데(171쪽 참조), 지금도 아주 가독성 있고 『오이디푸스』를 공부하는 데 유용한 텍스트로 여겨지고, 페르세우스 디지털 도서관(www.perseus.tufts.edu)에서 온라인 이용이 가능하다. 그리스어 판본은 옥스퍼드 고전문헌 시리즈 중 하나로 휴 로이드-존스와 윌슨(N. G. Wilson)이 편집하여 1990년에 출간되었다. 도우(R. D. Dawe)가 자세한 주석과 함께 편집한 그리스어 판본은 1982년 케임브리지대학교 출판부에서 출간되었고, 2006년 개정판은 독자들의 기본 참고문헌이 되었다.

영어본 『오이디푸스』의 언어와 문체는 그 무엇보다도 번역가의 상상력의 허용 정도에 따라, 그리고 번역가의 시적 재능에 따라 상당히 차이가 날 수 있다. 예를 들어 코러스 등장가의 두 번째 악절에 나오는 대사(175~177행)를 보자. 여기서 코러스는 역병에 희생되어 사산된 아이들의 생중사(生中死)를 표현하기 위해 비행 중인 새의 이미지를 사용한다.

allon d'an allō prosidois haper eupteron ornin
kreisson amaimaketou puros ormenon
aktan pros hesperou theou.

빅토리아 시대 젭의 공연은 이렇게 번역했다.

and life on life mayest thou see sped, like bird
on nimble wing, aye, swifter than resistless
fire, to the shore of the western god.
(그리고 날렵한 날갯짓을 하는 새처럼
주체할 수 없는 태양보다 더 빠르게
한 명 또 한 명 서쪽 신의 해안가로 달려가는 걸 보리라.)

이 마지막 줄은 그리스어 문장을 직역한 것이다. 이디스 홀이 옥스퍼드 세계 고전에 쓴 짧은 글에서 말했듯이 전통적으로 죽은 자들의 혼은 해가 지는 쪽에 머문다고 알려져 있다(예컨대 호메로스의 『오디세이아』

12권 81행).[1] 버그와 클레이는 갑작스러운 죽음을 더 급박한 대사로 표현해야 된다고 생각했다.

and lives one after another split the air
birds taking off
wingrush hungrier than fire
souls leaping away they fly
to the shore
of the cold god of evening
west
(그리고 목숨들이 연이어 허공을 가른다.
태양보다 더 허기진 새들이
날갯짓하며 날아오르듯
빠져나간 영혼들은
차가운 저녁 신의
해안으로 날아간다.
서쪽으로)

반면 페이글스는 소포클레스가 묘사한 이미지를 글로 표현하려고 했다.

and life on life goes down
you can watch them go
like seabirds winging west, outracing the day's fire

1 Hall(2008), 166쪽.

down the horizon, irresistibly
streaking on to the shores of Evening
Death
(한 목숨 또 한 목숨이 쓰러진다.
그들이 서쪽으로 날갯짓해가는
새처럼 가는 걸 보리라. 태양보다 빠르게
수평선 너머로, 어쩔 수 없이
긴 자국 남기며 죽음의
저녁 해안으로)

알의 번역은 페이글스의 번역과 거의 비슷해 보인다.

Look! For if you did, you'd see
life after life surging
like birds with powerful wings, more irresistibly
than raging fire
to the sunset god's edge of death
(보라! 그러면 한 목숨 또 한 목숨이
강력한 날개 가진 새처럼
격렬한 태양보다 더 마지못해
석양 신의 죽음의 문턱으로
밀려가는 걸 보리라.)

배경

시작 단계에는 위닝턴-인그램(Winnington-Ingram)의 「연극의 기원」, 존 굴드(John Gould)의 「공연극」, 그리고 이스털링(P. E. Easterling)의 「소포클레스」(이스털링과 녹스가 편집한 『케임브리지 고전문학사』(*The Cambridge History of Classical Literature*)에 수록), 이 세 편의 에세이가 좋다. 이 에세이들은 어떻게 비극이 발달했는지, 아테네 공동체에서 비극의 위치, 고고학적 증거에 입각해 어떻게 공연이 되었는지에 대한 추측, 고대의 해석과 극들 자체에 대해 알려진 내용들을 꼼꼼히 평가한다. 소포클레스에 대한 이스털링의 에세이는 그의 작품을 개괄하는 데 유용하다.

라비노비츠(N. S. Rabinowitz)의 『그리스 비극』(*Greek Tragedy*)은 아주 유용한 입문서인데, 「비극은 무엇이었나」, 「비극과 폴리스」, 「비극과 그리스 종교」 등 전반부 장들은 더 읽어야 할 책들을 추천하면서 끝난다. 책의 후반부는 『오이디푸스』를 포함하여 각각의 그리스 비극들에 관한 장으로 구성되어 있다.

'고대 세계의 신과 영웅들 시리즈'의 한 편인 에드먼즈(L. Edmunds)의 『오이디푸스』(*Oedipus*)는 오이디푸스와 관계있는 신화들이 고대 세계에서 재현된 방법들과 그 신화들이 현대 문학 및 다른 예술 형태에 미친 영향을 살펴본다. 『케임브리지 그리스 신화 입문』(*The Cambridge Companion to Greek Mythology*)에 수록된 리처드 벅스턴(Richard Buxton)의 에세이 「비극과 그리스 신화」는 비록 소포클레스의 『오이디푸스』에 초점을 맞추고 있지는 않지만 그 주제에 대한 좋은 입문이 될 것이다.

고대 비극의 형식에 관해 추천할 만한 책이 두 권 있다. 존 굴드가 쓴

『아리스토텔레스와 그리스 비극에 관하여』(*On Aristotle and Greek Tragedy*)와, 역시 존 굴드가 쓴 『신화, 제례, 기억, 교환』(*Myth, Ritual, Memory and Exchange*)이라는 책에 실린 「그리스 비극에 나타난 극적 인물과 인간의 가치」라는 에세이다.

소포클레스의 『오이디푸스』

오브라이언(M. J. O'Brien)이 편집한 『오이디푸스: 20세기 오이디푸스 왕 해석』(*Oedipus: Twentieth-Century Interpretations of Oedipus Rex*)과 헤럴드 블룸(Herald Bloom)이 편집한 『블룸의 현대 비평적 해석: 오이디푸스 왕』(*Bloom's Modern Critical Interpretations: Oedipus Rex*), 이 두 권의 책이 『오이디푸스』에 관한 책들에서 발췌한 다양한 비평 글들을 싣고 있다. 두 책 모두 E. R. 도즈의 「『오이디푸스 왕』에 대한 오해」와 퍼거슨이 쓴 『연극의 이념』(*The Idea of a Theater*)에서 발췌한 글을 싣고 있지만, 오브라이언의 책이 출간된 지 20여 년이 지나서 나온 블룸의 편집본에는 좀 더 최신 비평이 포함되었다.

찰스 시걸(Charles Segal)이 『오이디푸스』에 대해 심도 있는 연구를 제시하는 책이 여러 권 있는데, 그중 가장 훌륭한 『오이디푸스 왕: 비극적 영웅주의와 지식의 한계』(*Oedipus Tyrannus: Tragic Heroism and the Limits of Knowledge*)(1993년 초판 출간, 2001년 확장 개정판 출간)는 장면별 분석을 하고 있다.

'공간이 연극의 진정한 가치이고 연극의 본질과 연극 작동의 일부분이라는 단순한 가정에 대하여'[2]를 바탕으로 러시 렘(Rush Rehm)이 쓴 『공간의 역할』(*The Play of Space*)에는 『오이디푸스』에 관한 「공간, 시간, 기억」(Space, Time, and Memory)이라는 장이 있다.

프로이트 이후 『오이디푸스』에 관한 정신분석학적 해석은 그 극에서 운명과 목적 사이의 상호작용과 관련해 푸치(Pucci)가 쓴 『오이디푸스와 아버지의 가공』(*Oedipus and the Fabrication of the Father*)을 보라(이중 한 부분이 블룸의 비평서에 수록되어 있다). 푸치는 『오이디푸스』의 해석에서 정신분석학과 철학을 엮고 있는데, 방식은 다르지만 이런 해석을 하는 또 다른 비평가는 조너선 리어다. 소포클레스 극에 대한 그의 에세이 「인지와 포기: 우리 시대를 위한 오이디푸스」(Knowingness and Abandonment: An Oedipus for Our Time)도 블룸의 비평집에 수록되어 있다. 리어는 오이디푸스가 "자기 마음의 이성적 움직임이라고 생각하는 것, 즉 인지 능력에 대한 부적절한 믿음에 지배당해, 우리 인생에서 무의식의 의미를 인정하기를 꺼린다"고 생각한다. 리어는 이를 "동기 있는 비합리성"이라고 표현했다.[3]

굴드의 에세이 두 편은 이미 언급했고, 그의 『신화, 제례, 기억, 교환』에 수록된 「오이디푸스의 언어」도 읽어볼 것을 추천한다.

『오이디푸스』의 재현

이스털링이 편집한 『케임브리지 그리스 비극 입문』에는 피터 부리안이 쓴 「비극의 무대 각색과 스크린 각색: 르네상스 시대부터 현재까지」(Tragedy adapted for stages and screens: the Renaissance to the present)와 피오나 매킨토시(Fiona Macintosh)가 『오이디푸스』에 대

2 Rehm(2002), 1쪽.

3 Lear(1992), 195, 201쪽.

해 쓴 「비극의 공연: 19세기와 20세기의 공연」(Tragedy in performance: nineteenth- and twentieth-century productions)이 수록되어 있다. 피오나 매킨토시가 쓴 좀 더 긴 연구서 『오이디푸스 왕』(*Oedipus Tyrannus*)은 기원전 5세기 아테네에서 처음 공연된 극부터 현대 공연까지 소포클레스 극을 추적한다. 그리스 원작에 영향을 받은 오페라와 발레뿐만 아니라, 주요 극장 공연에 대해서도 유용한 설명을 하고 있다. 헨리 노먼(Henry Norman)의 『하버드 그리스 비극 해설』(*Account of the Harvard Greek Play*)은 그리스어 원전대로 현대에서 처음 공연되고 나서 그해에 발간되었고, 2010년에 케임브리지 도서관 전집(Cambridge Library Collection) 시리즈로 재출간되었다(이 시리즈에 포함된 또 다른 책은 1883~1896년 사이에 나온 젭의 소포클레스 번역 모음집 1권 『오이디푸스』의 재출간본이다).

참고문헌

Ahl, F. (1991), *Sophocles' Oedipus: Evidence & Self-Conviction*. Ithaca: Cornell University Press.

_____ (2008), *Two Faces of Oedipus*. Ithaca: Cornell University Press.

Aristotle (1996), *Poetics*. London: Penguin.

Armstrong, R. (1999), 'Oedipus as evidence: the theatrical background to Freud's Oedipus complex'. *PsyArt*. www.psyartjournal.com.

Arnott, P. D. (1959), *An Introduction to the Greek Theatre*. London: Macmillan.

Ballard, J. G. (2004), *Millennium People*. London: Harper Perennial.

Banville, J. (1994), *The Broken Jug*. Oldcastle: Gallery Books.

Barrett, J. (2002), *Staged Narrative: Poetics and the Messenger in Greek Tragedy*. Berkeley & London: University of California Press.

Beckett, S. (1976), *Watt*. London: John Calder.

Berkoff, S. (1994), *The Collected Plays: Volume 1*. London: Faber & Faber.

_____ (2000), *Plays 3*. London: Faber & Faber.

Bloom, H. (2007), *Bloom's Modern Critical Interpretations: Oedipus Rex*, Updated Edition. New York: Chelsea House.

Bradley, A. C. (1941), *Shakespearian Tragedy*. London: Macmillan.

Burgess, A. (1981), *Earthly Powers*. London: Penguin.

_____ (2001), *Sophocles Oedipus the King*. Minneapolis: University of Minnesota Press.

Burian, O. P. (1997), 'Myth into muthos: the shaping of tragic plots', in P. E. Easterling (ed.), *The Cambridge Companion to Greek Tragedy*. Cambridge: Cambridge University Press, pp. 178–208.

_____ (1997), 'Tragedy adapted for stages and screens: the Renaissance to the present', in P. E. Easterling (ed.), *The Cambridge Companion to Greek Tragedy*. Cambridge: Cambridge University Press, pp. 228–283.

_____ (2009), 'Inconclusive conclusion: the ending(s) of *Oedipus Tyrannus*', in S. Goldhill & E. Hall (eds), *Sophocles and the Greek Tradition*. Cambridge: Cambridge University Press, pp. 99–118.

Burian P. and Shapiro A. (eds) (2011), *The Complete Sophocles, Volume 1, The Theban Plays*. Oxford: Oxford University Press.

Bushnell, R. W. (1988), *Prophesying Tragedy*. Ithaca: Cornell University Press.

Buxton, R. (2007), 'Tragedy and Greek myth', in R. D. Woodard (ed.), *The Cambridge Companion to Greek Mythology*. Cambridge: Cambridge University Press, pp. 166–189.

Cameron, A. (1968), *The Identity of Oedipus the King*. New York: New York University Press.

Carey, J. (2009), *William Golding: The Man Who Wrote Lord of the Flies*. London: Faber & Faber.

Carlisle, T. (2000), 'Reading the scars: Rita Dove's *The Darker Face of Earth*'. *African American Review*, 34 (1), 35–150.

Carter, H. (1964), *The Theatre of Max Reinhardt*. New York: Benjamin

Blom.

Clark, D. R. and McGuire J. B. (1989), *W. B. Yeats: The Writing of Sophocles' King Oedipus*. Philadelphia: American Philosophical Society.

Cocteau, J. (1967), *The Infernal Machine and Other Plays*. Translated by A. Bermal. New York: New Directions.

Corneille, P. (1980–1987), *Œuvres complètes*. Paris: Gallimard.

Dawe, R. D. (2006), *Sophocles: Oedipus Rex*. Cambridge: Cambridge University Press.

Dodds, E. R. (1968), 'On Misunderstanding the *Oedipus Rex*', in M. J. O'Brien (ed.), *Twentieth-Century Interpretations of Oedipus Rex*. Englewood Cliffs: Prentice-Hall, pp. 17–29, and in Bloom, H. (ed.), *Bloom's Modern Critical Interpretations. Oedipus Rex*, Updated Edition (2007). New York: Chelsea House, pp. 17–29.

Dove, R. (1999), *The Darker Face of the Earth*. London: Oberon Books.

Eagleton, T. (2003), *Sweet Violence: The Idea of the Tragic*. Malden, Oxford & Carlton: Blackwell Publishing.

Easterling, P. E. (1997), *The Cambridge Companion to Greek Tragedy*. Cambridge: Cambridge University Press.

Easterling, P. E. and Knox, B. M. W. (2003), *The Cambridge History of Classical Literature: Greek Drama. Vol. 1*. Cambridge: Cambridge University Press.

Edmunds, L. (2006), *Oedipus*. Abingdon & New York: Routledge.

Eidinow, E. (2011), *Luck, Fate & Fortune*. London & New York: I. B. Tauris.

Eliot, T. S. (1956), *Essays on Elizabethan Drama*. New York: Harcourt, Brace and Company.

Ewans, M. (2007), *Opera from the Greek: Studies in the Poetics of Appreciation*. Farnham: Ashgate.

Fagles, R. (1984), *Sophocles: The Three Theban Plays*. London: Penguin.

Fainlight, R. and Littman, R. J. (2009), *Sophocles: The Theban Plays*. Baltimore: The Johns Hopkins University Press.

Fergusson, F. (1949), 'Ritual and play' from *The Idea of a Theater*, in M. J. O'Brien (ed.), *Twentieth Century Interpretations of Oedipus Rex* (1968). New Jersey: Prentice-Hall, pp. 57-62.

Forster, E. M. (1992), *The Longest Journey*. London: Hodder & Stoughton.

Foster, R. (2003), *W. B. Yeats: A Life. The Arch-Poet*. Oxford: Oxford University Press.

Fóti, V. M. (2006), *Epochal Discordance: Hölderlin's Philosophy of Tragedy*. Albany: SUNY.

Freud, S. (2006), *Interpreting Dreams*. London: Penguin Books.

Fynsk, C. (1993), *Heidegger and Historicity*. Ithaca & London: Cornell University Press.

Goff, B. and Simpson, M. (2007), *Crossroads in The Black Aegean: Oedipus, Antigone and Dramas of the African Diaspora*. Oxford: Oxford University Press.

Goldhill, S. (1984), 'Exegesis: Oedipus (R)ex'. *Arethusa*, 17, 177-200.

_____ (1986), *Reading Greek Tragedy*. Cambridge: Cambridge University Press.

Goodhart, S. (1978), 'Ληστὰς Ἔφασκε: Oedipus and Laius' Many Murderers'. *Diacritics*, 8 (1), 55-71.

Gould, J. (2001), *Myth, Ritual, Memory, and Exchange*. Oxford: Oxford University Press.

Grab, F. D. (1972), 'Yeats' King Oedipus'. *Journal of English & Germanic Philology*, 71 (3), 336–354.

Gregory, J. (ed.) (2005), *A Companion to Greek Tragedy*. Malden, Oxford & Carlton: Blackwell Publishing.

Grene, D. and Lattimore, R. (eds) (1991), *Sophocles I: Oedipus the King, Oedipus at Colonus, Antigone*. Translated by D. Grene. Chicago: University of Chicago Press.

Hall, E. (ed.) (2008), *Oxford World Classics: Sophocles: Antigone, Oedipus the King, Electra*. Oxford: Oxford University Press.

_____ (2010), *Greek Tragedy: Suffering under the Sun*. Oxford: Oxford University Press.

Hall, E. and Harrop, S. (eds) (2010), *Theorising Performance*. London: Duckworth.

Harrison, G. W. M. (2000), *Seneca in Performance*. Swansea: Classical Press of Wales.

Hegel, G. F. W. (1975), *Hegel's Philosophy of Right*. Translated by T. M. Knox. Oxford: Oxford University Press.

Heidegger, M. (2000), *Introduction to Metaphysics*. New Haven & London: Yale University Press.

Herder, J. G. (1985), 'Shakespeare', in H. B. Nisbet (ed.), *German Aesthetic and Literary Criticism: Winckelmann, Lessing, Hamann, Herder, Schiller and Goethe*. Cambridge: Cambridge University Press, pp. 161–176.

Hölderlin, F. (2001), *Hölderlin's Sophocles*. Translated by David Constantine.

Tarset, Northumberland: Bloodaxe Books.

Hornblower, S. and Spawforth, A. (eds) (1998), *The Oxford Companion to Classical Civilization*. Oxford: Oxford University Press.

Hughes, T. (1969), *Seneca's Oedipus*. London: Faber & Faber.

_____ (1972), *Crow*. London: Faber & Faber.

Janko, R. (1999), 'Oedipus, Pericles and the plague'. *Dionysus*, 11, 15–19.

Jebb, R. C. (2004), *Sophocles: Plays Oedipus Tyrannus*. London: Bristol Classical Press.

_____ (2010), *Sophocles: The Plays & Fragments. Volume 1: Oedipus Tyrannus*. Cambridge: Cambridge University Press.

Jones, E. (1953), *The Life and Work of Sigmund Freud. Vol. 1*. New York: Basic Books.

Jones, J. (1980), *On Aristotle and Greek Tragedy*. London: Chatto & Windus.

Josipovici, G. (2010), *What Ever Happened to Modernism?* New Haven & London: Yale University Press.

Kant, Immanuel (2007), *Critique of Pure Reason*. Translated by Norman Kemp-Smith. Basingstoke: Palgrave.

Kierkegaard, S. (1971), *Either/Or Volume 1*. Translated by D. F. Swenson & L. M. Swenson. Princeton: Princeton University Press.

Kitto, H. D. F. (translator), Hall, E. (ed.) (2008), *Oxford World Classics: Sophocles: Antigone; Oedipus the King; Electra*. Oxford: Oxford University Press.

Kleist, H. (1997), *Selected Writings*. Translated by David Constantine. London: Orion Publishing.

Knights, L. C. (1979), 'How many children had Lady Macbeth?', in L. C.

Knights, 'Hamlet' and Other Shakespearian Essays. Cambridge: Cambridge University Press.

Knox, B. (1957), *Oedipus at Thebes*. New Haven & London: Yale University Press.

_____ (1979), *Word & Action*. Baltimore and London: Johns Hopkins University Press.

_____ (1983), *The Heroic Temper: Studies in Sophoclean Tragedy*. Berkeley & London: University of California Press.

_____ (1984), 'Introduction', *The Three Theban Plays*. London: Penguin.

_____ (2007), 'Introduction to *Oedipus the King*', in H. Bloom (ed.), *Bloom's Modern Critical Interpretations: Sophocles' Oedipus Rex*, Updated edition. New York: Chelsea House Publishers, pp. 71–90.

Lattimore, R. (1967), *The Odyssey of Homer*. New York: Harper.

_____ (1969), *The Iliad of Homer*. Chicago: University of Chicago Press.

Lear, J. (1992), 'Knowingness and abandonment: an Oedipus for our time', in H. Bloom (ed.), *Bloom's Modern Critical Interpretations: Sophocles' Oedipus Rex*. New York: Chelsea House Publishers, pp. 183–204.

Lee Miller, P. (2007), 'Oedipus Rex revisited'. *Modern Psychoanalysis*, 31 (2), 229–250.

Lloyd–Jones, H. (1997), *Sophocles: Ajax, Electra, Oedipus Tyrannus*. Cambridge & London: Harvard University Press.

Lloyd–Jones, H. and Wilson, N. G. (eds) (1990), *Sophoclis Fabulae* (Oxford Classical Texts). Oxford: Oxford University Press.

McAuslan, I. and Affleck, J. (2003), *Sophocles Oedipus Tyrannus*. Cambridge: Cambridge University Press.

McGuinness, F. (2008), *Oedipus*. London: Faber & Faber.

Macintosh, F. (2008), 'An Oedipus for our times? Yeats' s version of Sophocles' *Oedipus Tyrannos*', in M. Reverman & P. Wilson (eds), *Performance, Reception, Iconography: Studies in Honour of Olivier Taplin*. Oxford: Oxford University Press, pp. 524–547.

_____ (2009), *Sophocles: Oedipus Tyrannus*. Cambridge: Cambridge University Press.

Mahon, D. (2005), *Oedipus*. Oldcastle: Gallery Press.

March, J. (2009), *The Penguin Book of Classical Myths*. London: Penguin.

Milton, J. (1962), *Paradise Lost*. Edited by M. Y. Hughes. New York: Odyssey Press.

Moddelmog, D. (1993), *Readers and Mythic Signs: The Oedipus Myth in Twentieth-century Fiction*. Carbondale: Southern Illinois University Press.

Morrison, B. (1996), *The Cracked Pot*. Halifax: Northern Broadsides.

_____ (2003), *Oedipus/Antigone*. Halifax: Northern Broadsides.

_____ (2010), 'Translating Greek drama for performance', in E. Hall & S. Harrop (ed.), *Theorising Performance*. London: Duckworth, pp. 252–266.

Morrissette, B. (1960), 'Oedipus and existentialism: "Les Gommes" of Robbe-Grillet'. *Wisconsin Studies in Contemporary Literature*, 1 (3), 43–73.

Mulroy, D. (2011), *Oedipus Rex*. Madison: University of Wisconsin Press.

Murdoch, I. (1973), *The Black Prince*. London: Chatto & Windus.

Newton, R. M. (1980), 'Hippolytus and the dating of *Oedipus Tyrannus*'. *Greek, Roman and Byzantine Studies*, 21, 5–22.

Nietzsche, F. (2000), *The Birth of Tragedy*. Oxford: Oxford University Press.

Norman, H. (2010), *Account of the Harvard Greek Play*. Cambridge: Cambridge University Press.

O'Brien, M. J. (ed.) (1968), *Twentieth-Century Interpretations of Oedipus Rex*. Englewood Cliffs: Prentice-Hall.

Parker, R. (1983), *Miasma: Pollution and Purification in Early Greek Religion*. Oxford: Clarendon Press.

Pucci, P. (1992), *Oedipus and the Fabrication of the Father: Oedipus Tyrannus in Criticism and Philosophy*. Baltimore: Johns Hopkins University Press.

Rabel, R. J. (2009), 'Oedipus in provence: Jean De Florette and Manon of the spring'. *Helios*, 36 (1), 67-80.

Rabinowitz, N. S. (2008), *Greek Tragedy*. Malden, Oxford & Carlton: Blackwell Publishing.

Regier, G. W. (2004), *Book of the Sphinx*. Lincoln, NE: University of Nebraska Press.

Rehm, R. (2002), *The Play of Space: Spatial Transformations in Greek Tragedy*. Princeton & Oxford: Princeton University Press.

Rotimi, O. (1974), *The Gods Are Not to Blame*. Oxford: Oxford University Press.

Rudnytsky, P. (1987), *Freud and Oedipus*. New York: Columbia University Press.

Scodel, R. (2011), *An Introduction to Greek Tragedy*. Cambridge: Cambridge University Press.

Segal, C. (1983), *Greek Tragedy*. New York: Harper & Row.

_____ (1993), *Oedipus Tyrannus: Tragic Heroism and the Limits of Knowl-*

edge. Oxford: Oxford University Press.

_____ (1998), *Sophocles' Tragic World*. Cambridge & London: Harvard University Press.

_____ (1999), *Tragedy and Civilization: An Interpretation of Sophocles*. Norman: University of Oklahoma Press.

Seneca (1966), *Four Tragedies and Octavia*. Translated by E. F. Watling. London: Penguin.

Simpson, M. (2010), 'The curse of the Canon: Ola Rotimi's *The Gods Are Not to Blame*', in L. Hardwicke & C. Gillespie (eds), *Classics in Post-Colonial Worlds*. Oxford: Oxford University Press, pp. 86–101.

Sommerstein, A. (2010), *The Tangled Ways of Zeus*. Oxford: Oxford University Press.

Sophocles, Meineck, P. and Woodruff, P. (2003), *The Theban Plays*. Indianapolis: Hackett Publishing.

Stravinsky, I. (1974), *Poetics of Music in the Form of Six Lessons*. Cambridge & London: Harvard University Press.

Taplin, O. (1983), 'Emotion and meaning in Greek Tragedy', in E. Segal (ed.), *Oxford Readings in Greek Tragedy*. Oxford: Oxford University Press.

_____ (1986), 'Fifth-century tragedy and comedy: a synkrisis'. *The Journal of Hellenic Studies*, 106, 163–174.

_____ (1997), 'The pictorial record', in P. E. Easterling (ed.), *The Cambridge Companion to Greek Tragedy*. Cambridge: Cambridge University Press, pp. 69–90.

Thucydides (2009), *The Peloponnesian War*. Translated by M. Hammond.

Oxford: Oxford University Press.

Turnage, M-A. (2002), *Greek*. ArtHaus Music.

Vellacott, P. (1971), *Sophocles and Oedipus*. Ann Arbor: University of Michigan Press.

Vernant, J. P. (1983), 'Ambiguity and reversal: on the enigmatic structure of *Oedipus Rex*', in E. Segal (ed.), *Oxford Readings in Greek Tragedy*. Oxford: Oxford University Press, pp. 189-209.

_____ (1988), 'The historical moment of tragedy in Greece: some of the social and psychological conditions', in J. P. Vernant & P. Vidal-Naquet (eds), *Myth and Tragedy in Ancient Greece* (translated by J. Lloyd). New York: Zone Books, pp. 23-28.

Vickers, S. (2008), *Where Three Roads Meet*. London: Canongate.

Voltaire (1877), *Oeuvres Complètes de Voltaire*, Vol. II, A. Beuchot (ed.). Paris: 1877.

Walton, J. M. (2009), *Found in Translation: Greek Drama in English*. Cambridge: Cambridge University Press.

Walton, J. M. (ed.) (1998), *Sophocles Plays 1: Oedipus the King, Oedipus at Colonus, Antigone*. London: Methuen.

Watling, F. W. (1988), *Sophocles: The Theban Plays*. London: Penguin.

Wetmore, K. J. (2002), *The Athenian Sun in an African Sky: Modern African American Adaptions of Classical Greek Tragedy*. Jefferson: McFarland.

White, E. W. (1966), *Stravinsky: The Composer and His Work*. Berkeley: University of California Press.

Williams, B. (1994), *Shame and Necessity*. Berkeley: University of California Press.

Yeats, W. B. (1967), *Collected Plays of W. B. Yeats*. London. Macmillan.

Žižek, S. (1989), *The Sublime Object of Ideology*. London: Verso.

_____ (2002), *Did Somebody Say Totalitarianism?* London: Verso.

_____ (2003), *The Puppet and the Dwarf*. Cambridge, MA & London: The MIT Press.

_____ (2005), *Metastases of Enjoyment*. London: Verso.

찾아보기

|ㄱ|
거스리, 타이론 198, 216
격행대화 90, 107
골딩, 윌리엄 15
굴드, 존 6, 156-9, 161-3, 226-8
그레이엄, 마사 215
그리스 극장
~과 스케네 37-8, 40, 47, 136
~과 오케스트라 37-8, 82, 107
그리스 비극
~과 가면 128
~과 도자기 그림 15
~과 민주주의 20-8
~과 아리스토텔레스 42-6
~과 코러스 17-8, 35-42, 47-9, 145, 160-1
그린, 데이비드 84n3, 86, 93, 96, 98, 105n9, 118, 148, 221
길구드, 존 180

|ㄴ|
나이츠, L. C. 156
노먼, 헨리 229
녹스, 버나드 22, 24, 142, 149
니체 213

|ㄷ|
도브, 리타(『지구의 더 검은 얼굴』) 207
도우, R. D. 84n3, 123, 222
드라이든, 존 183-5
디오니소스 27, 26, 29, 33, 35, 82-3

|ㄹ|
라비노비츠, N. S. 226
라이오스 17, 19, 25, 31, 55, 57, 60, 62, 66-7, 70-2, 74, 80, 83-9, 94-5, 97-104, 106, 109, 112, 114, 116-22, 126, 130, 138-9, 148, 152-6, 178, 182, 213, 216
라인하르트, 막스 172
라캉, 자크 129, 161, 162
레넌, 존 74
레비-스트로스 174
렘, 러시 227
로브-그리예, 알랭(『고무지우개』) 210
로이드-존스, 휴 93, 103, 106, 122-4, 127, 129, 132, 222
로티미, 올라 206-7

루드니츠키, 피터 193
리, 너새니얼 183
리어, 조너선 228
리트먼, 로버트 J. 148, 222

|ㅁ|
맥기네스, 프랭크 198-9
맥오슬란, 이언 84n3, 103, 109, 120, 122, 222
머독, 아이리스 64
머리, 길버트 144, 172-4, 194n31, 195
머혼, 데릭 198-9
멀로이, 데이비드 222
모리슨, 블레이크 203-5, 209
모어, 토머스 169
모이라(*moira*) 67n19, 70, 88
몸, 서머싯 63
무네-술리, 장 191
밀턴, 존 62

|ㅂ|
박찬욱 217-8
반전 44, 78-9, 108, 140, 146
밴빌, 존 209
밸러드, J. G. 65
버그, 스티븐 30, 33-4, 84, 147, 221, 224
버지스, 앤서니 174-5
버코프, 스티븐 200-2, 214, 215n71
벅스턴, 리처드 226
베르낭, 장-피에르 26, 76, 145-7
베케트, 사무엘 49, 64
벨라코트, 필립 155-6, 193
볼테르 153, 183-5, 191
부리안, 피터 149, 221, 228
부쿠레슐리에프, 앙드레 215
브래들리, A. C. 156
브레히트, 베르톨트 49
브룩스, 피터 180
블룸, 헤럴드 227-8
비커스, 섈리(『세 길이 만나는 곳』) 211

|ㅅ|
사자의 전갈 40, 125-8
서덜랜드, 도널드 216
세네카 167, 178-81, 222
셰익스피어 47-8, 170, 177
셸리, P. B. 74
소포클레스 13-5, 36-7, 54, 60, 107, 135, 150
스트라빈스키 212-4
스핑크스 18, 51, 55, 57, 59, 61, 75, 81, 88-91, 123-4, 139, 143, 146, 174, 181, 200-1, 207, 217
시걸, 찰스 139-40, 142-3, 227
식수, 엘렌 215-6
실재계 161-2, 189
싱, J. M. 195

|ㅇ|
아곤(*agon*, 갈등) 94
아리스토텔레스 13, 36-7, 42-6, 51,

108, 138-40, 157, 165, 169, 177, 218
아이스킬로스 18, 36, 38, 92, 166-7
아폴론 22, 25, 29-31, 33-4, 58, 66, 69, 71-2, 77, 81-2, 88, 92, 100, 107, 115, 129, 132, 159, 162, 212-3, 218
『안티고네』 37
안티고네 37, 55n2, 134
안티파네스 165
알, 프레데릭 222, 225
애플렉, 주디스 84n3, 222
에네스쿠, 제오르제 214-5
에드먼즈, 로웰 226
에우리피데스 18-9, 38, 45, 55n2, 164-5, 167, 172
엘리엇, 조지 170
엘리엇, T. S. 179-80
예이츠, W. B. 172, 194-8, 214
『오디세이아』 16, 223
『오이디푸스』
~와 알렉산드리아 학자 166
오이디푸스
~와 근친상간 38, 44, 59-60, 86, 95-6, 100, 122, 126-7, 132, 137, 146, 153-4, 174-5, 184, 195-7, 215, 218
~와 발 74-6, 80, 101, 105, 111, 113, 210
~와 비극적 영웅 138-43, 146, 150, 175, 200
~와 삼거리 51-2, 66, 154, 159
~와 신탁 24-5, 30, 51-2, 59-60, 62, 66, 69-72, 80, 84, 86, 92, 98-102, 106, 109-10, 114, 118, 120-2, 132, 135, 148, 152-3, 155, 187, 192, 194
~와 양치기 40, 52, 59, 70, 73, 103-4, 106, 111-2, 116-22, 139, 152-4, 160, 163, 165
~와 오염 31-3, 53, 80, 199n44
~와 오이디푸스 신화 15-20, 70, 213
~와 제2의 사자 125-7
~와 코린토스 사자 36, 74, 113-7, 154, 159, 165, 178
~와 크레온 30-1, 33, 80-1, 94-7, 132-5, 159-60, 178, 186-7
~와 테이레시아스 17, 38, 40, 51, 55, 58, 60-1, 66, 69, 87-91, 93
~와 폴리부스 19
~와 희생양 145, 147, 179
오코너, 플래너리 208
워틀링, E. F. 84n3, 222
웰스, 오손 216
이글턴, 테리 143n12
이오카스테 16-7, 25, 59, 67-71, 95-100, 107-15, 126-8, 134, 155, 160, 165, 216

|ㅈ|

젭, R. C. 78, 84, 93, 120, 123, 125,

170-1, 174, 185-6, 195-7, 203, 222-3, 229
존스, 존 48, 140
존스, 헨리 아서 195
지젝, 슬라보예 68, 71, 73, 150-1

|ㅋ|

카타르시스 43, 46, 143, 187
칸트 56-8
코르네유, 피에르 182-5, 191
콕토, 장 212-3
콘스탄틴, 데이비드 185
『콜로노스의 오이디푸스』 13-4, 37, 142, 198
크리스티, 애거사 210
클라이스트, 하인리히 폰(『깨진 항아리』) 209
클레이, 디스킨 30, 33-4, 84, 89, 147, 221, 224
키르케고르 47-9
키토, H. D. F. 148, 221

|ㅌ|

태플린, 올리버 23, 29, 144n13
터니지, 마크-앤서니 214, 215n71
투키디데스 23, 83, 163
티케 66, 67n19, 86, 90

|ㅍ|

파솔리니, 피에르 파올로 216-7
파인즈, 랠프 199
파치, 해리 214
퍼거슨, 프란시스 145-6, 227
페르세우스 디지털 도서관 222
페리클레스 23-4
페이글스, 로버트 120, 148, 199, 221, 224-5
페인라이트, 루스 148, 203, 222
펠로폰네소스 전쟁 14-5, 21, 23, 83, 138
포스터, E. M. 60
폴리부스 19, 73, 76, 100, 107-11, 115, 159, 178
푸치, 피에트로 228
퓌시스(*phusis*, 자연) 99
프레노스(*phrenos*) 93
프로이트 150, 181, 192-3, 200, 211, 213, 228
프리슈, 막스(『호모 파버』) 209
플루타르코스 165

|ㅎ|

하마르티아 45, 138-40, 157
하이데거 162, 190-1
해리슨, 제인 144
허더, J. G. 177
헤겔, G. W. F. 62, 73, 150-1
홀, 이디스 22n11, 203, 221, 223
홀, 피터 199
횔덜린, 프리드리히 79, 170, 185-91
휴브리스(*hubris*, 자만심) 105